贤人庄挨门挨户数，从两个轮子到四个轮子的机动车，家家有。但驴只有一头。自从贤人庄有了拆迁的信，贩子就像走马灯似地来打探。他们耳朵尖，知道这里有头好驴，可以配两匹马肉。听出来了吗？不是驴配马生骡子，而是驴肉配马肉，也就是说，两匹马一头驴的肉混一起，可以卖三头驴的价钱。

摘自中篇小说《贤人庄》

贤人庄

尹学芸 著

河北出版传媒集团
河北教育出版社

年轮典存丛书

编者荐言

中国当代文学已走过七十多年，每一次文学浪潮的奔腾翻涌，都有彪炳文学史的作家留下优秀作品。

回首20世纪七八十年代，改革开放开启了中国当代文学持续至今的繁盛，由于几百家文学刊物的存在，中短篇小说曾是浩荡文学洪流中的浪尖。然而，以1993年“陕军东征”为分水岭，长篇小说创作成为中国文坛中独立潮头的存在，衡量一个作家的创作成就及一个时期的文学成果，往往要看长篇小说的收获。中短篇小说的创作和读者关注度减弱，似乎文学作品非鸿篇巨制不足以铭记大时代车轮驶过的隆隆巨响。

进入21世纪，特别是党的十八大以来的新时代，我们乘着光纤体验世界的光速变迁，网络文学全面崛起，读图时代、视频时代甚至元宇宙时代的更迭，令人应接不暇，文学创作无论是体裁还是题材都呈现出一种扇面散播效应，中短篇小说创作也再度呈扇面式生长，精彩纷呈。

为此，我们特编辑了这套“年轮典存丛书”，以点带面地梳理生于不同年代的当代优秀作家的中短篇小说精品，呈现不同代际作家年轮般的生长样态。

我们不无感佩地看到，生于1940年前后的文学前辈，青年时已是文坛旗手，在当下依然保持着丰沛的创作力，他们笔耕不辍，使当代文学大树的根扎得更深。

“50后”一代作家已走过一个甲子，笔力越发苍劲。他们不断返回一代人的成长现场，返回村镇故乡、市井街巷；上承“40后”的宏大命运主题，下接烟火漫卷的无边地气；既广受外国文学的影响，又保有中国古典文学的高蹈气质。

在“60后”这一中坚力量的年轮线上，我们能看到在城乡裂变、传统向现代过渡的进程中，一代人的身份确认、自我实现，以及精神成长的喜悦和焦虑。

“70后”作家因人生经验与改革开放四十年紧密相连而被称为“幸运的一代”和“夹缝中壮大的一代”，也是倍受前辈作家的成就影响而焦虑的一代。如今已与前辈并立潮头，表现不俗。

而作为“网生一代”的“80后”和“90后”，他们的写作得到更多赞誉的同时，也承受了更多挑剔和质疑。但经过岁月淘洗，我们欣喜地看到，曾经的文学小将已在文坛扎扎实实立稳脚跟，相继以立身之作进入而立和不惑之年。

六代作家七十年，接力写下人世间。宏阔进程中的21世纪中国当代文学，正在形成新的文学山峰的山脊线。短经典历久弥新，存文脉山高水长。

目　录

CONTENTS

破 阵 子

一

早晨上班的时候，父亲对葛文说："你给我订五个人的饭吧，不好不赖的馆子就行。周百川要来看我。"

葛文说："他不来咱家？"

父亲说："他不来咱家。村里还有几个老哥们儿一起来，我们就在外坐坐。"

葛文说："那好，您等我电话。"

葛文拎着车钥匙往外走，走到门口问了句："不让我陪？要说我应当过去敬杯酒。"

父亲赶忙说："你忙你的。他们都知道你忙，我把你的心意捎到。"

葛文说："王芝来不来？"

父亲打了一个愣，说："我还没问，王芝回来了吗？"

葛文说："她应该回来吧？"

父亲说："不知道。"父亲又说："她哥死了，罕村她也没有亲人了。"

吃了晚饭，葛文先洗了澡，穿了睡衣到客厅陪父亲。父亲正在看中央一套的电视剧，讲邓小平的。父亲对老一辈革命家有相同的感情，所以只要电视剧里播有关他们的节目，父亲都能看得入神。

不等葛文问，父亲主动说："那家饭店的菜品不错，大家都吃得很满意。五个人喝了两瓶酒，你百川叔一人就喝了一瓶。他七十多了，身体还那么硬朗。"

"王芝没来。"父亲补充说，"她还在东北呢。今年二闺女考大学，他们俩送孩子去学校，孩子报完到，王芝回了东北，百川来了老家。"

葛文问他们都谈了些啥。父亲说："也没谈啥。一顿饭周百川大哭小哭哭了三次。他哭就得有人劝，劝来劝去，菜都凉了。"

葛文问："他为啥哭，后悔了？"

父亲摇摇头，说："他不像后悔的样儿。"

葛文问："这些年他在外都以啥为业？"

父亲说："也没好意思问。反正看他那样儿混得不错，他的包总在肩膀上挂着，他拉开时我瞥了一眼，好家伙，那里面都是人民币。"

妻子甄妮已经洗了澡，正在用吹风机吹头发。额前的刘海飘舞着蓬松了，甄妮把浴巾扔进洗衣机。招呼葛文说："你给我捶捶背，我今天怎么总腰疼。"

葛文关了卧室的门，骑上去给甄妮做按摩。甄妮的腰身还像年轻时一样柔软、有弹性，只有盈盈一握。葛文用手比画了一下，就褪掉了她的长裤。

甄妮说："你有心事？"

葛文一愣，说："我有什么心事？"

甄妮笑了下，说："你没发现自己心不在焉的？"

葛文讪笑了下，没说什么。

二

连续三天，罕村都像在过节，有一种沸腾的气氛荡漾在人们眼角眉梢。大家奔走相告："周百川回来了！"

周百川倒背着手出现在大堤上，是葛文的兄弟葛武最先发现的。他赶集去买萝卜种子，从堤下往堤上走，就看见一个背影透着特殊：板寸的头发都花白了，肩上却像年轻人一样挂着长襻包，两只手垫在包底下，向前弓着腰背，边走边像孩子一样看新鲜。

两人擦肩而过时，葛武回头看了一眼，惊得从车上跳了下来。“百川叔，你是百川叔？”周百川虽然老了，但骨骼气度都没变，他一直都在葛武的记忆里。周百川显然不记得葛武了，当年他走的时候，葛武还是个孩子。周百川眼睛闪了一下，问：“你是？”葛武说：“我爸是葛庆林，咱两家过去是邻居，现在还是邻居。”

葛武甩下周百川前来报信。遇见谁都会嚷一句：“嘿，百川叔回来了！”

百川婶子年轻的时候叫小凤，此刻正在院子里摘豆荚。身上系着围裙，头上戴着围巾。围巾是深咖色的，折成了三角，系在了后脖颈上。秋天的阳光从柿子树的枝杈间洒到她的身上，她披了一身金黄。簸箕里的豆荚有的已经炸裂了，歪扭着身子，露出里面豆粒睡过的凹槽，匀称精巧，像是用模具加工的一般。年轻时，她的腿摔断过一次，复位复得不好，上身和下身不在一条线上。即使坐在马扎上，也要撇着一条腿。葛武在大门口喊了两句婶子，她也没听见。葛武扔了车子跑进来，说：“百川叔回来了，眼下就在大堤上呢！”

百川婶子愣了好一刻，才摇晃着站起身。葛武以为她要往外走。可百川婶子身子一拧，去了屋里。

罕村是个大村，大村总有各种新闻，但再大的新闻也大不过周百川回来这件事，就像他当年出走一样。有人回忆起他走的那一年，是散社的第二年，从村北往村南走的这条路还是土路，被几代人的鞋底蹭得冒出了油。村委的人闲下来没事干，说要顺应形势，建个胡刷厂。胡刷出口日本，一个圆柱形底座，上面栽上扇形的毛毛，日本那边有多少要多少。周百川当时是书记，出了名的脑瓜儿好使。他从县外贸局把项目跑了来，村委的人都听他的。副书记葛庆林尤其跟他莫逆，凡事言听计从。

葛庆林跟他跑手续、跑贷款，各个环节都参与其中。那时的信用社小额贷款没处放，政府的人求着大家办实业，所以五万块钱现金拿到手，是用麻袋装的。两人在路上合计说："先请工程队盖厂房，再找木匠打操作台，再买一辆小货车，投产以后大半年的时间就能收回成本。"麻袋煞在周百川的后车座上，随着车轱辘的颠簸飒飒有声。来到家门前，周百川说："这袋子钱就先放到我家吧，赶明儿先给工程队预付款，也好让他们买材料。"

葛庆林说："行，你说咋办就咋办。"葛庆林当时想：这样多的钱堆在家里，周百川会一天到晚惦记着，一旦心里装着事，也许就把跟王芝的事淡了。

周百川和王芝的事，还在隐秘阶段。葛庆林之所以知道些情况，是百川的媳妇小凤找了他。那天葛庆林正在村西自家地里刨白薯，就见小凤远远走了过来。天空染了暮色，模糊了小凤的眉眼。小凤年轻的时候就不是好看的姑娘，腿不直溜，有点儿疤瘌眼。黄头发，还带卷儿。那种天生的黄色鬈发要过很多年才能成为风尚，但在20世纪80年代初还不行，小凤总为自己的黄色鬈发自卑，恨不得用墨汁染一遍。她是当庄的娘家，能与周百川结婚是因为周家穷，否则，她自知配不上他。她在王芝家门口遇见周百川两次，周百川从那所颓败的房屋里出来，王芝像影子一样在屋里闪。周百川笑着朝后挥手，那手挥得特别有内容。仿佛是在说："甭出来，等着我，过一过我还来。"小凤低声细语说这些的时候，脸红得像刚刨出来的红皮白薯，能把暮色染透。葛庆林当时就在琢磨，小凤是一个嘴紧的人，打掉牙齿往肚里咽。如果不是实在咽不下，她绝不会把话说出来。

小凤的意思是，自己是当庄的娘家，给娘家人留些脸。眼下自家的两女一儿都懂事了，得给他们树个榜样。这两层意思，葛庆林一项一项说给周百川听。两人蹲在田埂上抽烟，天上翻滚着洁白的云朵。周百川一直在看天，烟头烧手了都不知道。他承认了他与王芝的事。王芝父母双亡，只有一个光棍儿哥哥，不着调，经常到外乡游走。有一次王芝发高烧，人都烧迷瞪了，自己从屋里爬出来求救。碰巧周百川从那里过，一直把她背到了乡卫生院。

周百川说："大哥，你有过爱情吗？"

把葛庆林吓了一跳，这样的字眼咋能轻易说出口？

可周百川固执地问他有没有，葛庆林窘得恨不得找个地缝钻进去。家里的女人都是父母给找的，来到炕头上，生儿育女。啥叫爱情？

可周百川说，他遇到了王芝，就是遭遇了爱情。他结婚十多年，才知道啥叫爱情。

葛庆林匆促地说："王芝盘子是不丑……"

周百川站了起来，皱起眉心说："不光是脸。"

葛庆林没有勇气再往下问，不光是脸，难道还有别的？

麦种刚下到地里，土还是暄的，垄沟里有碌碡碾压过的痕迹。周百川倒背着手转磨，像驴一样走出了一圈儿深脚窝。这次谈话没有进行下去，是葛庆林走神了。他一直琢磨"爱情"这两个字是咋回事，还想知道周百川心里的爱情是什么样子。

小凤问葛庆林周百川是啥态度，葛庆林抹了抹脖子，无法回答。想起"爱情"他就觉得懵懂，像是面对一道解不开的难题。葛庆林的背上凉飕飕的，像走了魂一样。"慢慢来吧，他会收心的。"葛庆林只能这样安慰小凤。

三

村里的胡刷厂没能建起来。地圈出来了，周百川说："来年春天再动工。"北方的冬天来得早，呼啦一场大雪降下来，就封了猪圈门子。"腊七腊八，冻死鸡鸭；腊九腊十，冻死小人儿。”茅草房子的屋檐底下垂下一尺长的冰锥，一群孩子拿着竹竿去敲打，掉下来的就当冰棍吃。腊月二十三，周百川接到通知，让他去市里开会，据说当时的市长是木匠出身，他想基层的那些老伙计，想请他们春节前到城里的宾馆洗洗澡，吃点儿好吃的。周百川是乡里指派的唯一一个代表。当时选派代表的条件很严格，说话做事别太土，得讲究卫生，要会跟城里人沟通。简而言之一句话：不能给乡里丢人。罕村所在的乡镇有二十九个自然村，周百川能选上做代表，理由不言自明。

周百川回来，带回来许多新闻：大会宾馆的地毯都寸把厚，有些人不单往上吐痰，还用脚搓；洗澡间的热水啥时用啥时有，可就是不知道大闺女服务员在哪里烧火；伙食太好，这顿吃饱了下顿还不饿，不过三天，就有人撑得起不来床了。

这个春节周百川家过得与众不同。小凤和她的两个女儿以及儿子周仓都穿上了新衣服。新衣服都是在大城市买来的，样式、颜色、面料，都不是乡下供销社能提供的。尤其是小凤的一件粗呢上衣，在屋里是黑的，到阳光底下是蓝的，衣服能变色，罕村人真是闻所未闻。大家成群结伙地来参观，女人穿到身上过干瘾。那年周仓十二岁，因为是家里唯一的男娃，娇贵得就像金马驹子。周百川经常带着儿子往野地里跑，大人孩子滚了一身雪回来，周仓的手里总会提着猎物，几只鸟，或一只兔子。

事后葛家经常回忆起那一年，征兆，都是征兆。十八岁的葛文远远看着弟弟葛武和周仓一起放鞭炮。他那年才高中毕业，高考离录取分数线差了一分半，他正准备来年的高考。葛武买了十几个小洋鞭，早放没了。周仓的裤子口袋却鼓鼓的，里面几乎就是个百宝囊，小洋鞭抓出来一把，又抓出来一把。跑回家一趟，两只口袋又装满了。葛文暗暗奇怪，周家这是买了多少炮仗啊。

到了农历三月，麦苗返青了，燕子回来了。乡政府的公家人一次一次地往罕村跑，说胡刷厂该动工了。可关键时刻周家出事了——周百川的媳妇小凤让人打了。

那晚村里放电影，村里家家闭户倾巢出动。小凤因为家里有活计，一个人留下了。她这一天的活计繁杂却有章法。从早晨掏灶灰开始，一家人的三顿饭，缝缝补补，洗洗涮涮。得空了去菜畦翻土，把发酵好的粪肥一筐一筐地驮到地里。这些事情她从来不攀周百川。漫说眼下周百川是书记，管着罕村四千多口人的吃喝拉撒。就是刚结婚的时候，周百川白丁一个，穷得只剩下了高个子，小凤仍然觉得周百川是金贵人，她从不使唤他。周百川长得周正，心灵手巧，脾气也好，心里再烦也只是说话声高一些，从不打人骂人。嫁了这样的男人，一辈子还图什么呢。

小凤把乏了的身子放舒展，瞌睡像个夜游神，晃晃荡荡就来了。突然，有人抡起木棒打在了她的脑袋上。她大叫一声，本能地朝炕里滚。棍棒又打了几下，却打到了炕席上，“梆梆梆”的声音在宁静的夜晚传出去很远。小凤大声喊着“救命”，来人从屋里逃走了。门外葛文正好从家里出来，准备去看电影，与那人照了面，那人慌慌张张丢了棍子，葛文刚要说什么，那人把他的嘴捂住了，附在他的耳边说：“别说看见我。”说完，跑进了夜色。

葛文比父亲更早知道周百川回来的事。那天葛武回到家，先把这事告诉了媳妇。媳妇不信，说：“他敢回来？派出所不抓他？周仓会收留他？小凤婶子能见他？出去了三十年，他有脸回来？你肯定认错人了。”葛武不听媳妇的一连串发问，到大门口给葛文打电话，他觉得这是个大新闻，应该让哥哥知道。

“你猜不到咱村谁回来了。”葛武想卖关子。

葛文却像他肚里的蛔虫，张口就说：“是周百川？”

除了周百川，没有谁能让葛家人这么关心。这三十年，葛家父子到一块儿经常议论这个人和他过去的一些事。他去了哪儿，在干什么，过得咋样，都是葛家人关心的话题。村里人都说，像周百川这么聪明能干的人，在哪儿都会混得好。只有想家和惦记儿子两项，没奈何。当年周仓可是他的眼珠子，经常骑在他的脖子上。他人是说走就走了，心也许会像刀割一样流血呢。

葛武问："他就不能不走？"

葛庆林说："他不走就会出人命。不是出一条人命，是出两条人命。"

葛文闷着头儿不语。他不同意父亲的观点，他觉得周百川走是因为他想走，否则，没有他摆不平的事。

四

葛文对父母说："这一年别指望我干活儿，我要复习参加明年的高考。"葛庆林主张给他报个辅导班，可葛文不想再去学校。他说："就差那一分半，稍微用点儿功，明年好歹都能找补回来。"

可是第二年高考前出了点儿事，葛文大病了一场，考得比头一年更差了。于是葛文又复习了一年，第三年高考，终于超过本科分数线六十多分，他是罕村第一个高考过了本科分数线的人，父亲葛庆林说："若是你百川叔不走，他会号召全村给你庆贺，摆桌席，吃流水。"

这个时候，周百川已经走了一年多。见他回来无望，乡里安排葛庆林当了村支部书记。包村干部想让葛庆林在发展集体经济上想些法子，葛庆林脑袋摇得像个拨浪鼓，说啥也不想再动那个脑筋了。

包村干部说："葛书记你也忒老实，村里的五万块钱，整整多半麻袋，怎么能放在他一个人的家里。就这么让他全拿走，你亏不亏！"

葛庆林说："那时他是书记，我是副书记，我不听他的听谁的？再说，我也不知道他要私奔啊，三个孩子一个老婆，还有十几亩地，他块块种得跟别人家不一样。芝麻、棉花、山药、小豆……哪一块地他都精心精意。谁想到他说走就能走。"

包村干部说："你就一点儿没察觉？"

葛庆林摇头说："察觉了我就不让他走了。"

小凤挨的那一棒，实实在在地打到了要害。看电影回来，周百川隔着院墙喊葛庆林："大哥，大哥，快去喊大夫，小凤的脑袋流血了！"

葛庆林跟大夫一起进了门，小凤已经昏厥了。昏暗的灯光下，她的脸纸样的白，脑袋上方包裹着一件衣服，都被血洇透了。葛庆林后半夜回到家，腿乏得夹寨子。转天一早起来，想过去看看，发现周百川家大门紧闭，里面连一点儿声息也没有。

周百川伺候小凤许多天，换着样儿给她做吃的。家里的公鸡母鸡今天杀一只明天杀一只，鸡汤的香味儿飘满了葛庆林家的院子。葛庆林的老婆秀芬经常站在院子里听隔壁的动静，回头对葛庆林说："周百川喊：'凤儿，凤儿，该吃饭了。'你怎么没喊过我，芬儿，芬儿？"葛庆林说："哎呀呀，你酸不酸？都多大岁数了。"秀芬说："我多大岁数？我就比小凤大两岁！"

十几天以后，小凤从屋里出来了，白纱布还在头上裹着，但人明显白了，胖了。她到外面来抱柴火，蹲下身的时候，上身直挺挺的，不敢倾斜。

秀芬赶紧过去帮忙，说："百川不在家吧？你别做了，我多做些，都去我家吃吧。"

小凤说："我这十几天待出毛病了，总觉得眼前是花的，越不干活儿越不行。"秀芬看着她的脑袋，小心地用手摸了摸："还疼吗？"

小凤说："早不疼了。"

秀芬说："这是哪个缺德鬼干的？你没得罪过人啊。"

小凤说："贼人哪管你得罪不得罪，你放手让他偷，就啥事都没有了。"

秀芬愤愤地说："换了我也不会放手让他偷，置个家容易嘛！"

类似的对话也在周百川和葛庆林之间进行，只是比这要早很多天。第一面见到周百川，葛庆林就急急地问他有没有报警。周百川说："人都跑了，报警有啥用？"

葛庆林问："是谁会下这么狠的手？"

周百川说："还能是谁？小偷呗。"

葛庆林心里存了疑。乡间很少有小偷，更没听说过小偷会伤人。一般情况下，小偷发现有人，会比兔子跑得都快。伤了人对小偷也没啥好处。

葛庆林问："都丢了啥？"周百川说："啥也没丢，要是丢了，小偷就不会下手打人了。"

葛庆林惦记那五万块钱的事，可周百川不提，他也不好意思问。反过来想，如果小偷真把钱偷走了，周百川肯定报警。那可是半麻袋钞票啊！

那段时间，周百川总是神龙见首不见尾，站下说不了三句话，就做出急着要走的架势。春已经很深了，胡刷厂的事一直也没有再提。周百川不提，葛庆林就没了提的理由。

葛文像个游手好闲的人一样，每天傍晚都往村西走，穿过一片树林，去大堤上散步。他戴一副近视镜，瘦条的身材，像根竹竿一样晃。

葛文这种举动，若是别的人，肯定行不通。游手好闲等同于二流子，你没事在家坐着、躺着，没人管你。你像二流子一样到处乱转，会让人嚼舌头根子。可葛文是要考大学的人，他一天到晚看书眼睛累，需要去大堤上看看树、看看水。

罕村的人都通情达理。

过一个十字路口，便是通往河堤的小巷，里面有一个土门楼。葛文每天都从这里去，再从这里回。葛文愿意走这条路，这条路让他隐隐有些期待。他有那么两三次看见有个人从土门楼里晃了出来，看背影他就知道，是百川叔。逢到这个时候，葛文就停下脚步，一动不动，也不弄出声响，等着前面的人影走远，他才小心地往前走。那个院落不大，大概只有两丈长。灰色的瓦楞里长着伶仃草，葛文便觉得这房子里的人也是伶仃人。他猜度百川到这里来干啥，一些画面在他眼前闪回，他会脸红心跳。心里长草的感觉，就是那时滋生的。过去葛文总是默念一些物理和化学公式，不知从哪天起，一些令自己脸红的画面就成了主导。好在葛文是清醒的，他屏住一口气，驱逐那些杂念，把那些枯燥的政治题重新往回牵。那些题便像瞎驴，一牵便回。

有一天，葛文出去得稍微晚了些，路过那个土门楼不经意间一回头，就看到王芝正好往外走。王芝亲昵地喊了声“葛文”，就像两人是同年的要好的姐妹一般。

葛文停下了脚步，匪夷所思地看着她，不知她有什么话说。王芝扯了他一把，把他拉进了院子。

葛文问：“有事吗？”

王芝说：“有事。”葛文就随她往屋里走。王芝突然搂住了他的肩，附在他的耳边小声说：“葛文，谢谢你。”

葛文一直痒到了心里，可他不喜欢听那个“谢”字。他知道王芝“谢”的是什么。

葛文先王芝一步进了屋，这屋狭小幽暗，只有一只小躺柜，墙上连皮都没有，到处黑黢黢的。王芝每天就睡在这样的屋顶下，让葛文有点儿难受。可作为恶性事件的同谋，他又有些隐秘的兴奋。他幽怨地说："你干啥打百川婶，让她流那么多的血。你的心真狠。"

王芝叽叽地笑，说："我不狠心怎么办？"

葛文说："什么怎么办？"

王芝拍了一下他的脸，说："你小，你不懂。"

葛文哼了声，那意思是，没有我不懂的。

王芝的眼圈突然红了，像受了天大的委屈一样，用袖子捂住了脸。

那一瞬，葛文柔软得一塌糊涂。他扯了下她的衣襟，小声问："你怎么了？"王芝赌气似的一扭身，从柜子上拿来一个木头升，里面是刚炒的倭瓜子。她一下子全倒在葛文旁边的炕席上。重重地说："吃！"

葛文看着王芝，王芝也看着葛文。

两人突然一起笑了。

葛文甚至有把王芝搂过来的冲动，她真是太迷人了。

王芝低着头说："你肯帮我吗？"

葛文喉咙都是焦的："你说。"

王芝大方起来，说："你是村里最有学问的人，我信得过你……世界上真有黑牡丹这回事吗？"

葛文想起了一个成语——国色天香，这是书本上说的，图画也只在书本上见过。乡间没有牡丹，有的只是草茉莉、指甲花、西番莲、芍药花。

葛文很困惑："牡丹还有黑的？"

王芝的脸红得透亮，她神秘地凑过来："他说我长了一朵黑牡丹，我不信。村里的女人那样多，就我长了一朵黑牡丹？他说是，黑牡丹就长在了我身上，我想知道他是不是在骗我……"王芝忽闪着大眼睛，样子像个淘气的小女孩儿。

葛文的近视镜上弥漫了雾气，他甚至听不清王芝嘴里的话，一股温暖的气流瞬间在全身回旋，一些想象让他把身体绷紧了，一动不敢动。"黑牡丹……在哪儿？"

王芝跳上炕去，一下就把裤子褪了下来。她的花裤衩是被面改的，大朵的红花绿叶，已经陈旧了，侧面拴着两个带子，她把带子解开，"唰啦"就把裤衩扒了下去，连一秒钟的迟疑也没有。

五

两家的隔墙是葛武去年垒起来的，他去年新盖了房。跟这边比，周仓家的房子和院墙都显得寒碜。周仓的脾气随了百川婶，绵软、随和，可也没本事。一个女儿在镇里读高中，当年被计生小分队一吓唬，连儿子都没敢要。周仓家的大门没门楼，两扇大铁门漆着绛红色的油漆，如今早就褪色了。过去总是敞着门，百川婶子拐着腿进进出出。可今天大门紧闭，整个下午都紧闭，一直闭到了晚上。葛武一直想过去看看，推了推，门从里面闩紧了。他悻悻地往家走，媳妇笑话他不敢敲门。葛武说："不是不敢，是不知道见了百川叔该说啥。"

转天一早，周百川过来串门了。葛武慌得手足无措，周百川却很沉稳，从迈进院子就这里那里地打量，脸上是一本正经的神情。好像过去三十年他不是离家出走，而是干正经营生去了。他夸葛武的日子过得好，房子设计得有明有暗，推拉窗好，通风，客厅方方正正。他摇头说："周仓没算计，没算计。"

葛武听懂了他的话，庄户人的日子，讲究吃不穷，穿不穷，算计不到才受穷。周仓有钱先吃肉，有点儿顾脑袋不顾屁股。其实他想告诉周百川：自己有人帮衬。听说兄弟要盖房子，葛文二话不说就拿了五万块钱，谁帮衬周仓呢？两个姐姐比他还穷。可这话有点儿捅人肺管子，葛武想了想，没敢说。

看够了，周百川要葛庆林的电话。葛武一边翻手机一边请他坐，周百川却像没听见似的，拿了号码就从葛武家出来了。他村南村北到处走，有老伙计的人家就进去叙谈几句，说明天进城去会葛庆林，一起吃个饭，他负责联系。

葛武抓紧时间跑到周仓家打探消息，一家人正在包饺子，看得出，他们是款待高门贵客的级别，桌子上摆着酒，几盘几碗的剩菜还摆着。周仓的四间房子是结婚的时候盖的，那时家里正穷，柁木檩架看着都将就。中间是堂屋，两边各一个卧室。周仓两口子住东屋，百川婶住西屋，节假日孩子回来了，和奶奶一起住。

葛武发现，周仓家明显干净整洁了。说窗明几净一点儿不为过。门帘拧过的褶皱还很明显，百川婶穿了一套新衣服，像过年一样。

周百川是农历三月十四那天失踪的。再有几天，就是五一国际劳动节。

连续三天没在村委会露面，葛庆林就有点儿起疑。他吃完晚饭以后到隔壁串门子，小凤说："周百川去县里开会去了。"葛庆林说："他去开会我咋不知道？"小凤说："百川临走有话，这个会是秘密会，谁都不知道。"

既然这样说，葛庆林也没往心里去。第五天，小凤大概也觉出事情不对，村里有风言风语说，王芝家一天到晚锁着门，也好几天了。小凤来找葛庆林，让他到城里打听打听。葛庆林应了声，不忍心告诉她。葛庆林刚从乡政府回来，县里根本没有什么秘密会议。只是那个时候谁也没想到周百川会抛家舍业从此跟罕村永别。很多人都以为他去荒唐了，一天两天，一月俩月，总有荒唐够的时候，他还当着书记呢，家里还一窝八口人呢。只有葛庆林心里有数，周百川那样的人，干啥都一门心思。

关于爱情问题，自从周百川说过，葛庆林就有了心病。他跟媳妇是娃娃亲，媳妇是远房亲戚家的表妹，打小儿父母双亡，被葛庆林的父母收养了。两人从小耳鬓厮磨，相敬如宾。生了两个儿子，媳妇跟他还见外。从不当着他的面换衣服，夜里做事情要闭着灯。自己跟她之间是不是有爱情呢？因为拿不准，葛庆林甚至很郁闷。

那种感觉折磨了他很长时间，一会儿觉得有爱情，一会儿觉得没爱情。那天日暮时分，天上飞着成群的麻雀。周百川拍了一下葛庆林的肩膀，说："如果没有尝到爱情的滋味，这辈子就是白活了。"说完，周百川转身走了。葛庆林在新撒下种子的地里愣怔了很长时间，这话有点儿让他着迷。

那年的秋收秋种，罕村就像看戏一样。周家的两女一儿都被轰到了地里，当牲口使。小凤扶犁杖，大女儿牵墒，小女儿撒肥，儿子周仓拉鸡蛋头轧地。小凤咬着牙不吭声，自己像驴一样盯着地垄走，不看左右任何人。过去她是罕村最幸福的媳妇，百川一走，天就塌了。

关于那五万块钱，葛庆林险些背黑锅，他被派出所的人扣了好几天，写了十几页情况说明。好在他跟小凤说的总体上出入不大，派出所最后确定钱被周百川拿走了。既然是两个人私奔，就一定要用钱；既然想在外过得长久，还需要用大钱。只是怎样解决这件事，成了一个难题。一年以后，信用社的人来找小凤，让她还债。小凤哪里有钱。信用社的人给她出主意，让她提出离婚，这样那笔巨款就跟她没有瓜葛了。

小凤说要钱没有，要命一条，就是死活不离婚。这件事，最后不了了之。

周百川在村里到处走，每一条街巷，每一个旮旯都不放过。他走到哪里，身后都有人遥遥地注视，但没人主动跟他搭话。看得出，周百川在外面过得不错，衣服、鞋子的质地都高出村里人不止一个档次。皮肤、形神，都不像受苦受累的人。他不说话，但脸上的表情有内容。似乎在说："三十年了，罕村怎么还这样，这些干部都是干什么吃的！"除了多了些房子，房子侵占了街道，街道七扭八歪，看不见有啥变化，啥变化也看不到！记忆中的几座坑塘没有了，上面也盖了房子。当年他对这一切都有过设想，坑塘养鱼、养藕、种荷花。坑塘边上植柳，柳树底下放一些石桌石凳，就像城里的公园一样。这些想法他跟葛庆林说过不止一次，去大城市开一次会，他的眼界就宽一点儿。继他走，葛庆林又当了二十五年书记，只是这二十五年葛庆林就是个支应，啥事也不想干，啥事也没干成。

六

葛文跟甄妮在一起，总觉得有点儿不对劲，怎么不对劲呢，他又有点儿说不出。不好，反正是不好。他不好，当然甄妮也不好。年轻的时候，生闷气、砸筏子，甚至闹到了离婚的地步，事却没法对人言讲。儿子的出生挽救了他们的婚姻，两人都一心一意在儿子身上，身上的那股劲儿慢慢就淡了。眼下儿子已经上高中了，两人偶尔在一起，更像是在尽义务。

他们是自由恋爱结的婚，两人都在医院工作，葛文在眼科，甄妮在内科。甄妮三十多岁就提了副主任，她比葛文混得好，但甄妮觉得葛文比她有眼界。

十几年前，葛文便在一家眼镜店做兼职。人家的生意越来越好，葛文起了外心，在对面也开了一家眼镜店。葛文的眼科大夫身份为他赢了很多分，后来他干脆辞了工作，自己当起了老板。

甄妮曾经半真半假对葛文说："你找个人吧，换个人也许你就好了。"

葛文重重地掐了甄妮一把，怪她乱说话。葛文说："你是不是有啥想法？"

甄妮别过脸去，说：“女人四十豆腐渣，谁还要？”

事实是，两个人都以家庭为重，很少出外应酬。各种节日都给彼此买礼物，晚上出去散步还能牵着手。那种感情，怎么看都与爱情有关。葛文对甄妮尤其满意的是，甄妮对自己的父母好。母亲肝癌住院期间，都是甄妮在照料。父亲喜欢吃饺子，甄妮就隔三岔五自己包，去超市总也不忘记买水晶虾饺，而且比葛文还愿意喊“爸”，闲着没事还能跟父亲下盘五子棋。要知道，父亲身上的一些毛病和习气连葛文都不愿接受，可甄妮不在乎。甄妮对葛文说：“谁都会老，谁老都免不掉有毛病。”遇到这样的儿媳，葛家父子俩都觉得烧高香了。

葛文回罕村，提前并没有跟家人打招呼，他想下午去下午回，若告诉他爹葛庆林，二话不说，爹就会上车。父亲来城里是属于“轮官马”，葛文和弟弟葛武各养两个月。葛文和甄妮对他再好，他每次走也都喜不自禁，就像挣脱了樊笼，从此解放了一样。葛文下午三点到的家，弟媳要张罗晚饭，葛文说：“回城里吃。”葛武问他：“今天咋有空来？”他说：“去镇上办事，顺道从这里过。”葛武问：“找谁？办啥事？”这都难不倒葛文，做生意这些年，他跟地方上的人都熟。

话不过三句，葛武就说起了邻居周家的事，因为这在罕村，是引起轰动的大新闻。葛文马上竖起了耳朵，他就是为了周百川来的。周百川走了足足三十年，葛文很少想起他。可知道他突然回来了，葛文自己都不明白为什么，心底就像一片凹槽，忽然溢满了水。水里游动着无数活的生物，搅得葛文不太平。葛文特别想知道有关他的信息，就像相关的一个巨大秘密，心中的那份惦记，突然变得无与伦比。

“王芝没回来？”

明知道王芝没回来，葛文还是问了句，他是想知道有关王芝更多的信息。葛武的兴趣却不在王芝身上，他兴致勃勃地说起周百川那天回来，下了马路直接上的河堤。路遇几个人都没认出他是谁——毕竟他走的时候才三十八岁，正当壮年，眼下头发都插灰了——可自己一眼就把他认出来了。“你知道我凭什么把他认出了吗？”葛武问。葛文不关心这个。葛武说：“凭他的两个眉骨，眉梢像剑锋一样。”葛文却在想周百川的眼睛，眼神凌厉，能明察秋毫。这样的人能看准路，他的选择十有八九是对的。

对。葛文就是想看看周百川，走在另一条路上的周百川。

那个黄昏是致命的，十八岁的葛文有了一段特殊的经历，这些年他从没对任何人说起过。可只有他自己知道，那段短暂的经历甚至影响了他的一生。大姑娘王芝把裤衩扒了下来，就那么叉开了两条腿，让葛文看。眩晕突如其来，让葛文手足无措。眼前无疑是一个巨大的旋涡，能让人情不自禁地陷落。葛文的近视眼镜像蝴蝶一样飞上飞下，眼前弥漫着雾气，他总也看不清楚。他急得用袖子抹眼镜，似乎一不留神那朵牡丹就会飞走。短暂的不适过去了，他听到花开吐蕊的声音，而且有特殊的气味。他把头深深地埋了下去，王芝朝侧边一滚，躲开了。王芝边提裤衩边问：“看清了吗？”葛文不答。他不能说话，一说话就会哭出来。他无数次地想过女人，他想的女人总是虚幻而缥缈，像天上的雾一样。女人原来这样明晰而具体，原来是一朵黑牡丹！葛文到底没能支撑住自己，他蹿上了炕，拼命去扯王芝的裤衩。四只手在争夺中都用了蛮力，“咔嚓”，裤衩撕成了布片。王芝手一挥，打了葛文一个满脸花！葛文脑子轰的一下，清醒了。他捂住脸，眼泪一下流了出来。王芝把他踹下炕，又奋力把他往门外面推。葛文用双手扳住了门框，都没挡住王芝的力量。最后一推，葛文踉跄到了院子里。王芝披头散发，喘着粗气，眼睛憎恶地看他。葛文又羞又恼，一回头，周百川在院子里站着，厉声说：“葛文，你要干什么！”

事后葛文无数次地问自己：你要干什么？周百川以为你要干什么？王芝会如何对周百川说葛文要干什么？这些想法很要命，羞愤起来，葛文恨不得扎到水缸里淹死。

可另一方面，记忆鲜活而又铭心刻骨。他在王芝的身上到底看到了什么？

葛文在与甄妮结婚前，像模像样的恋爱谈过三次，每次都无疾而终。葛文运气好，几个女孩儿都不错，就是谈着谈着没了心气儿。大三谈的是一个重庆女孩儿，性格也像西南的天气一样火热。两人暑假结伴去旅行，开了一个房间。开一个房间是为了省钱，女孩儿跟他约法三章：不做，不做禽兽，不做禽兽不如。葛文怀着巨大的好奇做了许多铺垫，才哄女孩儿让他看一眼。在这之前，女孩儿的私处成了他最大的念想，他曾经遍寻各种图片和资料，把每一个名称都烂熟于心，但他再没遇到哪个女孩儿主动让他看，不管像什么，他都希望复习一下，跟自己年轻时的记忆有个交代。他把十八岁的记忆就叫年轻的时候，那种感觉混杂而又强烈。每每一想，他都会喷薄而出。女孩儿的模样却让他失望，稀疏的淡黄色的绒毛深处，是早春没有发育好的叶片。枯焦，丑陋，不洁净，是苦春。干旱的苦春就是这样。他心底燃起的灯火原本斑斓璀璨，此刻却一盏一盏在熄灭，直到心房变得漆黑无比，他才让自己长叹了一口气。这口气叹出来，就叹出了另一个自己，绝了所有的情怀和念想。女孩儿一直闭着眼，进入了冥想。应该说，答应跟他开房就是妥协和暗示。她在想下一步怎么办，是坚决拒绝，还是半推半就，就没想到葛文会背转过身去，悄没声地走出了房间。旅游回来他们就分手了，从此再没有一句话。参加工作以后，葛文又处了两个女朋友，第一个传统，死都不肯让他看，不让看怎么往下谈？第二个葛文看了，与他的梦想相距甚远。

认识甄妮的时候葛文已经三十岁了，他在医院越来越像怪物。再不结婚就有永远单下去的危险。就是为了撞运气，他在婚前没有要求看甄妮。两个人同在一家医院，彼此熟络。甄妮五官匀称，皮肤相当好，又跟他同年。葛文觉得他们没有不结婚的理由。而新婚之夜，他发现了甄妮不是处女。这是其次，更重要的，甄妮没有毛发，是俗称“白虎”的人！葛文一下傻了眼，他没想到女人还可以这样，还能够这样！这样的女人，还是女人吗？他裹在被子里像个受委屈的孩子，泪流满面，他觉得他被甄妮骗了。可从洞房里出来，他已经无路可退了。他就这么披着婚姻的袈裟且行且走，两人之间的沟壑找其他办法填平。夜里睡不着觉，他经常望着屋顶想年轻时的遭遇。那个傍晚，实在是特别，自己差一点儿就成了强奸犯。他不确定自己看清了什么，可那些个记忆，却分明在他的心里。

七

葛文在村南的庄稼地里“碰”到了周百川。这之前，周百川村东村西转了个遍。葛武说：“周百川在村里村外到处走，旮旮旯旯都用脚丈量了。”村南那里有一眼机井，周百川绕着机井像驴一样转了半天磨。机井是周百川当年打的，为了浇那片果园。当年政府提倡种植多样化，周百川总是践行者。他让村集体预留了一片耕地，栽种了红果和苹果。刚育了苗木，周百川就走了。后来果树长大了，但行情一直不好，红果落在地上，被村里人捡去喂猪。果实稀烂贱，树便不被人看好，今天伐两棵，明天伐三棵，一片果园就毁了。后来这里就成了野园子，吊在树上的小苹果能长拳头大。树老而无用，糟朽都不在人眼里。再后来被人整体承包了，树与树的空隙种了些农作物，各种豆类、花生、白薯、谷物，似乎是想起什么种什么，种什么都是意外收获，这于土地其实是一种轻贱。站到这里，周百川感受到了那种轻贱，不是对土地，而是对自己，当年打井不是简单的事，眼下机井半个井壁坍塌，明显废了。周百川想找块石头丢一下，试试水的深浅。可这里都是好良田，一块石头也没有。周百川怅然地望着这一切，锁紧了眉头。他在想：如果自己不走这里会变成什么样？果园会生机勃勃，果品会搞深加工，会为机井盖座房子上把锁，会把村里的日子过得红红火火。日影像鸟儿的翅膀一样扑落了，一股巨大的悲哀统领了他，站到这里，他发现，他是被整个村庄抛弃了。而在这之前，他一直以为是自己抛弃了村庄。

他脚步踉跄地往前走，路边停着一辆银灰色的轿车。葛文摇下玻璃，试探地问了句：“是百川叔吧？”

周百川一下子就喊出了葛文的名字，他对葛文印象很深。那天在饭店，周百川想买单，可葛庆林说："这里是葛文的关系户，菜随便吃，酒随便喝，记葛文账上。"当然这是提前葛文有过交代，并交了 2000 块钱的押金，只是父亲葛庆林并不知道。周百川急匆匆地往这里奔，紧紧握住了葛文的手。葛文端详他，他也端详葛文。周百川确实老了，葛文也不年轻了，但周百川确实还有一种老而弥坚的气质，是当年的影子投射，那种投射让葛文不舒服。一股风吹起了葛文脑顶的一缕头发，是唯一的一缕，从右边像栈桥一样搭到了左边。葛文用手抚了抚，完全是下意识的。葛文的眼睛落到了周百川的脑顶上，那些插灰的头发像猪鬃一样茂密，根根直冲天空，说不出的一股豪气。葛文忽然有些泄气，他不明白为什么会这样，怎么会这样。他从周百川的眼睛里看到了自己，头顶光亮，额头刻着很深的皱纹。眼角的沧桑诠释着以往的岁月，日子远不像想象的那么光鲜。葛文的内心像雨天的云雾一样潮湿且烦闷，网状的云絮阻塞了所有的热情，脸上不由现出了嘲讽。葛文说："我都不敢认您了……您还认得我？"

周百川稳稳地说："你刚才先喊的我。"

葛文一怔，尴尬得恨不得抽自己的嘴巴。记性差，嘴还欠。他找补说："这是在村头，若是在别处我可不敢喊您，我没葛武那么好的眼力。"

周百川哈哈一笑，说：“你可是卖眼镜的啊！”

这话真是天衣无缝！可却让葛文有了挫败感。他卖眼镜不是秘密，可话从周百川嘴里说出来，分明就有了嘲讽。许多年前的记忆化成了水，瞬间就把葛文吞没了。那话后面是潜台词：你以为你是谁！就像许多年前的那声断喝：“葛文，你要干什么！”

葛文的心痛得拧紧了，牙帮骨不由错动了一下。

周百川热切地说：“你过得好，葛武也过得好。你变化不大，到哪儿我都认得你，倒是葛武我不太敢认。听庆林说你自己干买卖，我替你高兴。好汉子不挣有数的钱，你替葛家争光了。打小儿我就看你有出息，比周仓有出息。”周百川频频点头，说不出的赞许。

葛文唾了一口唾沫，心里憋着的那股劲儿缓上来了，但表面不动声色。“如果有您的帮衬，周仓会比我们都强。”这话有一点儿像敲山震虎，周百川无奈地摇了摇头，说：“还是得靠自己，帮得了一时，帮不了一世。”

葛文挑衅说：“你能帮一时，就是帮一世。”

周百川终于听明白了，仓促说：“我没出息。”葛文差一点儿就说出“你哪儿没出息，你为啥没出息？”

葛文心底的咄咄逼人自己都有点儿吃惊。他来罕村见周百川多半是因为好奇，当然还有一少半是想知道这个奔七的老人什么样，仅此而已。他没想咄咄逼人。显而易见，这个老而弥坚的周百川与自己关联不大，他也仅值得见一见。这是葛文来时路上的想法。可站到这里，与周百川面对面，葛文忽然很委屈。内心深处的想法翻涌上来，才发现那些委屈并非与眼前的人毫无关联。当年如果不是他们之间有奸情，王芝就不会让葛文看私处，自己也就不会差一点儿成了强奸犯。事后他就是这样为自己命名的，因为他有东西需要遮挡，他不敢承认，他其实是对王芝着迷了。按辈分，王芝是姑姑，大他六岁。

那种混乱的感觉让他背负了很多年。

周百川和王芝出走那天，是葛文和王芝有了“关系”的第二天。葛文固执地认为自己那天跟王芝有了关系，毋庸讳言，是男女关系。他觉得，男女关系就是这么来的，他不仅看了私处，还把脸埋了下去，只是后来的发展超出了他的承受能力。他觉得他有一种为所欲为的力量，既海纳百川，又摧枯拉朽。可这种蛮荒之力却无处落脚，他单薄的胸膛里有一万头鹿乱撞，却没有一头鹿能活着出来。他每天都盼着黄昏早点儿降临，他好打王芝家门前过，王芝能再一次把他喊住，一伸手把他拽进院子里。他想：那天王芝肯定知道周百川要来，所以急着把他推了出来，王芝憎恶的眼神都是临时加上去的，是在表演给周百川看……周百川比她大十二岁。而自己只比她小六岁。相比之下……哪有什么相比可言哪！桃花谢了，粉色的花瓣顺着胡同朝前翻滚，在背风的地方与柴火末子搅在了一起。葛文一脚踩上去，再狠狠踏几脚。他总觉得桃花深处隐藏着东西，他想念它，却又想破坏它！心底的恶狠狠传到了脚底板，他甚至想把那些桃花踩成烂泥。

那种煎熬只有葛文自己知道有多伤人。那两扇木门总是挂着锁。葛文的焦渴从喉咙里冒出烟来了，在空气中腾挪起蓝色的火焰。他甚至觉得王芝像兔子一样闻到了凶险，她是在故意躲自己，她其实就在门后，那门只为周百川一个人洞开……

几天以后，当葛文知道王芝和周百川双双失踪时，葛文简直气疯了，他跑到大堤上抱着一棵柳树使劲摇动，痛哭失声，他这才知道自己被心心念念的人耍了。进而他觉得是被那两个狗男女耍了！可怜自己还包庇了一个杀人犯，这才真是有口难言哪！

暮色含着水汽弥漫了整条河堤。柴榆树和野桑树都不成材，树干细小，却有着巨大的头颅。微风吹得含蓄，暗淡的星光底下都是鬼影。葛文拼着喉咙嘶喊，却是努力压低着声音，他害怕被人听到。那心里种下的鬼，如此隐秘却又如此张狂。他害了一场大病，几个月缓不上精神，高考考得一塌糊涂，连葛庆林都奇怪，复习了整整一年，怎么考得还不如去年？

葛文只得又复习了一年。这一年，他是把命豁出去了。

八

周百川坐上副驾驶，葛文自己都觉得有点儿处心积虑。他问周百川从哪儿来，答说从东北。问东北哪疙瘩，他说牡丹江。问他干些什么，他说打零工。这样蹦字的问答显然不能继续下去，葛文憋了一口气："说王芝姑姑……她还好吧？"

周百川说："她挺好。"

葛文问他怎么个好法。这把周百川难住了。他看着车窗外，嘴巴踉跄了一下才说："她身体好，能吃能喝，哪儿都好。"

葛文心底的不怀好意像蒸汽一样往上冒。王芝哪儿都好，他居然会这么说！葛文故意说："王芝姑姑也有五十了吧？"周百川说："五十六了，头发全白了。她不像我，还有插灰。"他摸了摸自个儿的脑袋，那些插灰头发就像在应答，飞扬起许多头皮屑。

葛文想起街上跳舞的那些俗称"大妈"的人，腰比肩膀还宽，脸上的褶子一抓一把。女人这样的称呼于她们已经是奢侈了。曾经像花儿一样娇艳的器官变成了干柴火。皮肤像被木锉锉过一般没有光泽，眼里都是云翳……葛文不由牵了下嘴角，说："五十六了，是老了。"

周百川看着前方，却心有柔软。他想的是：王芝可不像五十六岁的女人，气血还旺，在东北一个叫扶桑的小镇当模特队队长。心中的柔软反映到嘴上，话就有了迂回："头发白是因为遗传，她身形都没咋变，还跟当年的模样差不多。"

葛文敏感地看了周百川一眼："差不多？莫不是成精了？"想起那个高挑的身材，身后垂一条油亮的大辫子。那是改革开放初期，女人刚时兴编一根独辫。生产队的年月，大姑娘都是两根大辫子，像算盘子一样……

葛文嘴里说："都记得，我都记得。"

电话响了。铃音是前些年流行的歌《一生有你》："因为梦见你离开，我从哭泣中醒来……"葛文心里怪怪的，看着周百川把电话捂到耳朵上，嗯嗯了两声，说："回头再说吧，我在车上呢。"葛文的眼睛一直在眨巴，让车滑行，他想听清楚对方在说些什么。待周百川收了电话，葛文才踩了下油门，说："是王芝姑姑？"周百川说："她一天打十个电话，总是对我不放心。"

她是得不放心。葛文笑了笑，戏谑说："还有百川婶子呢。"

来到了家门前，两人你拉我扯，都想让对方去自己家里，到底还是葛文占了上风。葛文是实心想让周百川去自己的家，也就是葛武的家。葛武的家就是他的家，他这个葛家老大，在这里说话算话。周百川则有些虚浮和客套，从严格意义上说，他在这里已经没有家了。他说："回去说一声。"就匆匆进了大门。就听他在院子里喊周仓，说晚饭去葛文家吃了。葛文在指头上抡车钥匙，侧耳听周仓如何应答。没听见周仓说什么，百川婶子拐着腿走了出来，声音寥落而胆怯："饺子都包好了……"声音像是被谁踩住了话尾巴，让葛文纳罕。丈夫三十年杳无音信，回头依然接纳，待若贵客，不知道百川婶子是什么心理。葛文一直没有看见周仓，听葛武说，周仓看到周百川就会张着嘴傻乐，就像小时候有放不完的炮仗一样。"这一家人，都够复杂的。"葛文自言自语了句，口气有些遗憾。周百川从院里出来，葛文打开车的后备厢拿酒，还有许多从超市买来的熟食，他对这一切早有准备。葛文身上的动作与手法多少都有些拿捏，酒是好酒，菜是好菜，周百川哪里看不出来，他急忙走过去，接过了两只袋子。

两人坐成对面，葛文心底的念头一个一个往外冒。他渴望知道更多的信息，周百川当年抛家舍业跟王芝走，到底是为了什么，真的是因为所谓的"爱情"？葛文记得，当年父亲悄悄跟母亲说出这两个字的时候，羞成了大红脸。父亲说不出，人家却做得出……只是这话不能拿出来交流，就在葛文的嗓子眼儿里憋着。他们一杯一杯地大口喝酒，周百川逐渐放开了，谈起当年的流浪生活，怎么到的东北，怎么定的居。那种隐姓埋名的生活艰辛且漫长。买户口，分别给自己和两个女儿。赚钱始于养貂，发展到跟俄罗斯人做贸易，林林总总。他的脖子上系着红线绳，歪身子的时候胸前晃了一下，是一块鹅黄色的不规则的美玉，看着价值不菲。

葛文殷勤地给周百川布菜，问他："怎么不给王芝姑姑买户口？"

周百川说："她一个家庭妇女，既不上学，也不做工，要户口没用。"

葛文说："那她整天做什么？"

周百川说："洗衣做饭，料理家务。我挣一分交给她一分，挣一百交给她一百。如果不是出门在外，我口袋里从来不装钱。"

葛文哦了一声，判断这里有缘故。往好里说，王芝是全职太太，有丈夫供养；往不好里说，周百川是在提防。到底是全职太太，还是被提防的对象，大概王芝自己也弄不明白。她不识字，她没周百川心计多。葛文又给周百川满了一杯酒，问他在外叫啥名。周百川被一块鸡肉塞了牙，用牙签挑啊挑，捣鼓了半天，却没回答葛文。再提起话茬，说的是许多年前的事，做代表去开会住宾馆，外面下大雪，屋里暖得穿单衣。跟市长握手，提前都要演练，手伸出去多远，抬起来多高，嘴角上提一公分，都有严格规定。

葛文听得不耐烦，打断话茬说："不提那些陈芝麻烂谷子了。”

周百川怔了一下，说：“那你听什么？”葛文高声喊葛武说：“别弄菜了，桌子上放不下了。”

葛武张着两只油手往里探了一下头，说：“就还有两个。”

葛文说：“两个也别弄了。”

葛武也进来坐了下来，跟周百川碰了一下杯。

周百川一直在看葛文，此刻把目光收了回来。他对葛武说：“你离周仓近，以后还请你多照应。”

葛武憨厚地说：“叔，你放心，咱老一辈少一辈都有交情。”

葛文喝得头有些木，他借着酒劲儿说：“别提交情。当年那五万块钱……”

电话响了，他适时收住了话尾。摁了一下免提，甄妮问他在哪里。他才想起还没跟家里请假。“我在罕村喝酒呢，跟百川叔。”他狠狠打了个酒嗝，顺势站了起来，说去趟厕所。

厕所在院子外面，用秫秸扎成的篱笆墙。黑咕隆咚，葛文并没有进去，而是在墙根下解决了。转过身来，就听见有人喊自己：“葛文，葛文！”周仓家的大门虚掩着，窗上的一点灯光遥遥地映了过来，门口站着的人看不清眉眼，但明显拐着一条腿，像枚剪影。

葛文叫了句“婶子”，走了过去。小凤说：“酒还没喝完？”

葛文说：“大长的夜，忙啥。”

小凤说：“让你叔少喝点儿，也是快七十的人了。”

葛文说：“百川叔棒着呢，您放心吧。”

小凤说：“你们都聊了些啥？”

葛文说：“没聊啥，闲说话呢。”

小凤说：“你能不能劝他别走？落叶归根，儿子孙子都在这里，祖宗也都在地里埋着呢。”

葛文一激灵，怪不得他们把周百川当贵客待，原来存了这样的想法。葛文说：“您咋不自己跟他说？”

小凤落寞地说：“我说不出口，他打年轻的时候就不待见我。”

周仓原来一直在院子里，此刻插话说：“他的包就在你柜子里锁着，钱，身份证，家门钥匙，火车票。你不给他就哪儿都去不了。”

小凤厉声说：“他没腿？他可不像你那么废物！”

周仓说：“那就打折他的腿！”

小凤喝了一声：“那是你爹！”

周仓嘟囔了句：“也就你还拿他当我爹，他自己承认吗？”

葛文再回到酒桌上，突然多了几分豪气。他分别给自己和周百川的杯子都倒满了酒，说："一口干，你敢不敢？"周百川知道葛文在撒酒疯，摇头说："我不敢。"葛文端起自己的杯子一饮而尽，又把另一杯酒端了起来，周百川想接过来，葛文躲了一下，突然高举过头，都浇到了周百川的脑袋上。葛文说："我看你敢不敢。还敢回罕村？真是欺负罕村没人了！"

九

葛文出溜到了椅子上，头歪着，一口一口往外吹气。其实他还清醒。把酒浇到人脑袋上的事，他自觉有些过了，看葛武的眼神就知道，把这傻孩子给吓着了。葛文很难受，他一直很难受，一场醉没能解决他的难受，反而给难受叠加了砝码。他想扯一下脖领子，却弄掉了衬衫上的一粒纽扣。纽扣落在地上，葛文用手去捉，半天才捉上来。他调皮地朝周百川展示了一下，放进了上衣的口袋里。周百川看着葛文，脸上滴答着酒水，没擦。在外奔波了这些年，经的看的太多了，没有什么能遮蔽他的眼。周百川轻轻叹了口气，起身告辞。葛武慌张地不知照顾谁好，嘴里一个劲儿地给周百川道歉，周百川反过来劝解葛武："葛文喝多了，你给他熬点儿醒酒汤……不喝多了他不会这样。"

在夜晚的天空底下站了会儿，周百川去葛武家的厕所方便了一下。他没有选择外面的墙根，而是用手机的光束照亮。他看出来葛文的酒喝得不痛快，他比葛武心重。周百川有点儿后悔这一次回来，他以为这三十年把一切都抹平了，包括他私吞公款。他在东北反复咨询了律师，确定自己没事，才决定回来，现在看来哪里有那么简单。他回了屋里，摸着灯绳开了灯。往天周仓和他住一个屋，今天却孤零零地就剩一个铺盖卷。周仓今天一天都不爱理他，不像他初来的那几天，周仓一天到晚合不拢嘴。周百川知道因为什么，他没有给周仓想要的。

周百川坐在炕沿抽了会儿烟，脑子里都是儿子十二岁时的模样，跟他去雪地追兔子，放风筝。周仓是小瘦身板，跑不快，跳不远，有点儿黏人，但不蠢不傻。这三十年的艰辛他能体会，可能体会又能怎样！周仓是正值壮年的汉子，却没有汉子样。吃饭筷子不离菜盘，所有的肉都挑进自己嘴里，除了经营两亩地，挣不来一个活钱，媳妇和妈都跟他受罪。这样的儿子，哪里像他周百川的种！

当年他没想到会跟王芝私奔。王芝二十四，他三十六，他身后一片累赘，哪里有私奔的条件。他不喜欢家里叫小凤的女人，可小凤唯命是从，让他无法挑理。如果不是命中遇见王芝，日子真就那样过下去了。王芝是一片坑塘，一下就把他陷没了顶。那种折磨和纠结真是三天三夜也说不完。他无数次地假设过，事情如果重来，他还会离开这个家吗？答案是肯定的。除非不遇见王芝，除非与王芝不发生所谓的“爱情”……

那天他把她背到了卫生院，又把她背了回来。去的时候，王芝是松散的，人就像一蓬柴草。回来人就像一个粽子，捆紧了自己，也拴紧了他。他为王芝做了碗热面汤，伺候王芝吃完，想走，哪里走得脱。王芝也不说话，就像孩子一样拽着他的衣袖，大眼睛里都是委屈。是这些年的荒芜让这位大姑娘怕了。她真像瓦楞里的伶仃草一样，栉风沐雨，无处依倚。周百川就是在那个时候动了恻隐之心。他把王芝抱在怀里，王芝哭了。王芝哭起来更像自己的孩子，哭得他的心都是疼的。

橱窗下面有一只小圆桌，两边有两把藤椅，是供顾客休息的。今天葛文一直在这里坐着，往来穿梭的人流尽收眼底。这里是条林荫路，成年的国槐在空中支起了架子。很多好看或不好看的腿骨支起两瓣屁股在空中行走。葛文留意的都是穿高跟鞋的年轻姑娘，长裙短裤不一而足。葛文托着腮看了老半天，店员小刘纳罕，说：“老板，你这是看啥呢？”

玻璃门被试探地推开了，葛文从壁柜的反射中看清了来人的轮廓。一张典型的属于乡村的脸，就像一株有病的树，根本看不出年龄。来人喊了一声“大哥”，葛文的脸上马上有了职业化的笑容："是周仓啊。"壶里还有剩茶，葛文给周仓倒了一杯，问："怎么有空儿进城。"

周仓说："我来送那个老东西，一下公共汽车他就把我往家撵，没良心的玩意儿！"

"他走了？"葛文有些吃惊。

"走了。"周仓喝了一口水，有水流顺着嘴角淌了下来。他伸出舌头舔，可迟了，那水已经淌到了下巴上。葛文用眼角看周仓，说："你送他干啥，多余送他。"

周仓说："是我妈让送，不送不行。其实他是后天的火车，今天来城里，分明是在家里待腻了。"

"我们也伺候够了！"周仓忽而有些愤愤，说，"每天三顿好吃食，要酒有酒，要肉有肉。他给的那几个钱都让他吃走了！"

"你们对他还是有感情。"葛文从柜子里摸出一盒烟，弹出一支叼在嘴上。他平时不怎么吸，甄妮不让。所以他从不把烟带回家里。他让了下周仓，周仓晃手拒绝。葛文点着火吸了一口，淡不流水地说："换成别人家，他连门都进不去。"

周仓气哼哼地说："都赖我妈。总想让他回心转意，三十年，他的心早变成了石头。"

葛文说："他真是够狠心的。"

周仓说："没有比他更狠心的人！那些年，我们娘儿几个过的是啥日子，我那么小，收秋种地就当牲口使，所以个子一直都没长高。上学没有学费，我妈背着一筐粉坨子去赶集，去得早看不清路，结果掉进沟里摔断了腿。”

周仓眼圈红了，突然捶了下桌子：“我真想杀了他！最次也卸他一条腿，不能让他囫囵个儿地回东北。那个娘儿们就那么好，让他抛妻弃子？”

葛文浑身一震，眼前立时生起了云雾。他抖着声音说：“你咋还起了杀心，他是你爸，不应该呀。”

周仓恨恨地说：“你不知道他多欺负人！一早儿我妈给他包饺子，他一抹嘴头连句话都没跟我妈说，他还是人吗！我妈让我来送他，下了公共汽车他就让我回家，我偏不回！他在头里走，我就在后面跟着。有好几次我都想摸块石头拍死他，可我下不去手啊！我一直跟他走进了那家旅店，他进了 225 室。就是医院旁边的那家，叫‘好再来’吧？”

心中蛰伏的一些疼痛被重新挑起，葛文禁不住要打摆子。那家旅店离这里不足 50 米，是过去的大众浴池改造的。葛文外地的同学来也曾安排在那里，怎么那么巧，也是住 225 室。

葛文看着腾起的烟柱，缓缓地说：“他不叫周百川，他不是你爹。你爹跟他其实没有瓜葛。他有两个丫头，他这次出来，是送闺女上大学的。”

周仓说：“我知道，他叫周顺，我看过他的身份证。”

葛文说："对啊，可我们不认识周顺，周顺跟我们一毛钱的关系也没有。"

甄妮是饭桌上的话匣子。医院的事，同事的事，朋友的大事小情，她都能说得津津有味。甄妮有语言天赋，学别人说话总是惟妙惟肖。她若哪天值班，饭桌上只有葛文和父亲两个，那就惨了。父亲不知道说什么，儿子也不知道说什么，饭吃得沉闷，而且别扭。所以甄妮在不在家吃饭是大事。

这天，甄妮在单位打来一个电话，她这样说："爸，你认不认识一个叫周顺的？"

葛庆林问："他是哪儿的人。"

甄妮说不出。甄妮说："不认识就算了，我也是随便问问。"

晚上，葛庆林到外面去迎甄妮，这个莫名其妙的电话让他牵肠挂肚。甄妮详细讲起事情的经过。她去外科找人，主任刚从手术台上下来，正在跟人谈论一个收治的患者，是夜里被人送来的。他住在一家旅店，夜里进去了窃贼。不单偷了他的钱财，还扎伤了他。奇怪的是，小偷临走的时候居然在那个地方割了一刀，下手有点儿偏，刀柄稍稍竖直些那个东西就给切掉了。让他通知家人，他说他在这个城市只认识一个叫葛庆林的人。

葛文手一抖，筷子掉在了地上。甄妮奇怪地看了他一眼，说："他嘴里的葛庆林肯定不是爸，我都没当回事，你紧张个啥。"

葛文遮掩说："现在住个旅馆都这么不安全了？"

甄妮说："也该着他倒霉。他住的地方是一个刀把拐角，窗外是一道土坎，是医院的家属住宅小区。喏，我们散步从那里走过，你还说：'旅店也不采取防护措施，多不安全哪。'窃贼果然是从那里进出，然后逃到了街上。"

葛庆林问："人救活了？"

甄妮说："据警察的分析，小偷是为了钱财，刺伤他只是为了得手脱身，所以看上去两刀都没想致命。小偷的手法很高明，就像学过解剖一样。"

葛文去厨房端汤锅，给父亲和甄妮各盛了一碗。葛文说："没事别出门，出门别住旅馆。"

甄妮瞥了他一眼，说："住大街上？"

葛庆林每天上午都去电力大厦的台阶上坐着。那里聚集着一群老伙计，有二十几个。说起旅馆的凶杀案，还有知道得更详细的人。说这个倒霉蛋是牡丹江的人，本来一早要去火车站坐车，没想到让小偷盯上了。一听牡丹江这三个字，联想到昨天甄妮嘴里的周顺以及自己的名字，葛庆林起了疑心。他急急站起身，快步往医院的方向走。几天前跟周百川一起吃饭，有人问他现在在哪儿落脚，周百川说牡丹江。葛庆林当时暗笑了一下，心底嘟囔了句："牡丹江也是朵花，瞧他多会找地方。”

葛文妈得肝癌住了三个月的院，甄妮给他们找了个单间，对面两张床，有电视和空调，像宾馆一样。葛庆林没事就到处转，医院的旮旮旯旯他都熟。他径直来到了外科病房的护士值班室，打听一个叫周顺的人。小护士像是捞到了救命稻草，大声喊护士长，说：“周顺家终于来人了！”

周顺住在一间六人病房里，靠窗。阳光从窗外直射进来，正好打在他的脸上，他沉沉地闭着眼，脸像纸一样的白。葛庆林站在床尾看他，几天不见，周百川一下就瘦掉了魂。

邻床陪护的一个小伙子蹭了过来，小声对葛庆林说：“快给他交费吧。昨天还是大输液瓶，今天就换成小的了。再不交费，明天就不会给他用药了。”

葛庆林说：“至于吗？”

对面一个中年妇女说：“要不是警察来做笔录，连小瓶的都不会给他输，还至于嘛。”

葛庆林连忙摸兜，他只有几个零用钱。他到外边给葛文打电话，让他先送五千块钱来。葛文自己没来，把甄妮派了来。甄妮担心葛庆林老眼昏花，说：“您可是看准了，这个人真的是传说中的百川叔？”

葛庆林说：“不会错，把骨头烧成灰我都认识。”

周百川的沉默似乎有一种恒久的力量。他只跟葛庆林打了个招呼，就又沉沉地闭上了眼。深夜的场景一直在他的脑子里转，可他跟谁都不想说，跟警察都不说。那扇窗户原本是开着的，窃贼跳进来时，他还以为自己在做梦。一把刀子扎到心窝，他只来得及哼一声，就晕了过去。窃贼扎的第二刀，他都不知道。傍天亮时，他又自己醒来了，才喊救命。

周百川的觉睡得有些沉，但窃贼的手脚着实够利索。就像做了一个梦，周百川有点儿不愿意被惊醒。

十

周百川走的那一天，罕村的许多人都看到了。他在前边走，周仓在后面跟着，相距大约有十米远。而在周仓的后面跟着拐腿走着的小凤，相距有三四十米的距离。小凤送他们到村头，人家坐的公共汽车已经没了踪影，她站到路边，久久地朝汽车消失的方向望。小凤的脸上很平静，似乎这一天只是普通的一天。这个男人，无论在不在她身边，都是她的男人。她就是这么认为的。眼下他又一次走，不过是又到远方去做事了。她一拐一拐回来的时候，一直都在这样想。路人什么样的眼光看她，她都无动于衷。

想当年媒人过来保媒，她有多欢欣鼓舞。村里的姑娘都说，周百川英俊潇洒的样子就像电影里的人物。姑娘都这样说，却没有谁想嫁给他，他家实在是太穷了，哥儿六个，耗子似的挤在一个窝里。小凤却截然相反，她一直仰视他，对他抱有感恩的心，因为他肯娶她。结婚那天入洞房，周百川在地下抽烟，小凤和衣躺在被子里，激动而又忐忑。周百川抽够了烟才上炕，扯下她的裤子打量她，那神情她记了一辈子。周百川把所有的不喜欢都写在脸上，可还是在那一晚要了她。

小凤畅快地呼出一口气，她真怕周百川扭头就走，让她从此没法做人。她对自己说，无论以后他对她什么样，有这一晚，她都应该知足。

衰老似乎是从村外回来就开始了。去的时候，她觉得自己的腿脚还有力气，回来就不行了。她躺在炕上，觉得身上的筋骨都快散架了。这之前，她一直是这个家的主心骨。儿子废物，媳妇也不顶趟，凡事没个算计。日子交到他们手里她不放心。周仓从城里回来，她就把钥匙交了出来，说："我老了，从今天开始，家就由你当吧。"

那只老式躺柜还是她结婚时周百川打的，有一个抽匣，里面装着这个家庭所有值钱的东西。周仓赶忙打开了那个柜子，见里面有几捆子嘎嘎新的人民币，扎眼睛。周仓张大嘴巴说："他，他留下的？"

小凤别过脸去，没有回答。周百川不愿意把钱给儿子，说他不成器。小凤不愿意他把钱给自己，但最终她拗不过周百川。

周百川走之前，又把村里的东西南北走了个遍。村西过去是耕地，现在都变成了大片民房，民房紧邻着大水坑，连正经的路都没有。周百川从坑边上的杂草丛里穿了过去，路上留下了很多泥脚印。有生之年他不会再回来了，就是死，他也一定是死在外面了。想到这些，他有些感伤。他的两个女儿都在上大学，她们从来不知道，世界上还有一个叫罕村的地方与她们血脉相连。他和王芝把这些都隐瞒得很好。

他来之前跟王芝狠狠干了一仗。王芝自然不同意他回罕村，说既然已经三十年没回去，再忍三十年，又会如何！王芝的心思他自然懂。可就是因为未来没有三十年了，他才执意要回，不回死都合不上眼。从心里说，他不再惦记谁。小凤，儿女，早就隔膜而陌生了。可他惦记这片土地，渴望双脚踩在这片土地上，这些泥土是他血肉的一部分。这种感情王芝不懂。

坑边有一棵水柳，他把它连根拔了起来，手脚并用移栽到了路边上。这里是一个死角，有一棵树的生长环境。周百川蹲在这棵指头粗的树下抽了支烟，想：再过一些年，它也许会长高长壮。

“你就叫周百川吧。”他对这棵树说。

周百川在医院里住了十多天。他兜里有一张银行卡，这是他最后的财产。他把卡交给葛庆林，葛庆林由此学会了使用 ATM 机。他用葛庆林的手机给王芝打了个电话，说自己的手机和身份证都被偷了，要在这边耽搁一段时间。

王芝的气还没有消，或者，是新的气又生出来了。王芝说：“你不愿意回就别回来了。”咔嗒一声，电话挂了。周百川脸上的肌肉一阵痉挛，把手机给了葛庆林。

葛庆林注视着他说：“我去给你买个新手机吧。”

周百川摇了摇头，说：“不用了。”

葛文从广州提货回来，隆重地来看周百川。他几乎是从病房门口风风火火进来的，周百川欠起身子跟他握手，彼此寒暄，都像劫后余生一样。葛文查看了周百川的伤情，甚至提出看周百川的下体。周百川有些难为情，但还是自己把被单撩了起来。原本应该是乱糟糟毛发的地方突兀地变成了白花花的一片，惊着了葛文。一道刀口斜着从腿根处往阴茎方向延伸，但却戛然而止，进深不足一厘米。细细的缝合印记纤巧精致，像鱼的嘴巴。葛文重点看了周百川的阴茎，像个问号一样窝向另一侧，一副委屈的嘴脸。葛文险些笑出声，那玩意儿因为没有丛林的匹配显得丑陋而孤单，重要的是，他没有葛文想象的强大。

这晚周百川难得的好精神，跟葛文说了一晚上的话。说了一晚上的话，却绝口不提自己被偷和被刺。他不提，葛文也不提。葛文发现自己轻松愉悦了，他甚至跟周百川开起玩笑。眼下周百川没了身份证明，就是黑人黑户，寸步难行。葛文暗示他自己可以帮忙，周百川看着窗外，却没有接话茬。

葛文私下找公安局里的熟人了解案件的进展情况，熟人说："进展啥啊，这种案子根本没有警力介入。"葛文问："怎么回事？"

熟人说："他是外地人，小偷如果是流窜作案，别说案子根本不可能破，就是破了也一点儿意义都没有。"

葛文不明白："这是恶性案件，怎么就没意义呢？"熟人说："不是没死人吗？若是死了人，破案就有意义了。"葛文仍是不懂，但他没再追问下去。

周百川出院回了罕村，又成了轰动的大新闻。

他光秃秃地出现在院子里，把周仓惊着了。周仓一步跨进屋里，喊："妈，妈，那个人又回来了！"小凤身上的力气仿佛就在空中飘着，她一收拢身体，那些力气就又回来了。小凤蜷起身来下炕，抿了抿头发，站到了堂屋的前门槛子里边。小凤吃惊地说："你，咋瘦成这样？"

周百川疲倦地说："我受伤了，没地方可去了。"

小凤伸手把他拉进了屋，小凤说："这里是你的家，你回家就对了。"

周百川的刀伤让小凤惊出了冷汗。她上下的刀口都看了，红色的皮肉新鲜娇嫩，像婴儿的嘴巴一样。她伏在那里嘤嘤地哭，说："亲人，我差点儿就见不到你了，我的好人哪！"小凤嘟囔的声音像风中的琴弦一样顿挫，带着颤音。眼泪像涨潮一样从干涸的眼眶往外涌。周百川的眼睛也湿了，叹息说："这是命。"

小凤说："对，这就是命。"她抻了被单给周百川盖好，拐着腿来到了院子里。

她在一瞬间就知道自己应该做些什么了。豆秧用三股木杈攒起来，挑到了墙根底下，腾地方。一只半截油桶上面坐着只锅，在屋檐底下备着，是俗称"冷灶"的那种，已经很久不用了。小凤弓着身子把冷灶拽到了院子中央，生火，刷锅，烧水。嘴里"咕咕咕"地喊一只公鸡过来，一只草筐扔出去，正好把公鸡扣住了。宰杀、拔毛、开膛破肚一条龙，小凤干得爽心爽手。大门敞开着，鸡汤的香味儿顺风能飘出三里地，门外聚集了很多人，可只有葛武在门口探了一下头。葛武说："婶子，炖母鸡汤啊？"小凤大声说："是公鸡汤。女人坐月子才喝母鸡汤！"

周百川虚弱地听着外面的动静，有一点儿恍惚。三十年的光阴变成了一瞬，让鸡汤的味道挤没了，中间似乎只隔着一个瞌睡。周仓在堂屋窜来窜去，不知在干什么。他有些怕这个当爹的人，自从看见那些嘎嘎新的成捆的票子，他的敬畏就滋生了。他从没一下子拥有过那么多的钱。他从每捆钱里抽出一张放进自己的衣兜里，那块地方似乎能生出火来，皮肉都灼得慌。他脚步很响地从后院找来硬柴。似乎在告诉周百川，你好好躺着，我在为你服务呢！

周仓耗子一样的眼神总躲着周百川，这让周百川笃实了自己的猜测。那天派出所的民警来做笔录，特别问起："你是谁？你到这里来干什么？"周百川没有说实话。他只肯说出葛庆林的名字，却没有提起罕村。他知道，提起罕村就是一个不小的麻烦。民警说："亏你在这里没有熟人，否则我们肯定以为是熟人作案。"周百川问："为什么？"民警说："地点，时机，手法，稳、准、狠，都像早有预谋。小偷一般只对钱物感兴趣，可这个小偷却连你的钥匙、身份证和火车票都偷走，分明是不想让你离开这里嘛。"

最后一句话，周百川听到耳朵里，自己跟自己干仗，然后自己把自己打败了。周百川狠狠地想：周仓，一定是周仓干的！我的儿子，还是有血性的，而且活儿干得漂亮！不让你走，不说不让你走，让你求着我把你留下。只是周仓手下留情了，十年一刀，他应该扎自己三刀！周百川甚至有些甜蜜地享受了伤痛，感念那进深的一厘米，让他还是个男人！如果那根真清净了，自己还有脸活着吗？臊也臊死了！他承认，他这一辈子的祸，都是那条根惹下的，他管不了它！打年轻的时候起，它就支配着他的大脑、心，以及每一根神经，承载着他全部的欢乐与幸福。它挑剔、享乐、任性，而在它之外，所有人的疼痛、眼泪、艰辛、屈辱都与之无关，都漠然待之。被人割的这一刀，是账，也是命。

出来混迟早是要还的。

他试着喊了声周仓，周仓应了声，又去后院拿硬柴了。灶里的火从烟囱里蹿出来，火舌像活的一样腾挪。家里许久没有这么旺的火了，周仓的脸都被火光映红了。离开了灶眼，那红还在脸上挂着，还挂着柴灰，汗水。小凤去棚子里筛小米，小米养人，只是有沙子。媳妇则像没嘴的葫芦，跟在婆婆身后。她总是显得慌张，家里突然出现的这个公公，像一头大象一样，把家撑满了，她的眼神都没处放了。周百川喊的声音，她也听见了，急得朝周仓摆手，那意思是：你快去！周仓却放稳了心神，洗了手，擦了脸，才进到里屋，慢条斯理说："您有啥事？"

周百川说："给我倒杯水来。"周仓出去端水，周百川坐了起来，迎接这杯水。周仓端来的是一个大罐头瓶，满满的一大杯。周百川接过水来没有喝，看了周仓一眼，说："我在这里住一段，你不会烦我吧？"

周仓说："不烦，您住多久都不烦。"

十一

眼科主任突然去世了。眼科缺人，主任、副主任都是他一人担着。甄妮得到信儿就去找院长，说："现在生意难做，葛文也想干业务了。否则，那么多年的学不是白上了？"甄妮顺手把五千块的购物卡夹到了院长的一本书里，院长自然心领神会。他让甄妮回家商量商量，葛文是当老板的，还愿意给别人打工吗？

吃了饭，一家人一起看电视。甄妮削了个苹果，给这个不吃，给那个也不吃。说起回眼科的事，葛庆林首先赞同："人这一生不能光为钱活着，得有地位，有名望。地位、名望从哪里来？从老医生、老专家这种称呼中来。"葛文不屑一顾，他活自在了，不想再去受约束。甄妮斜着眼看他，慢吞吞说："假如……我说的是假如，让你回到眼科当主任，你乐意吗？"

葛庆林抢着说："回去，当然回去。"

葛文也笑了，说："那还用说。"

医院的各科室主任权力大得很，而且收入很可观。真有这样一个位子，关掉眼镜店都值得。甄妮把苹果切成了菱形块，用牙签穿起来一块，这回葛文接了过来。

甄妮这才说原委："各科室都人满为患，别说梯子形队伍，都不知有几架梯子。只有眼科除外，一年一年地招不上人来，院长也很着急。可如果我不去张罗，当然不会有人想起你。"甄妮咬了口苹果，白牙齿在咀嚼的空当一闪一闪。甄妮继续说："好歹当年你也是眼科的骨干，回来顺理成章。"

有关邓小平的电视剧播完了，葛庆林的关注点也告一段落。他索性把电视关了，专心探讨葛文回医院的事。葛文让甄妮说得有点儿动心，他离开医院已经十年了，说回就能回来，而且还有不错的位置，葛文都有点儿不敢相信自己有这么好的运气。

说不上是因为心情还是因为天气，秋凉的温怡让人通体舒泰，葛文和甄妮居然找到了一种类似蜜月的感觉。过去离间他们之间关系的种种阴影都不复存在，有时候葛文刻意去想，居然遥远得难以捕捉。葛文确实把那种东西放下了，回头再看甄妮，年轻时的种种不如意都显得那么可笑，转眼，大家都老了。一种悲怆的心情让葛文格外卖力气。他想：大好时光都给了流水，他们再不抓紧，人生就真的变成画饼了。两人之间的甜蜜连葛庆林都看出来了，有时候电视剧没看完，他就回屋睡觉了。

葛文和甄妮相视一笑，眼神都有些黏稠。

事情想象不到的顺利。几天以后，人事部门的任命下来了，葛文必须走马上任了。葛庆林两个月的期限已满，也该回罕村住小儿子家了。他让葛文先把他送回去，可在这节骨眼儿上，店员小刘有事回家了。眼镜店不可能关门，葛文让父亲临时照顾一下。告诉他所有的商品都明码标价，拒绝讨价还价。需要验光的患者定时定点，葛文下班以后直接过来。学生验光打八折，乡下的孩子还可以更优惠些。葛庆林看了一天一副眼镜也没卖出去。实在闷得慌，他给葛武打电话，问："萝卜长得咋样，白菜下种了吗？"

葛武好歹回答了，就开始说周百川的事。他说："百川叔天天有鸡汤喝，气色一天比一天好，整天出去遛弯儿，看人主动打招呼，就像从来没出走过一样。百川叔也不提走的事，我看他是不想走了。连百川婶子模样都变了，说起话来嘎嘎的，像是年轻了十岁。"

葛武提供的信息让葛庆林激动不已。周百川是自己办的出院手续，葛庆林以为他悄没声地回东北了。甭担心他没有身份证之类，这个家伙有的是办法。没想到他自己悄悄回了罕村，他为啥回罕村成了葛庆林心底的一个惦记。像年轻的时候一样，葛庆林喜欢追在周百川的屁股后头听他说话，住院的那些天，他每天都会过去假装陪床，周百川撵都不走。就像眼下，葛庆林居然像个孩子一样心神不宁。他马上给葛文打电话，让他明天送自己回罕村。可葛文的电话一直打不通，他又给甄妮打，甄妮说："回罕村的事晚上回家再说，葛文现在开会呢。"甄妮口气温婉，但还是让葛庆林不好意思了。想想也是，葛文不比过去，他是当主任的人了，哪能像以往那么清闲。晚上回家有多少事不好说，这个电话打得实在多余。

葛庆林帮助葛文整理了一下货柜里的内容。一块玻璃板总翘起来一边，不平整。他摁下去，玻璃板又翘了起来。他小心地把玻璃板掀了起来，发现下边压着个锡纸包。锡纸包叠得方方正正，有棱有角，他拿出来打开一看，吃了一惊。

葛文晚上下班，葛庆林已经把自己的东西收拾好了。他还是等不到明天。两个月的时间实在漫长，他熬过来已经不容易了。虽说儿子媳妇都好，外面也认识了一群老伙计，可这种感觉跟待在罕村不一样。城市是别人的城市，罕村才是他的罕村。何况眼下罕村还有周百川，当年两人搭班子，一个书记一个副书记，从没红过脸。在罕村跟周百川待在一起，成了葛庆林最迫切的愿望。老爷子既然等不及，葛文便给葛武打电话，让他媳妇和面，用铁锅烙大饼，他们回去吃。兄弟媳妇的千层饼做得好，葛文百吃不厌。爷儿俩上了路，暮色已经漫上来了。很多拉砂石料的大车昼伏夜出，像长龙一样摆满了马路。葛文在车缝里钻行，不时骂一句对面不会回灯的家伙。葛庆林有点儿紧张，一直给他盯着前边的路。他接了葛武的一个电话，说了他们现在的位置。大概还有十几分钟就要到家了。饼可以烙，菜也可以炒了。往口袋放手机时，他摸到了一个光溜溜的东西，才想起那个锡纸包。葛庆林把锡纸包拿了出来，放到了前边的挡风玻璃下面的一个凹槽里。葛庆林问："你百川叔的身份证，怎么在你那里？"

葛庆林预备儿子这样回答：在外面碰巧捡到了，或者警察找到了身份证交给了他。葛庆林知道，儿子葛文方方面面都有朋友。别看他的眼镜店不起眼，却能搭起一张网。儿子之所以把身份证包好放起来，还有一种可能，他不想还给周百川，是想替周家母子留住他。小凤这半生，没有男人疼爱，拉扯三个孩子，有多凄惶只有他们这种近邻才知道。这个理由应该非常成立，因为葛庆林也赞成。还有一种可能，儿子根本不知道这个事，是店员小刘放在那里的。此时正好到了路口，要右转弯。葛文对这件事毫无防备，忽地冒出了一身冷汗，他作势要抢那个锡纸包，车子剧烈一摇晃，一辆大货车呼啸着从身边剐了过去，他们的车子横着打了个旋，车头撞到了另一辆车上。葛庆林只觉得身子一歪，头撞碎了侧面的玻璃。

没有人知道那一刻葛文都想到了什么。那一晚，他从那扇窗进出都如履平地。所有用于作案和作案得来的东西都被处理了，保留身份证纯粹出于好奇。锡纸是店里那盒烟的内衬，葛文当时想好了以后被人发现的理由。那些理由与父亲葛庆林找的理由一模一样。

黑暗像大鸟的翅膀一样倏忽而至，整个世界都发出了破碎声。

十二

村里搞生态村建设，上面下拨了几千万的资金，据说是某个大人物的“点儿”。基础设施建设从去年冬天就开始了。垃圾回收，管线深埋，总有不认识的人在村里干这干那。罕村人也奇怪，既然有工程，怎么不先紧着村里人使呢。他们找到了现任书记，现任书记啥也不知道。资金是上面给的，人是上面派的，好像与村里人并无关系。

春天开始修路，路基垫起了足有三十公分高，村里人都很高兴，说这回下雨再不会踩两脚泥了。周百川从村南往村北走了一遭，找到做工程的小头头说：“你们这样干活儿不行。路基抬这样高，夏天院子里的雨水流不出去，是不是让家家都养蛤蟆？”

小头头挺不耐烦，说：“这事我不管，是上头让这样干的。上头让拉多少土方，我们就拉多少土方，让拉多少砂石料，我们就拉多少砂石料。”

周百川一下翻了脸，站在路中间指着那些工人说：“别干了，都别干了！给你们家干活儿是不是也这样糊弄？把你们的上头叫来，我跟他掰扯掰扯。上头不来人之前，我看你们谁敢动手！”

周百川的气势震慑了所有的人。小头头悄悄问村里人，这个人是谁。有人告诉他，是村里的老书记。小头头开始说好话，说这工程都是按天承包的，下多少料他们说了不算，但完不成每天的工程量他们要负责任。周百川却毫不通融，坚持要把路基降下去十公分。村里沿路的各家各户也被提醒了，他们纷纷站在周百川这边。周百川还发现了别的问题，自来水管道不足半米深，冬天管道封冻，根本不可能有自来水。路灯的灯管质量太次，估计安装的人前脚走，后脚村子就变得漆黑一团。周百川轻而易举就取得了村民的信任。大家都说他比现在的书记强，现在的书记就知道对镇政府唯唯诺诺，一点儿不懂得考虑村民的利益。周百川带领大家监督施工方，每天忙得不亦乐乎。

遥远北方的那个家，逐渐成了梦中的一片风景。在外三十年，周百川唯一的目标就是挣钱，挣很多钱。那个目标实现了，眼下他又有了新的目标。周百川觉得，人不能活得太自私，过去几十年，他一直是在为自己干，而现在，他得为村里人干点儿事了。

他就是这样向王芝解释的。

可罕村对周百川的留下有各种各样的说法。他的儿子在这儿，孙子在这儿，他的根也在这儿，小凤的宽容感化了他，等等。然后就是窃贼的那两刀救了小凤一家，否则周百川早就回东北了，但没有一种说法是周百川的想法，周百川的想法，其实连他自己都不信。可他确实在罕村待住了，过年的时候，他买了许多炮仗，是那种又高又壮的礼花。他跟儿子周仓在外放礼花，婆媳两个在院子门口看着。礼花在天上开得璀璨，把一座村庄都照亮了。

春天，葛文也回到了罕村，但他不是原先的葛文了。两车刚蹭时他被挤压在一个狭小的空间内，人差一点儿成了薄饼。他在医院躺了三个月，命是捡回来了，但智商回到了婴幼儿水平。甄妮心平气和地与葛庆林谈了次话，说要与葛文离婚。葛庆林能说什么呢！眼下，葛庆林推着儿子在院子里晒太阳，教他说话认人。葛文喊了一声爸，葛庆林感动得老泪纵横。

那个锡纸包始终揣在葛庆林的怀里。有关锡纸包的疑问再没人能够解答了。解不开，就如同有个秘密住在心房，葛庆林随时随地都能感觉到它的存在。他在家里没人的时候，试图用锡纸包唤醒葛文的记忆，葛庆林说："眼镜店，玻璃板，周百川，身份证。"这些元素组成了一串信息链，可葛文懵懵懂懂，眼神直勾勾地反应不过来。他着急，葛庆林也着急，爷儿俩面对面坐在那里，呜呜地哭。葛文一边抽搭一边用手掌给父亲擦眼泪，眼神无辜得越发像个孩子。

周百川偶尔来看葛文，葛庆林的态度总是很冷淡。他觉得，那场车祸或多或少都与周百川有关系，可这种关系，葛庆林却说不出口。周家人团圆了，葛家父子两个却吃了个天大的哑巴亏。葛庆林固执地认为，那天是身份证的出现让葛文分神了，才出了车祸。

有一天，周百川从葛家门前过，葛庆林正端着碗给葛文喂饭，看见周百川，葛文嘿嘿一笑，突然指点着说了句："周顺。"

葛庆林问："啥，你说啥？"

葛文指着周百川，努力清晰地说："周——顺。"

周顺是周百川身份证上的名字。

这回葛庆林听清了，"啪"地打掉了葛文的手。周百川却急了，说："你咋能这样对待葛文，他现在这个样子，能说话是好事。"话是这样说，周百川脑子里却转悠了一下，他记得，葛文曾经问过他在外叫啥，作为秘密，周百川并没告诉他。

从理论上来说，葛文不应该知道他的名字。

贤 人 庄

一

风在草梢上打滚，草场在太阳底下泛着金黄，像摇曳的水面一样。水面就在马路对面放着粼光，那一湖水，被人称作“金盆”。太阳忽而照到东，忽而照到西，那些粼光就跟着太阳走，寸步不离。这沿线傍水的村庄几十个，两万多口人，都为这一金盆水，两三年的时光呼啦啦搬走了大半。有欢天喜地走的，有哭天抹泪走的，总之都去城里住高楼了。那些大瓦房、二三层的小楼，都被长胳膊机器捣碎，挖坑深埋了。地底下的土翻上来，在地上铺了一溜平，种上花草树木，那些植物就可劲地长，但再长也长不过那些老土上的作物。庄稼地，果树园子，坡上坎下，没了农人拾掇，那草就长得像菜板子一样瓷实。各有各的家族领地，这边是拉拉蔓，那边是起起芽，都是有我没你的阵仗。它们虎视眈眈地看着那些后来者，伺机侵蚀和围剿。那些娇弱的花朵干不过野生族类，一张张营养不良的脸上，写满了忧伤。

这是被人称为“一期工程”的地方，已经有了一望无际的意思。房屋推倒，果树拔了，栽了一水儿的银杏和木槿，苗木还小，但整齐划一。“二期工程”的建筑尸骸还没来得及掩埋，山墙林立，椽子檩条横七竖八。偶有几株榆树、桑树突兀地矗立，没了遮挡，能被人看出惊慌来，似偷偷从地底下钻出来窥探一番。“三期工程”的房屋和主人都还在，临建搭得乱七八糟，瓦屋上接出了奇形怪状的建筑，大风刮来乱晃荡。墙壁上留下了清点过的痕迹，大大的一个“拆”字坐在红圆圈儿里，神采飞扬。人们脸上的惶惑与祈盼交相辉映，只有狗的叫声透着绝望。

贤人庄在“二期工程”的中间地带。前面是小水村，后面是二十里庄。这二十里是指到埙城的距离。也就是说，贤人庄离埙城，比二十里的路程还少一点儿。

这一带的村庄都是明代建村。相传贤人庄建村最早，村名是御赐的，但究竟是哪一个皇帝御赐，却有不止一个说法。

说法太多，不如不说。

贤人庄的人好是公认的，从古到今路不拾遗夜不闭户。姑娘嫁到外村，都是孝顺媳妇。就如这次大规模拆迁，远远走在了小水村和二十里庄的前头。政府的人都说，老百姓要都像贤人庄的人那样，会少很多麻烦。他们有一个数字做比喻，贤人庄最困难的钉子户，政府的人最多去了五趟就解决了问题。而二十里庄的一个钉子户，让政府的人跑了九十九趟。九十九趟是什么概念？会哭的孩子有奶吃，他们是想连产奶的娘一起吃了！这个比喻够形象，可见拆迁办的人实在伤透了脑筋。贤人庄却由此饱受诟病。左邻右舍都说贤人庄的人傻，在赔偿问题上吃了老大的亏。

先来了一辆大卡车，又来了一辆大吊车，停在路边上。进村的路早就不成样子了，从坎上掉下的砖头瓦块叽里咕噜，把路都要封严了。有些粘连的墙体像大石头一样，就在路上横陈，小轿车根本开不过去。当然大卡车和大吊车不在话下，司机下来彼此借个烟点着火，商讨一下路径，大吊车率先往里隆隆地轰，不经碾的砖瓦一声一声嘶鸣，都碎了。

他们一共来了七个人，六男一女。女的是从卡车的副驾驶上下来的，穿着高跟鞋。她甩着胯骨走过来，围着村中心那块碑转。“小齐，是不是这个？”小齐跟另几个人从车厢里下来，掐腰围住那碑。小齐是个戴小圆眼镜的年轻人，米色的夹克敞开着，兜风，这让他的瘪胸脯鼓胀了不少。他在更大的范围转了转，手机不时拍着照片，嘴里却啧啧地打扎板儿，遗憾得不得了。村庄面目全非，这块碑的周围环境也面目全非。这里曾经有一棵老槐树，树冠斜过来笼罩那碑，像故意打起一柄巨大的遮阳伞，如今连树桩都不见了。小齐丈量了大概的位置，用脚荡了下，原来那碑掩埋在一块墙皮底下了。那块墙皮是白的，仰面朝天，粘着丝丝缕缕的麻刀，过去不知贴在谁家的墙体上。翻过来，那上面甚至有油笔写的“好吃”两个字，像蜘蛛爬，一看就是孩子写的。

不知是啥东西好吃，字体中映下了孩子满足的样儿。小齐找好角度，把这两个字也一并拍了。

“有啥好拍的，到处都是烂兮兮的。”女人不满地嘟囔，“问你呢，碑是这块吗？”

小齐直起腰，镜片在太阳底下熠熠放光。小齐说：“碑是这块，可这是谁的主意，非要移走？文物在属地是活的，移走就死了。”一股风刮来，小齐的声音被刮走了大半，要不他的声音也透着虚，没底气一样。

午后刚一上班，所长喊他下乡。他问：“下乡干啥？”所长说：“拆迁队一会儿来车，你跟他们走。”他在车上才知道是来移碑，下了车才知道是移贤人庄的碑。

各村其实都有碑，是20世纪80年代普查地名的产物。都是毛碴碴的水泥制成的，描成红漆字，但贤人庄的碑是清代立的，在全县绝无仅有。这里在清代以前叫“河套地”，后改称“贤人庄”。是因为这村里的村风好，声名远播。也就是贤人庄的碑，才没被当石材砌猪圈。那碑半人高，是大理石的，有底托，下面刻有莲花和祥云，上面长了许多苔藓。小齐用手心去擦那些苔藓，石碑沁凉的感觉直抵心底，像大冷天吃了冰棍一样。

“文物在属地是活的，移走就死了。”小齐反复嘟囔。

“啥活的死的？”女人皱起眉头说，明显有些不耐烦。女人是噘嘴，塌鼻梁，长了两只凌厉的大眼睛，“就你事多，移走已经不错了，要是我能做主，就地挖坑埋了。”

女人用胜利者的姿态看着周围的人，那些人都赞同地对她笑。

小齐却像没有听见，继续用手心搓石碑上的苔藓，说：“一块碑就是一段历史，上面有许多信息依附着，政治的，经济的，文化的，哲学的。一块碑就是一段活着的历史，能行走，能穿越时空。”

“你躲开。”女人不想再费唇舌，她看着小齐这样的人就费劲。这种不识时务的人哪儿都有，除了让人厌烦一点儿用处也没有，“都到这个时候了，你还说风凉话有屁用？不想移碑你早说，我们就不来了。”她指挥工人干活儿，你干这他干那，干脆利索。一根撬棍在手里掂了掂，差点儿闪了腕子，一个年轻人赶紧接了过去。先在周遭清理泥土。毕竟是老碑，那些泥土也都生根了，用铁锨根本挖不动，撬棍和钢镐派上了用场，翻动了一堆碎石。还有老槐树的根须也在周围缠绕，锋利的锨刃此刻化成了刀，高高扬起，又一下一下往地下戳。那些毛须如同微小的血管，一下就崩断了。但那些供养主干粗壮的根脉却坚硬且柔韧，它们有功似的盘桓、坚定地护住那碑，一次一次若无其事地把锨镐弹起，自己却只受一点儿皮外伤。于是换人换手换家什，直把人累得人仰马翻。到底它们战不过人和铁器，胳膊粗的根脉露出了白森森的碴口，真的是承受了千刀万剐，断裂时甚至发出了嘶鸣。太阳弹跳了一下，眨眼就收敛了光芒。秋天就像一个咏叹调，气力不接，什么都不长久。就像那白光光的日影，刚才还在西山上，忽而一跳，就散成了一片火烧云。那碑终于自己摇动了一下，像老年人的一个踉跄。就是这个踉跄带来了希望，大家欣喜起来，多上去几个人，站在背向村庄的那一面，弓起腰背，伸出两只手臂，脖颈使劲往下抻扯，女的喊了声："一、二！"轰的一声，那碑终于倒下了，沉重的身躯匍匐在地上，此刻那里有新挖上来的土块，石碑跷起了脚，可真像一位古人哪！人们长出了一口气，左手右手互相拍一下，掸土。摸兜，掏烟，陶醉地吸一口，就有人轻蔑地说那碑："小样儿，你倒是站着哇！"

他们用铁链把碑套牢，吊车卡车都就位，女的一喊号子——突然，有个人不知从哪里蹿了过来，手指那碑激烈地喊："放下放下放下！这是文物，你们盗挖文物犯法！"大家一齐看那人，就是个农民嘛。肥腿蓝裤子，皱巴灰上衣，粗眉大眼，骨骼皮肉都像风干的老树枝杈，更显出了生活的底色。他的身后跟着一条黑狗，也是一条丧家犬的模样，在外围扯着嗓子穷嚷。

大家的眼神像风一样从那人头上掠过，该干啥干啥。那人却像惶急的老鹰张开翅膀，一下匍匐在碑上，嘴里说："贤人庄的碑，我看你们谁敢动，我看你们谁敢动！"吊车试探地抻扯了两下，那个巨大的吊钩钩起的锁链咔啦响，像是穿越了他的肩胛，听上去心悸。那碑上的人却无动于衷。

女的走过来，气急败坏地嚷："天都快黑了，你捣什么乱。快下来，快下来！"

那人说："这是贤人庄的碑，你们无权拉走。"

女人不屑地喊了声，说："什么贤人庄，这里哪还有贤人庄？这地上地下的文物都属于国家。"

那人说："那你们就更无权拉走。"

女人尖起嗓子说："我们怎么无权，我们是代表国家来的，你知道不知道？"那人不说话，却用坚硬的后背表达了不信任。

小齐此刻走了过来，围着那人转，伸手拍了拍他的肩背，叫了声"老赵大哥"。

那人偏头一看，嘴里叫了声"齐馆员"，从碑上滑了下来。他捉住小齐的手来握，小齐慌忙应对，两只手握在一起颇不容易。那人像是见了久别的亲人一样，再叫了声"齐馆员"，竟呜咽了。旁边的人都有些不好意思看，朝远处闪躲几步。

女人找话说："倒好像有人咋着了他似的。我们咋着他了吗？"大家都摇头。

老赵抹了一把脸，问小齐："你跟他们是一伙的？"

小齐笑了下，说："是一伙的。"女人在背后指点小齐，对他的回答不满意。小齐介绍说："这是贤人庄的赵庆福，当年村里的干部想把这块老碑卖掉，是老赵大哥拼命护住了。"

赵庆福问："你们要把碑弄到哪里？"听说放到博物馆统一收藏，老赵难为情地咧咧嘴，露出了一口不洁净的牙齿。他讨好地对女人笑了下，女人把脸扭到了一边。

小齐不止一次来过贤人庄，每次来都跟老赵聊会儿。第一次见到老赵时，老赵正在摘红果。那些明艳艳的红果不吃先倒牙，小齐从那里过，直嚷嘴里都是酸的。果园里八卦阵一样地摆了许多果筐，有的已经装满了。老赵问小齐："来谁家串门？"小齐说："随便转转。"

老赵喜欢随便转转的人，于是停了手里的活计招呼小齐进到果园来。老赵喜欢显摆贤人庄的历史，旮旯角落哪里有属于历史的信息都了如指掌。只要是陌生人，老赵都喜欢跟人家显摆。听说小齐是博物馆的，他拉着小齐去了家里。他家有很多古旧残破的书，倒不是多有价值，就是体量让小齐叹为观止。从交谈中得知，老赵并不是多有文化的人，他只是喜欢并崇尚文化。他从河滩地捡来的石凿、石斧以及各种稀奇古怪的石头，都像战利品一样在窗台上陈列着。这些石头有些与历史有关，有些与时尚有关，不一而足，让人觉得老赵像个痴子。小齐第二次来直接去了老赵的家，他们已经能坐在炕头上喝两盅了。

小齐问：“大家都去住高楼了，你还在这里干啥？”老赵往南山指了指，说：“啥都搬了，大黑还在这里呢。”小齐就明白了，他认识那头驴，说：“以后也不用种地驮果筐了，卖了吧。”赵庆福点头说：“我也这么寻思，还没容空儿呢。”

石碑装到了卡车上，女的指挥大家上车，司机把大卡车轰着了，要走的架势。赵庆福又去捉小齐的手来握，这次小齐急于上车，没来得及。他们过去见面根本不用握手，所以小齐没那个准备。赵庆福眼巴巴地嚷：“贤人庄的家没了，以后咱哥儿俩再见面也不容易了。”小齐登上车门仓促地说了句：“我去新家看你。”

两辆大家伙轰隆隆地朝村外开，狼烟地动。赵庆福脑里闪过新城的一片楼房，每栋楼房都有三十层高，排着一模一样的小窗户。他又喊：“你也不知道我在哪个窗户住啊！”

二

后车座上拴着缰绳，奔波二十多里，赵庆福和大黑一起进了城，后面还跟着一条狗。在外环线上过马路的时候遇到红绿灯，狗把他们跟丢了。狗在马路那边急得跺脚，赵庆福趁机拐了弯。这条马路四通八达，人车奔涌，狗闻不着他们的气味，自个儿回了贤人庄。

当然，这是老赵的想法。

大黑拴在山里整整四天。四天前赵庆福最后一个举家搬走，把大黑藏到了山坳里。这四天，赵庆福没有哪天耳根子清净，老婆何玉新只要见着他，手不闲着嘴也不闲着，一边干活儿一边磨叨。她用抹布来回擦脚印。地上的瓷砖洁净得能照镜子，稍微有一点儿灰尘她就不依。每一个新搬家的人都这样，别的可以不管，就是地上不能有脚印。她说："早就让你把大黑卖了，你就是不听话。说什么要卖也不卖给杀驴的，你以为驴金贵。除了杀驴的，现在谁还要驴？"

赵庆福狡辩说："使驴的人家多着呢！北面搞旅游的，用驴拉车，还有人专门骑驴呢。"

玉新说："人家骑马！也就你瞎掰，把驴一个拴在山里，如果让狼掏了，你后悔都来不及。"

赵庆福说："你净说没边儿的话，都多少年没见着狼了。"

玉新说："人比狼更可怕！现在的驴肉这么贵，谁看见那样大的一头野驴都会动心。"

赵庆福说："大黑明明是家养的，咋会是野驴？"

玉新说："庄子都废了，狗成了野狗，驴可不就成了野驴。"

这话让赵庆福心里一动。左右邻村的狗都卖给了狗贩子，小的十块，大的十五、二十，一车一车地往外拉。贤人庄的人不忍心让狗挨一刀，可又不想带走，便放任了。他回村里，家家的狗都在叫，可它们都没了主人。狗成了野狗，驴可不就成了野驴。他心里明白，玉新的话没错。可他嘴里含糊，说："那地方隐蔽，没人能轻易看见大黑。"

玉新说："不怕一万就怕万一啊！眼下闲人多，总有逛野景的。万一让人得了手，你哭都找不着坟头。"

玉新这话说出来已经到极限了，让赵庆福的脊梁长了毛刺。想那片山洼里的荒草径，是偶有人出没。现在的闲人也叫"驴友"，还真有手贱的，偷个桃摘个杏的人多了去了，保不齐会对一头驴动心。想到这里，他一刻也不敢耽搁，放下手里的活计就往外走。玉新问他去哪儿，他头也不回地说："去贤人庄。"

没想到正好遇见那群人来挖石碑。如果不是看见小齐，赵庆福还真以为那是群盗碑的人，他豁出命去也不会让那些人挖走，他会扎个帐篷守在这里。

石碑上的字是清代知州刘念拔题的。当初还有人想用新碑换旧碑，说是喜欢刘念拔的楷书，搁自家庭院当摆设。真实情况谁知道呢。一卷票子都过手了，赵庆福联合村里人把事情挡下了。后来才知道，这块碑原来还是文物，倒卖文物犯国法。当时的村长叫胡大生，因为这个事，很多年见了赵庆福都爱搭不理。后来胡大生在路边开鱼馆，赚了大钱。有一次请人算命，说他命中有贵人相助，否则早些年有牢狱之灾。胡大生如五雷轰顶，惊出了一身冷汗，料想是当年见财起意想卖村碑的事。再见赵庆福的面，胡大生拱了拱手，叫了声“恩人”。

大黑这头驴，不是普通驴。

贤人庄挨门挨户数，从两个轮子到四个轮子的机动车，家家有，但驴只剩下了这一头。自从贤人庄有了拆迁的信儿，贩子就走马灯似的来打探。他们耳朵尖，知道这里有头好驴，可以配两匹马肉。听出来了吗？不是驴配马生骡子，是驴肉配马肉。也就是说，两匹马一头驴的肉混在一起，可以卖三头驴肉的价钱。马肉又叫“死马肉”，远不能与驴肉相比。“天上龙肉地下驴肉”，驴浑身是宝，马跟驴不是一个行市，这，是另一层意思。

无论贩子出多少钱，赵庆福就两个字，不卖，一点儿通融的余地也不留。大黑的身世不寻常。大黑的妈是黑脊背，却长了个白肚皮。“白肚皮”是一头沉默寡言的驴，干活儿下死力气做。它生大黑时年事已高，有点儿像人的横生倒养。总而言之，白肚皮死于难产。大黑被生拉硬拽扯出宫腔，不睁眉眼，看着像生了软骨病，站不起来。正是秋霜下来的时节，人穿着夹袄都冻得打哆嗦。赵庆福来不及多想，抱起大黑就上了热炕头。大黑的一身胎衣黏抓抓，腥膻得厉害，赵庆福也顾不得，把被子围在了它的身上，用自己的毛巾给它擦小脸。村里人说："赵庆福恨财不起，恨家不发，把自家的炕当成了驴棚。"

那年山坡上的谷子遭遇了大旱，产量低得可怜。赵庆福自己舍不得吃，留着给大黑滚米汤。那年儿子赵乐七八岁，村里人见他就开玩笑："你爸又给驴喂奶了？"赵乐说："是喂米汤。"村里人说："你不懂。驴在你家住炕头，盖棉被，吃人奶。"赵乐说："我家没有人奶。"村里人说："你爸就产奶，不信你回家问问他。"赵乐大声说："我爸不产奶，我妈才产奶！"

喂养大黑是一段艰苦的历程。稍大一些，把黄豆炒熟碾成面，冲成茶汤给大黑喝。整个一个冬天，大黑像女人坐月子，连屋都没出。赵庆福发现，一吹冷风它就打哆嗦，那身毛皮就像穿在了狗身上。赵庆福也奇怪，两三个月以后，大黑已经有了一头驴的俊朗样子，腿骨挺拔，小脸娟秀，两耳尖尖，大眼睛水汪汪。可它就是怕风，死活不肯去屋外。它就像这家的一口人，跟着赵庆福这屋那屋地转。村里人又说："没见过这样养驴的，比孩子养得都娇气。"直到转年春天，花开了，草绿了，空气香喷喷，它才战战兢兢地走出屋，翻蹄亮掌像风一样跑，拉都拉不回来。

转眼就是十几年过去了。赵乐长大了，在省城考上了公务员。小黑也长成了大黑。这些年，它可没少卖力气，再苦再累也不尥蹶子。赵庆福看它，从来也不用看牲口的眼神，眼里都是情愫。他还开玩笑，说："你要是个母驴就更好了，我要让你儿孙满堂，多子多福。"

赵庆福进到城里，已经掌灯了。天还没有黑，马路边上的灯就长成了葫芦串。赵庆福一边走一边心疼电费。照他的想法，这一条街有一盏灯就够了，稍微能借点儿光，看清道就行，根本没有必要把灯杆栽得像高粱地。他住的楼在边上，是最后一排。他早就相看好了，楼房不远处就是绿草地，草地上新栽了梧桐树，都有胳膊粗，拴驴是再好不过了。那样鲜嫩的草肯定也对大黑的胃口，看上去比韭菜都齐整。没想到，城市里还有这么好的地方，自己进了城，大黑也跟着沾光。想到这些，赵庆福很高兴。他的脑子里，已经有了一番图景。城市人都喜欢遛狗，他遛驴。看着他牵这样一个大家伙，估计会把城里人乐坏的，城里人就爱看稀奇，他们生活得都太平淡了。大黑又有免费草料吃，要说这日子，不比在贤人庄差。他借着路灯的光亮寻找草茂密的地方，蹲下身去，用手摸了摸。那些草苗苗从手心滑过，沁凉，散发着一股好闻的纯净气息。赵庆福很满意，把大黑拴好，拍了下驴脸，说：“你这回可是过年了。这些草，随便你吃，你今天吃了明天它还长。”大黑也通人性似的打了个响鼻，伸出舌头舔了下他的手掌，算是依依不舍告别。

圆桌是从老家搬来的，桌面开裂了，使胶带打了补丁，靠在了侧卧的外墙上。上面摆着两只倒扣的盘碗，碗底油汪汪的。这屋那屋没有看到何玉新，赵庆福就知道，她这是看人跳舞去了。

小区挨着街景公园。进城的第一天，两人不顾一天的劳累，先到公园转了转。公园里栽了许多奇怪的树种，在山里从没见识过。还竖着许多奇怪的石头，其中一块大石头上有“大地史书”几个字，是描绘北部山脉中上元古界的，说有八亿到十八亿年的历史。一块石头这样古老，赵庆福一下就痴了。他在石头旁坐下，侧耳听那石头，似乎能听出整座村庄发出的嘈杂。有个小老头儿从石头里钻出来，稀疏的白发，在脑后绾个髻，披一身粗麻布衣，扛一柄锄头下地。这是先祖，赵庆福经常在心里描摹。他文化不高，但喜欢那些久远的未知的历史。家里的老旧残书都是他四处搜罗来的，装满了整整一屋子。就是因为太多，反而无法搬运。赵庆福一狠心，任那些建筑垃圾埋了。反正迟早都得埋，什么都得埋，还在乎什么！

赵庆福一直坐到腿麻了，屁股底下凉得受不了才站起身，却找不见何玉新了。都十点多了，那些扭秧歌、跳舞的还不散伙，城市人的劲头儿可真足，就像上紧了发条的钟表。何玉新从年轻的时候就羡慕城市，幻想着有朝一日能成为城市人，如今这个愿望终于实现了。她是村里的文艺骨干。不爱干家务，甚至不爱做饭，但爱参与公共文化活动，赵庆福从来都支持她。她从公园的一头儿走到另一头儿，打球的，打拳的，舞刀弄剑的，她挨个场景看。最后选中了一支跳广场舞的队伍，偷偷跟在人家背后比画了半天。

然后，每晚都去。

最后一口饭还没咽利落，敲门声响了。

赵庆福往城里搬家的时候特别不开心。说良心话，不开心的人不多，但他算一个。他是最后一个搬走的，说政府动员了五次才解决问题，指的就是他。赵庆福经常蹲在一处山岗上，望着毁坏的村庄出神。房子搬走一户捣毁一户，村子逐渐千疮百孔。他经常自言自语说："这是贤人庄啊！这里有先人的骨血啊！"艾特马以为他说给别人听，站起身来左右看，并没有什么人，只有山峦黑黝黝的影子。

艾特马是一只老狗，十三岁了，后背上的毛都磨秃了。眼球混浊而疲惫，眼角堆了两窝屎。它卧下身去，把下巴放到两只前腿上，侧着头，听赵庆福说话。是赵庆福以为它在听自己说话。赵庆福站起身，眼前是蓊郁的丛林，像一片黑压压的人的脑袋。他比画说，这村原来叫河套地，赵姓哥儿仨从山西挑着担子一路走了来，开荒种地，诗书传家，把河套地变成了贤人庄，远近都有名。眼下贤人庄变成了6号楼，就在城边子上占那么一长条的地方。前边是5号楼，小水村。左边是10号楼，二十里庄。“这下好了，贤人庄跟它们没区别了，没区别了！可这样地连根拔，我舍不得，舍不得呀！”他像做报告一样说完，呜呜地哭。仰面朝天，鼻涕眼泪一起往下淌。嘴巴最大限度地张开，像一只圆口的喇叭发出嗡鸣。艾特马闭着眼，有些羞愧地不敢看主人。赵庆福是个足智多谋的人，他有法子对付拆迁队。只是，赵庆福心太软，三招两式，赵庆福投降了。因为拆迁队的人说，你是贤人庄的人，要给其他村庄做表率，全镇人民都看着你们呢！得，赵庆福恨不得自己去钻水窟窿眼儿，给政府添麻烦的事，祖宗三代也没有过！只是这村的景致实在是好，前边是湖水，后面是山峦，一到春天满山满谷的桃花杏花，香得狗都打喷嚏。艾特马带着别家的狗在树行子里穿行，经常忘了回家吃饭。

三

赵庆福小心地把门拉开了一道缝。这可不像乡下，房门随时可以大敞四开，广迎远方宾朋。这话说得有点儿大，其实就是左右的乡亲，串门子，数扁担，前五百年，后五百载。车轱辘话今天说明天也说，从来没听腻过。你关门闭户要遭人笑话，以为你干啥见不得人的事呢。儿子赵乐一再叮嘱，搬到城里来，第一件事就是关门关门关门，要紧的事情说三遍，关门是第一要务。赵乐威吓说："你要是不关门，卖保险的，卖菜刀的，卖化妆品的，推门就进，就像推自己家的门一样，来了就不走。还有那非偷即盗的，损失财物是小，还要人性命，这样的案例多了去了。"赵乐索性威吓到底，举了很多网上看来的例子，强盗冒充查水表的上门，用胶带把人的嘴封上，手脚捆在一起，像捆粽子。要银行账户和密码，还有恶人把人大卸八块，用硫酸溶解灌了下水道，总之只有你想不到，没有他做不到。

赵庆福的心紧着跳了两下，才看清门外是个胖女人，一手拿着笔，一手拿着本，正煞有介事地记着什么。她用拿着的笔挑了下头发，说："我物业的，3002是你吧？"

赵庆福站出来瞅门牌，发现自己真的是3002。分房的时候其实就知道，可总是记不住楼牌号。他问啥事。

胖女人嚷："还好意思问啥事，西边的草地都让你给破坏了！"

这话赵庆福不爱听："我又不吃草，我咋会破坏草地？"

"那驴是你家的吧？我跑楼跑得腿都细了，还好找到了你……你知道草坪多少钱一平，气得我直打哆嗦。你们这些农民啊，能不能让人省点儿心……”

赵庆福窝着背靠在墙上，总算明白了，那地方草好，但不能放驴。可女人的话他不爱听。他看女人的腿，穿紧身裤，模样像个萝卜。

女人说：“看什么看，还不赶紧想办法。”他问女人咋办，女人叹了口气说：“还能咋办，罚你你不会出钱，恢复草坪你又不会。你说说，还能咋办？赶紧把驴处理了！”

女人让赵庆福签字，赵庆福把手背到后面，他可不能随便签字，这也是儿子赵乐告诉他的。签字就意味着履行责任，而有些责任是你根本履行不了的。

女人苦口婆心说：“咱是城里人了，要懂些城里的规矩。那么美的草坪，你真舍得放驴？吃些草还是小事，那驴蹄子一倒腾，好好的草坪就破坏得没法看……政府为了让咱们农民过好日子，真是方法用尽……咱不帮忙，不添乱行不？”

赵庆福说：“不是，大姐……”

女人说：“叫我谢主任！”

赵庆福不满地说：“咋句句都像吃枪药似的。”

女人把本子丢过来，说：“立马签字，把驴的问题先解决了。”

赵庆福问：“怎么解决？”

女人说：“要不你给我，我给你解决。城里那么多驴肉馆，还解决不了一头驴？”

赵庆福这回签了字，他不能让女人把驴拉走。女人其实也就是吓唬他。回手一摁电梯，立马就开了。门一合，把人变没了。

赵庆福出来才发现天已经乌蒙蒙了。这城里的天就是这样，一天到晚乌烟瘴气，像闹妖怪一样。山里人把这种天气就叫“妖怪天”，山里妖怪携风带雨，城里的妖怪却啥也不带，就带一股呛鼻子的煤烟味儿。自打搬上来，也没见过透亮天儿。他像贼一样瞅好了才往西边走，却没提防，艾特马在车棚旁边蹲守，刚要往这边扑，赵庆福比它发现对方早几秒，嗖地退回了楼道。他的心怦怦地跳。艾特马是有这智商的，它一定知道他住在这里。可知道又怎样，他是下决心不要它了。他让自己静静神，大步往外走。艾特马果然欣喜地跑了过来，叼他的裤脚，舔他的脚面。他不理会，两只脚左蹬右踹。其中一脚蹬到了艾特马的耳根，艾特马疼得大叫一声，终于死了心，站着眼巴巴地看他。他没回头。他从贤人庄回来的时候艾特马就一直尾随着他，不走大路走小路，在公路下坎腾挪。他知道却假装不知道。进城的时候车流多起来，他跟大黑抢了个红灯，周围一片急刹车声，好歹总算过来了。艾特马没跟过来，他以为它不会来了。

狗是儿子赵乐的玩伴。赵乐曾经说：“将来艾特马死了我要给它送葬，把它埋在核桃树下，就像这家里的一口人。”

说这话时赵乐才十五六岁，会背很多唐诗。家里那些古旧残破的书赵庆福喜欢，赵乐也喜欢。他经常扎到书堆里几个小时不出来。搬家之前，赵乐打电话问起过艾特马，但也只是问了下，没下死命令让爹带它进城。情况摆在那儿，村里家家都把狗撇在了贤人庄。大家都不带，大家都主动放弃了。这已经算是厚道了，小水村和二十里庄的狗，早就变成大粪被人排出去了。有啥办法呢，虽说只卖十几二十几块钱，可那也是钱啊！城里的生活贵，一把葱，一把蒜，一把韭菜，都贵得让人心疼。哪像过去房前屋后随便撒种子，种啥长啥。

道理是这道理，但贤人庄的人不卖狗，遇到偷狗贼就像打仗一样团结一心。城里的狗都不像狗，像熊、像羊、像鹿、像狼、像狮子，总之都不像狗。来的时间不长，赵庆福就闹明白了一件事，不像狗的狗才体面，瞧他们牵在手里，像是拉着一捆子人民币，那叫一个闲庭信步！村里的狗都纯得像狗，啥都不像，只像狗，能逮兔子，能捉小偷，能看家护院。可在贤人庄看着好看，放到城里自己看着就不上点儿。我们本来就是庄户人，人家看着你已经戴有色眼镜了，你再牵那样一条土狗，不用别人说，自己就觉得不体面。一个“土”字，城里人其实都喜欢，土猪肉、土狗肉、土鸡蛋，都是美味。但那是吃，人土就不行了，不招人待见。既然做了城里人，还得有个城里人的样子。再说，在城里生活也不比乡下，粮食蔬菜都金贵，也没有多余的东西喂狗啊！

父子俩在电话里讨论来讨论去，最后达成了共识。既然村里人都不带狗进城，那他们也别例外了。艾特马在村里还有伴儿呢。

他刚出现在大黑的视野里，大黑就咴咴地叫，鼻翼一扇一扇，有共鸣。那些草也看不出吃了多少，都让驴蹄子给踏翻了。赵庆福不心疼，地上的草，哪有那么金贵。谢主任也就是吓唬乡下人，因为乡下人没见识。赵庆福紧跑两步赶过去，先摸大黑的鼻梁，又拍了拍大黑的脊背，大黑把头扎到他的怀里，一拱一拱的。那意思说，你可来了，我以为你不要我了。赵庆福自是懂的，解开了缰绳，说："我知道你在这里受委屈了。那个胖女人训你了吧？咱回家，咱回家他们就管不着了。"大黑抵住了赵庆福的屁股，喷出的气暖烘烘。脚下的草坪简直成了烂泥塘，赵庆福愤愤地说："又不是庄稼，刨了又能怎样！"

大黑打了个响鼻配合，那意思好像是在说：怎样！

电梯有点儿小，赵庆福伸出两只胳膊丈量过，若是站成对角线，刚好能装下大黑。就是大黑得受委屈，尾巴塞进角落里，鼻梁骨要贴在夹角处，像戴上个箍子。好在只是一会儿的事。一会儿上去了，一会儿下来了，像腾云驾雾一样。世界上，也就孙悟空有这本事。赵庆福连说带比画，不管大黑听得懂听不懂。

电梯门开了，下来娘儿俩。小男孩儿有四五岁，开心地站着不走，说：“嘿，这个大猪！”

妈妈说：“这是驴，猪没有这么大个儿。”

小男孩儿说：“嘿，这个大驴！”

妈妈说：“宝宝真聪明，这回说对了。”

有人对驴感兴趣，赵庆福很高兴，便搭话说：“那你们说说看，这是公驴还是母驴？”

妈妈弯下腰去看，驴的器具正好扬出来，好大一根。妈妈的脸“腾”地红了。剜了赵庆福一眼，嘴里嘟囔了句：“啥人啊，这么大岁数！”拉着孩子匆忙走了。

赵庆福看着他们的背影得意地笑，说：“你别跟牲口一般见识。”说完这话才咂摸过滋味，有点儿像骂自己。他更开心了，像捡了钱包一样。电梯合上了，一个封闭的世界。这个世界真好，只有他们俩。赵庆福抱住了驴脖子，用脸蹭它的鬃毛。电梯壁上映出了他的影儿，他对影儿说：“你真贱。”“你说谁？”“就说你。”“今晚你跟大黑睡？睡就睡，又不是没睡过驴棚。”真安静。世界如果总是这样安静就好了。

电梯在3楼停了下，一个小女孩儿嗷的一声叫，像被电梯夹了手。赵庆福拍了拍大黑的脸，说：“你吓着人了，没人见你坐过电梯。今天可是开洋荤了。这要还在贤人庄，见都没处去见。是埙城好还是贤人庄好？埙城好！”赵庆福自己竖了下大拇指。大黑张不开嘴，不能说话，大眼睛一眨巴一眨巴，特别解风情。

电梯已经停在了30楼，赵庆福把驴尾巴撩起来往外拽，说：“艾特马不定咋恨我，有好事我先想着你，可我总不能把你丢在贤人庄、把它弄到城里来吧？”

赵庆福忽然有些气愤，说：“你是啥贡献，它是啥贡献，它不能和你比。你在山上驮果筐，它在树行子里搞对象，年年让小花怀孕，孩子都生好几窝了！”

对面的门吱扭开了，胡大生往外搁垃圾。他奇怪地说：“你这是在跟谁叨咕？”

赵庆福心虚地说：“你听差了，我没叨咕。”

胡大生狐疑说：“你明明叨咕了……你这是干啥？咋让驴上楼了？”

赵庆福不解释，把驴拽出来，拧开了自己家的房门。胡大生提着笤帚追了过来，说：“你咋把驴拉家来了？楼房屁股大的地方，你往哪儿搁它？”

赵庆福说：“这样大的地方，哪儿搁不下它？”

胡大生口里“啧啧”地说：“赵庆福，你咋这各色呢。这么大个贤人庄，顶属你各色。”

赵庆福说：“我咋各色了？”

胡大生说：“你说你在村里，整天捡点儿子破烂，家里连插脚的地方也没有。好不容易住楼房了，你又把驴弄上来……”

赵庆福说：“这儿没你的事，你甭管。”

胡大生说："好，好，我不管。黑夜你可别让它叫唤，瘆得慌。"

赵庆福说："你怕驴？才几天不使驴，你别这么快就忘本。"胡大生气得举起笤帚拍了下桌子腿，走了。赵庆福赶紧关上门。

客厅也没有多大。赵庆福的这套房子九十多平方米。把家里的大小柜子拉了来，客厅只能装下驴了。赵乐反对他往楼上搬旧家具，赵庆福骂了儿子半天，说他嘚瑟，忘本。刚吃几天公家饭，就看不上家里的旧物件了。大黑一进来，就像庞然大物一样把屋子装满了。玉新刚拖完地，去楼上串门了。回来一看地板，急得嚷："你咋让驴进来了？快出去，出去！"

赵庆福也扯起脖子起高音儿："上哪儿去？哪儿也没地方去！世界这么大，却没有大黑待的地方。"

玉新一甩袖子去了里屋。赵庆福拍着大黑的脖颈让它趴下，可驴蹄子打滑，大黑差一点儿驴失前蹄。大黑终于趴下了，蹄子往里收得紧。赵庆福看着心疼，搬着身子想让驴卧舒坦，驴蹄子又一打滑，咣当一声摔趴下了。这回动静有点儿大，地板呼扇呼扇像闹地震。不一会儿的工夫，房门又被敲响了。赵庆福打开门一看，还是那个谢主任，身板比一扇门都宽。

谢主任一侧身子，才跨进门来，转圈儿看那驴，又看赵庆福。点着他的脑门儿说："行啊，你。脑子没毛病吧？"

赵庆福说："是头好驴，没毛病。"

谢主任说："别说它，说你。"

赵庆福谦虚地说："我没啥好说的。"

谢主任瞪起眼睛看他，有半分钟，说："别兜圈子了，这驴你到底要养到什么时候？你有点儿全局观念行不行？你这里驴一摔跟头，整幢楼都跟着摇晃！"

赵庆福赶忙说："楼摇晃是质量问题，你应该去找开发商。"

谢主任说："放肆！这么好的楼哪有质量问题？你别红口白牙瞎咧咧！"

赵庆福说："你以为我愿意楼有问题？是你先说楼摇晃。"

谢主任倒憋了一口气，跟这样的人真是没话好讲。过了好半天，谢主任才把那口气顺下去，苦口婆心说："这样好的房子，一会儿尿一摊驴尿，一会儿拉一摊驴屎，你不心疼？"

赵庆福说："放心，它在贤人庄就不在棚里拉尿，这不是一头普通的驴。"

谢主任斜起眼睛说："金驴？"

赵庆福"哼"了声，说："比金驴值钱。"

谢主任终于忍不住了，断喝了一声："这是城市，不是山沟沟！你在楼里养驴影响其他人！这——不——行！"

赵庆福也提高了声音，说："你这话我就不爱听了。我养我的驴，碍着其他人啥事？我拴外面树上不行，放我家里也不行，你告诉我搁哪儿行？”

谢主任说：“搁哪儿也不行，你必须处理掉！”

赵庆福上来了驴脾气，说：“我就搁了，你爱咋的咋的！”

谢主任气得直转磨，说：“你们这些，这些……人啊，放着好日子都不会过。这样好的楼房，让你们住成驴棚……给你们住真是糟蹋！”

赵庆福气哼哼地说：“不是我想住，是你们非让我来住。我老家可比这儿好，十几只鸡，十几只羊，耗子都肥得像猪崽子。这地方，哼！”

谢主任冷笑了一声，说：“怪不得这么不通气儿，感情是养耗子的出身。”

赵庆福恼了，瞪起眼睛说：“你这是咋说话呢？谁是养耗子出身？耗子大小也是个性命，你能养啥？”

轻蔑地扫了一下谢主任，更加轻蔑地说：“你大概只能养虱子。”

谢主任知道他在影射自己身上的肉，心说这山里人说话还挺鹞鹰。谢主任摆了摆手，拿出手机在手里掂，说：“这驴一天也不能待在小区了，再待下去我这饭碗都保不住了。刚才几分钟的工夫，就有好几个电话打来投诉，说电梯里一股驴味儿。老哥，咱是城市人了，讲点儿公德吧。明天早晨你就处理掉。你没空就交给我处理，别因为你的驴让我丢饭碗，行不？我找个饭碗也不易。”

人怕见面树怕剥皮，人家再一个劲儿地说软和话，赵庆福就没奈何了。他点头说：“好吧。”

谢主任的眼睛却有些痴，飞快地睃了那驴一眼。浑圆的屁股，两只招风耳朵，真是头好驴。她试探地问：“这驴好卖吗？用不用帮忙？”赵庆福警惕地问她买驴干啥使，谢主任不耐烦，说：“还能干啥使，该干啥使干啥使。”

想起她曾经说过驴肉馆，赵庆福急忙说：“免谈。”

那支笔在谢主任的指间就像金箍棒，耍得上下翻飞。刚才的那一点儿和颜悦色瞬间就没了踪影。她把眉心皱起来，用手在鼻子前扇风，说：“这屋里味儿真大，你们闻不出来？”

赵庆福说：“闻不出来。”

谢主任说：“抓紧时间处理。这是业主告到我这儿，我能给你兜着，这要是有人打 110 报警，警察就没有我这么好说话了。”

赵庆福拧着眉毛问：“谁告的状？”

谢主任说：“这个可不能告诉你。”

赵庆福继续问：“是贤人庄的人？”

谢主任嘴里像含了热豆腐，开始打马虎眼。说：“你问这干啥，抓紧时间把驴处理了才是正事，别再给人添硌硬。”

玉新从里屋走了出来，说：“领导你就放心吧，他不卖我去卖。我不能让他把好好的房子弄成驴棚。”

谢主任赞许地看玉新，一下就找到了女人之间相通的感觉。“还是大姐明事理。”说完，她剜了赵庆福一眼，“你好好向女人学习。”

四

小花在山巅上一声叫，整个贤人庄的狗就都听到了。

大家从四处朝那棵花桑树下聚齐，把岑寂的村庄闹出了很大的动静。小花在一块大石头上长长地伸了个懒腰，先蹬右后腿，再蹬左后腿，又把脖子朝高处仰了仰。做了几回母亲，小花仍显得婀娜和优雅，水汪汪的眼睛里盛满了情愫。

小花的主人是第一个搬走的。说搬走不准确，他们几乎没有在贤人庄住过。他们是城里人，觉得这里民风淳朴、山清水秀，便花很少的钱买下了一座民宅。买下了却一直没有装修，后来就有了拆迁的信儿。他们欢天喜地签了协议，拿走了一大笔现金，把房子里的一切都抛弃了，包括小花。

过去小花被关在院子里，他们定期来送水和食物。有一天，他们突然发现小花的腰身粗了，乳头凸显。原来院墙被从外面掏了个洞，这院子被里勾外连了。他们气坏了，站在外面骂了半天狗，就像骂人一样。贤人庄的人都被骂笑了，说狗的事，管它干啥。他们果真不管了，把小花放了，关到了门外。从此也不再送水和食物。院墙外不远处有一棵野桑树，树下有个洞，小花就住在那里，下雨能打湿半个身子。

但小花还是守着这所宅院。不管房子在不在，有生人从那里过，它都会汪汪叫几声，以示警诫。

从某种意义上说，小花最早失去了家园和主人，然后看着别的伙伴失去了主人和家园。风浪见得多了，小花显得从容和淡定。它生的孩子都好看，被形形色色的人抱走了。起初小花也玩儿命地保护自己的孩子，可它能保护今天，保护不了明天。一个卖香油的走到这里，说："这小狗没人要？没人要我要一只。"他大大方方把小狗装进箱子里，又敲梆子去卖香油了。

那个里勾外连的洞，在房子没拆之前一直长在那里。当初为在墙上掏个洞，艾特马磨秃了两排牙齿。那可真是浪漫岁月啊，农历三月桃红柳绿，空气里都是温暖、暧昧的气息。艾特马有天从这里过，闻到了一股特别享受的气味，比花香都好闻，是从院子里散发出来的。隔着厚厚的院墙，艾特马一鼻子就闻到了。艾特马围着院墙转，扯着脖子往里传递信号。小花呻吟着回应，那声音有幽怨有委屈，那意思仿佛是在说："闷死我了！"艾特马几乎疯了。它找到了墙的薄弱环节，一点一点用牙齿抠开了砖缝，敲开了通往小花的路。小花眉目含情地看着它，娇羞得眼睛都红了。

这种红有毛发遮着，别人看不出来，但艾特马一眼就看出来了。从洞子里钻进来，身上披了很多土，汗水又让那些土混成了泥。可它们谁都不在乎，四只眼睛相遇，艾特马的胸脯剧烈地起伏，小花优雅地走过来，用鼻子顶住了它的鼻子。

薄雾从水面上飘了过来，丝丝缕缕像云絮缠绕。小花的声音撞过那些云絮发出哗啦啦的水音，像水波荡漾一样。

夜里下了场雾，山峦树木都湿漉漉。山路上跃动着一个一个身影，黄脊背、大郎、二郎、娘娘、华妃、张瑞先。华妃是一只小狗，才五个月大。张瑞先则是条老狗，快满十七岁了。它们站在一起，像极了祖孙三代。黄脊背最先跑过来，先闻小花的屁股，它对小花总有莫名的好感。小花让它闻，但也只限于闻。黄脊背闻够了会主动离开，即便是在春天也如此，贤人庄的狗都讲规则。

越来越多的狗在往这里奔，小花有些焦急地看，没有艾特马，还是没有艾特马。昨晚艾特马从城里回来，小花不放心，过去看了它一眼，却没有让艾特马看见自己。艾特马坐在布满砖头瓦块的院子里，垂着头，两只耳朵耷拉着，面对着一大堆瓦砾，眼神茫然无措。艾特马这个样子让小花寒心，印象里，艾特马永远是有所作为的。小花知道，艾特马去城里没带来好消息。

这一段时间，艾特马一直在跑埙城，身形越发消瘦。小花不忍对它说什么。它知道，迟早有一天它会让城市彻底伤透心，那样它就不会再往城市跑了。小花从城市来，城市什么样它有记忆。那些钢筋混凝土的庞然大物，除了整齐没有别的优点，不像草木含情，甚至不像山上的石头有活性。它们统统显得浅薄而僵硬，就像小花的那两位主人。

那两个人，是机关的公务员。他们从市场把小花买了来，就是为了占领那所宅院。他们说："我们不住，你住。你看住房子，不能让别人进来。"小花在这里待了五年，也没能与他们建立感情。他们每次来，把食物和水扔下就去逛山景。回来女人手里会掐一大把花。贤人庄的人批评说："花是用来结果的，你把它掐下了，让那些果坐在哪里呢？"可女人振振有词，一挥手说："漫山遍野这样多的花，哪会缺这样几枝，贤人庄的人真小气。"一句话，就封堵了贤人庄人的嘴。贤人庄的人就怕别人说自己什么，被女人说了声"小气"，贤人庄的人就觉得很丢村里人的面子。

小花总是怯生生地看着他们，亲近他们的愿望实施得很艰难。它总伺机往他们身上扑，就像小孩儿撒娇一样。小花果然扑到了一次，但被女人狠狠蹬了一脚。女人说小花踩脏了她的萝卜裤。"没有比你更讨厌的了！"女人尖叫的声音像是在拉汽笛，一下绝了小花的念想。

赵庆福来到埙城以后做的第一个梦，梦见了全村所有的狗。

小花率领浩浩荡荡的一支队伍往村北走。每天早晨大家都到花桑树下集合，然后才分头去找吃的。小花不识数，可它像将军一样巡视一眼，就知道谁来谁没来。没来的，大概遇到了偷狗贼，他们用弓弩、毒药、绳子、木棍，要了许多条狗的性命。小花不厌其烦地提醒大家，睡觉灵醒点儿，张开一只耳朵，若是遇见了贼，就拼命地喊救命。

这里是上山的必经之路，山环里有个空场，土是暄的，密密麻麻排满了爪子印。自从最后一户人家搬走，这村整体一下就矮了。大树伐了，房子推倒了，视野里变得光秃秃，似乎与对面的水域成了一个平面——当然这是错觉，怎么可能呢。越来越多的狗自觉到小花这里来，就因了小花的不张皇。小花淡定的脸，起到了稳定军心的作用。它是一只小白狗，有着杂交以后的诸多特征，大脑门儿里都是智慧。

小花忧心地说："艾特马会不会生病了？"黄脊背说："不会。人家跑了几次城里，骄傲着呢。"小花瞪了黄脊背一眼，不喜欢它的阴阳怪气。小花说："我去看看它。"黄脊背说："我也去。"大郎、二郎也说去，于是呼啦呼啦都跟在了小花的身后。

艾特马在房岔子上匍匐，眼睑都是湿的。看得出，艾特马一直都在哭。小花一看就火了，它汪汪了两声，艾特马置之不理。小花走了过去，突然尖声叫道："你也叫个爷们儿！

跟孩子骨肉分离也没见你这样！不就是人家不要你了吗？你去死吧，去死好了！”艾特马把脸埋下了，泪水汹涌，十分委屈的样子。小花的心软了，走过去，近到不能再近，用冰凉的鼻尖触它的鼻子，耸起上唇吻了下。小花说：“贤人庄是人的，也是狗的。这些我都懂。我们留不住他们，有什么办法呢？”艾特马无动于衷。小花软声说：“死心眼儿，你真是个死心眼儿。主人走了你就不能活了？你还有我呢——”艾特马突然抬起头，仰天发出了一声长嚎。那种凄厉让天空都跟着打战。

小花的眼里涌出了泪，扯开嗓子跟了上去，声音又细又尖。所有的狗都发出了啸叫，高的低的粗的细的各种声音混合在一起，声震寰宇。

马路上有车停下了，一男一女走出车子，侧起耳朵听：“这是什么声音？”男的问。女的答：“好像一群狗在哭。”男的说：“村庄都没了，哪来的这么多狗。会不会是狼？”女的说：“不是狼，是狗。”

它们争论贤人庄谁最有本事，有说书记的，有说村长的。黄脊背坚持说胡大生，理由是，胡大生是村里第一个经营鲜鱼馆的人。他家做的锦鲤糖醋鱼，吸引了附近大城市的吃货们，节假日浩浩荡荡来这里，能把这进山的路堵严。大郎、二郎都点头，它们是亲哥儿俩，住在餐馆附近，都得过餐馆的好处。可艾特马说：“他家的鱼是怎么来的？湖边一条小船，船舱里有水，水里有鱼。顾客看着胡大生把鱼从水里提出来，都以为这是刚出水的金盆锦鲤。其实呢，一大早，早有鱼贩子从远处把鱼贩了来，分装到几条船内。金盆水库里不是没有鱼，是有鱼也供不上那样多的食客。胡大生只得作假，他把养殖的鱼放在水库的水里吐泥，养上十天半月，就能以次充好。至于味道，从山上多采些青花椒，连叶子也放进去，那些食客不仅吃不出来，还能吃出特色。他的事，贤人庄的人其实都知道，只是没人往外说罢了。”娘娘、华妃都点头，说：“这些大家确实都知道，那些食客也奇怪，跑几百公里来吃条作假的鱼，还能吃得心满意足。”艾特马又说：“要说有本事还得数我家主人。那年夏天，张瑞先的主人那个老张瑞先，摇着芭蕉扇来赵庆福家串门，一屁股坐在了院子里的葡萄架下，就听哎哟一声，原来他坐在了一只青头愣大毒蝎子身上。蜇得老张瑞先嗷嗷叫，腿脚抽搐，动弹不得。不一会儿，就嘴角淌白沫。赵庆福喊人打着手电捉蜘蛛。放在了老张瑞先的屁股上。离毒眼还有一寸远，蜘蛛嗖地爬过去，把嘴插进毒眼里吸毒液。一共毒翻了三只蜘蛛，才保住了老张瑞先的性命。这样的事，别人打死也想不起来做。”

张瑞先佝偻着腰身咳嗽了两声，它有哮喘。老张瑞先也有哮喘，一过立秋喉咙里就拉风箱。淘气的孩子说它跟主人得了同一种病，主人死了，就把名字给了它。

张瑞先点头称是。说：“赵庆福的本事都是从书中得来的。我家主人在世的时候经常夸他，说他是个聪明人，只是文化少，若是文化高些，可以做翰林。”

黄脊背说：“他的书都是从废品收购站背来的。人家卖书，他买书。嘻嘻。”

狗群一阵嘈杂，把黄脊背的声音淹没了。

小花坐在圈外看着艾特马。朝霞越过山巅洒下来，金黄一片，艾特马的忧郁越发深了。说完那些话，它似乎用尽了气力，恹恹地看着远处，两条前腿似乎难以支撑身体，它一下趴下了。小花哭叫：“艾特马……”就像小孩儿哭叫一样。

五

天似亮非亮，赵庆福一激灵就醒了。他摸索着坐了起来，不知身在何处。玉新咕哝说：“你做噩梦了，一宿又喊又叫，咋跟狗似的。”

赵庆福摸了摸后脖颈，凉飕飕的，都是冷汗。他说：“我梦见了全村的狗，都说人话。那些狗都成精了。张瑞先家的狗像张瑞先，黄脊背像胡大生，艾特马总替我挣口袋，它居然知道我用蜘蛛给张瑞先排蝎子毒。”

玉新翻了个身，不耐烦地说：“快别魔怔了，先把驴的事办好了，麻溜的。”

赵庆福下床穿鞋，玉新问他：“起这么早去干啥？”赵庆福赌气似的说：“还能干啥？卖驴。”

玉新打年轻的时候就被赵庆福惯坏了，地里的活计再忙，她从不下地。赵庆福也愿意看着她穿得干干净净、利利落落的。他说女人是装钱的匣子，男人才是耧钱的耙子。他不愿意看见女人的操劳样儿。玉新是一个受惯了娇宠的女人。此刻又进入了梦乡，含混地说：“早卖早省心——你到外边买个早点吃吧。”

赵庆福请示说：“照你说，卖多少钱合适？”

玉新说：“现在驴肉贵，你好好合计合计。”

赵庆福说：“大黑是劳动力，吃它的肉还早点儿！”

玉新说：“快别放屁了，这样的话我早听腻了！”

赵庆福来到了客厅。大黑已经起来了，头朝窗外站着，垂着眼皮。沉默，冷静，像在屋里加了一面墙。赵庆福过去摸了摸它的鼻子，大黑马上伸出了舌头，舔赵庆福的手心。那舌头也不滑溜，像小钢锉一样。这是上火了。赵庆福掰开它的嘴，看舌苔，上面一层白，要长白口糊的样子。赵庆福端来一盆水，先饮它。住在这么一个上不着天下不着地的地方，不上火才怪。

赵庆福拍拍它的长脸，说：“我也没法儿，我只能卖了你。给你找户好人家，你就跟人家去过日子吧。”大黑打了下响鼻，把脸扭到了一边。

玉新在屋里说：“赵庆福，快别磨叽了。让我多睡会儿行不？”

赵庆福去了厨房，有昨天剩下的半碗粥。赵庆福兑了些开水，喝了。穿上一件褂子蹬上鞋，牵着大黑下楼。刚出楼梯口，大黑又是屎又是尿，好大一摊。看看附近没人，赵庆福拉着驴做贼似的跑远了。

路上有零星遛早的人，赵庆福绕着他们走。一直向西，走到草地的边缘地带，赶紧对大黑说：“这里的草好，快吃点儿！”

可大黑还没吃几口，几个老头儿从天而降。他们布满老年斑的脸上都是愤怒，指着赵庆福的鼻子说：“乡下人怎么这么不懂规矩，这样好的草地你怎么能放驴？你这是侵犯大家的利益知道吗？”

赵庆福哪里敢分辩，他怕这些老爷子给他耳刮子，看上去，他们都七老八十了，赵庆福可惹不起他们。他拉着驴在前边走，几个老头儿不依不饶地跟在后面，唾沫星子四溅。说：“你别以为到别处放驴就没人管你，城市是大家的城市，每个人都应该关心和爱护。国家有好政策，让农民进城了，你们就应该多学习，提高思想认识，尽早做高素质的文明市民，别给城市抹黑。”那些聒噪声让赵庆福要起羊毛翻，这种病可不好治，得用荞麦面搓成面剂子，在后背来回滚，把心里的芒刺粘出来。此刻他就是要得羊毛翻的感觉，还在想家里有没有荞麦面。心火一阵一阵地往上蹿，浑身都要打摆子。他用缰绳抽两下驴屁股，撒丫子跑起来。

那些老头儿一起追，到底不是赵庆福的对手。他像艾特马，一启动至少四十迈，脚力都是在山里坡上坎下练出来的。那些老头儿在远处骂："王八羔子，跟你说话是瞧得起你，你跑啥？跑得了和尚跑不了庙，知道你就在这儿附近住，早晚逮住你！"

城西三元里有骡马市，赵庆福二十年前来卖过牛。那骡马市不大，在杨树行子里。牲口都拴树上，经纪人穿着长袖袄，手窝在里面，捉住卖家的手问价。这些话都不在嘴上说，防止漏风跑气。而是靠袖子里的手比画。几个指头一撮，是七。食指一勾，是九。大拇指一伸，是十。经纪人都是火眼金睛，一眼就看出你是山里来的，没见过世面。赵庆福说："八一八"。经纪人说："六一六"。那是一头病牛，瘦得只剩下一副骨架。可瘦死的骆驼比马大，牛跟骆驼的腰身差不多，赵庆福就知道自己卖亏了。哪怕来个"七一七"呢。再不该一口价就给人家。这件事，赵庆福后悔了很多年。赵庆福思谋当下，这样的事再不能发生了。

关键的一点，那人不能是屠夫。屠夫给多少钱也不卖，这是底线。

那些树还在，似乎是变小了。但看上去不小，跟赵庆福当年的感觉差不多。只是中间这二十年呢，去了哪里？细一瞧才发现，有些树是新栽的。赵庆福的心里有些慌，就像住高楼一样，上不着天下不着地。他就怕这种感觉，一想起来就胸闷气短。回身抱了抱驴脖子，让自己的心踏实下来。他跟一个打拳的老头儿打听骡马市。老头儿闭眼蹬腿，一招一式柔中有刚。两片嘴唇用着力，根本没打算回答赵庆福的问题。

赵庆福往树行子深处走，有人在调琴弦，吊假嗓。赵庆福问："请问骡马市是不是换地方了，过去就在这里啊！"

那人看也不看他，说："哪儿还有什么骡子马，你是外星来的啊。"

赵庆福说："那……市呢？"

那人说："东河井菜市，小毛庄狗市，你找哪个市？"

骡马市原来取消了。赵庆福想了一会儿才明白。这二十年，大牲畜越来越少，攒不起集市了。这下他有些慌，见人就问买驴吗。还真有人对大黑感兴趣，这么看，那么夸，但说了归一都不买。有人给他出主意，说让他自己去找屠宰场，这样还能卖个好价钱。赵庆福就像挨了马蜂蜇，拉着大黑赶紧走了。

有个老头儿从后面撵过来，原来是那个打拳的。说："一看你就是个善良人，不想让人杀了吃肉是吧？这附近没有农人耕田了，所以你卖驴的想法不符合实际了。今天正好是太和洼大集，不行你就到那里看看，洼里的农人也许还使驴。”

赵庆福恨不得给老头儿磕一个，这话说得多暖人啊。可三十里地的路程难杀人。老头儿又给他出主意，说：“前边三角地有出租130的，你租个车把驴拉去，卖了驴再给他钱。”赵庆福千恩万谢，心想这真是一个好法子。结果，他白跑一趟。洼里的人说：“我们这里种庄稼不假，现在插秧都用机器，哪儿有使驴的啊。”白搭几百块车钱，驴却没卖出去。赵庆福特别上火，他不能让大黑再上楼，回来的路上他就想好了，驴不卖了，还回贤人庄。艾特马都能待在村里，大黑为啥不能。

赵庆福和大黑出现在贤人庄的村头，一村子的狗都惊了，汪汪声响彻云天。连张瑞先都能把身子扭出花来。小花起初冲到了最前头，往赵庆福身上扑。一回头，发现艾特马坐在瓦砾上，眼睛望着别处。小花心一颤，悄悄退了出来。那些狗还在跟赵庆福亲热，赵庆福抽身不得。他也在看艾特马，那个熊样，假装不瞅他，眼角却朝这边斜，那些个狗心眼儿，比个司马昭还多。

那些狗撺掇够了，赵庆福走到了艾特马身边，摸了摸它脖子上的毛，继而俯下身去，想抱抱它的脑袋。艾特马身子往下一缩，从他的怀抱里退了出去。

手上沾了狗毛，赵庆福用指头搓了搓，讪讪地。拇指和食指一弹，狗毛朝空中飞去，在银亮的天空底下飘浮。再看艾特马，扭着屁股往一片瓦砾上走，背影充满了忧伤。

赵庆福鼻子一酸，眼泪差点儿掉下来。他想：艾特马这是恨上我了，这个狗娘养的。

大黑拴到了山坳里。那是一棵柿子树，黢黑，皮肤上满是细小的裂纹。在整个春天，它都像死了，久久都不发芽。桃树杏树开够了花，它才像突然睡醒似的，匆忙在老枝杈上鼓出芽苞。眼下几个柿子在枝头吊着，示威似的。它们都有先见之明，长得高远，让人无论想些什么办法，都无法摘到它们。山里的树，只有柿子树有高度，适合拴驴。桃、杏、李子、苹果都生养得低矮，人站到树下，头能钻出枝杈，像古人戴了枷一样。

大黑身边堆积了许多树叶和柴草。如果不是刻意走到这里，外边的行人和车辆都看不见。赵庆福搬来了一个缸岔子，里面放满了水。他一边干活儿一边发狠："就在这儿过了，就在这儿过了。"他用树枝给大黑搭了一个简易窝棚，上面蒙上了塑料布，可以挡些风雨。一村子的狗都看着他。它们站在山坡上，呈扇形，像被施了魔法一样，许久都不动一动。里面没有艾特马。赵庆福知道，艾特马隐藏在那棵核桃树后，也在看他。

那是棵大核桃树，也是爷爷辈了。树冠能遮半亩地，树下都不长别的灌木。艾特马很会隐藏，只把半张脸探出来，还是让赵庆福扫着了影儿。这个狗娘养的，还跟我斗上了。赵庆福忙了满头满脸的汗水，想抽支烟，才发现没有带火。看了看林木，有油松，有侧柏。没带火也是对的。他把烟捏碎了，朝那些狗走去。想起夜里做的梦，小花穿裙子，艾特马穿西装，都人模狗样。赵庆福说："我也给你们盖个房子吧，以后天气冷了，你们就不用睡在外面了。"那些狗似乎听懂了，一起嗷嗷叫。

房子盖在了赵庆福家的宅院里，就着过去的瓷砖地面，上面铺了一捆一捆的陈年谷草。除了低矮些，有一间房子那么大，足可以让全庄的狗都住进来。可艾特马不进来，所有的狗就都不进来。它在远处兜兜转转，似乎对什么都没有兴趣。它恹恹的样子有气无力。赵庆福吃惊地说："你是不是病了？"

赵庆福越来越频繁地来往于埙城与贤人庄之间。他的自行车俗称"铁驴"，铁骨架是自己焊接的，一点儿多余的零碎也没有，已经跟了他许多年了。他飞身刚要上车，被邻居胡大生喊住了。胡大生把车停在路边，问赵庆福去干啥。赵庆福说："艾特马病了，我去给它送点儿药。"把胡大生气笑了，问他送啥药。他也说不清。反正是玉新吃剩下的，对消化系统有好处。

胡大生数落他，说："你的样子哪像个城里人，给狗送药，亏你想得出，传出去都是笑话。"

赵庆福说："我原本也不是城里人。"

胡大生说："既然住到了城里，就是城里人。你就别犟了，跟我去过城里人的日子吧！"

赵庆福狐疑，说："啥是城里人的日子？"

胡大生神秘地说："知道我去干啥吗？我去挣钱。我昨天一天挣了三千多，比开饭馆来钱都快。"

赵庆福就知道他去赌博了，否则身后得跟着轧票子机器。赵庆福说："我不去，你也别去。贤人庄自古就不出嫖赌的人。"

胡大生说："还贤人庄、贤人庄，我们现在是住在加州小区，懂不？加州是哪里？美国！美国赌博都是公开合法的，你就别老土了！"

胡大生上车、关车门，车门关得砰砰响。扎好安全带，他又撳下玻璃窗，朝赵庆福招了招手。胡大生说："饭馆那几十间烂房子，拆迁赔了我一千多万，我撒着欢儿花也花不完啊！我每天就是想怎么花钱，一想到那么多钱躺在银行，我就烧得慌。你跟我去玩儿一票吧，长长见识。赢了算你的，输了算我的，咋样？"

赵庆福摇了摇头，说："在贤人庄，祖上有规矩，掷骰子要剁手。"

胡大生哈哈大笑说："现在已经没有贤人庄了，还规矩个屁啊！"

自行车扔在草丛里，赵庆福捡砖瓦石块搭了一个高灶，还准备了些油盐。给狗盖房子的时候，他去山环里抱陈年谷草，发现了一个问题。那些玉米棒子叽里咕噜，漫山遍野都是。不是没有秋收，是秋收过了。那些人家只是把大的好的玉米棒子收走了。或者，连大的好的玉米棒子也丢下不少。住上高楼，拿了大把的拆迁费，他们都不把粮食当回事了！赵庆福气得一边捡拾玉米棒子一边嘟囔："都是饿不到，这是多造孽啊！"他先是嘟囔，后来大声说出来。再大声，简直是嚷。这山谷寂静而又空旷，他的声音在空中盘旋，然后像鸟儿一样飞走了。翻过一个山梁，就是凉水寺村。那里没有拆迁，村里有小钢磨，可以把玉米粒磨成玉米糌和玉米面。赵庆福第一次去，老板问这问那。城里好不？住得惯不？解手真就在屋里？屋里臭不？满脸都是艳羡。赵庆福心里隐隐地疼，嘴上仍说城市的好。住30楼，乘电梯，忽而上，忽而下。出了门就是大马路，又平又宽。公园都是花草，修剪得比菜板都整齐。老板认真地问："听没听说我们这里什么时候拆迁？"赵庆福愣了一下，说："等着吧。"赵庆福从家里拿了两只蛇皮袋，几天就把口袋捡满了。赵庆福很高兴，老婆玉新也很高兴。这是新玉米面啊，以后再吃到新粮食不容易了！玉新以为这是赵庆福全部的胜利果实，其实远远不是。

更大的一部分，赵庆福留在了贤人庄，他要给全村的狗做狗食。高灶的烟囱一冒烟，那些狗就知道该吃饭了，成群结伙地往这里奔。尤其是黄脊背，总是第一个冲过来，吃得又快又多，嘴里发出呼噜呼噜的声音，它这是护食呢。赵庆福用棍子别住它，让它给别的狗留点儿，可这个吃瞎食的玩意儿，力气大得惊人，一根棍子根本别不住它。赵庆福气得嚷："你咋这随胡大生呢，一点儿撩人儿的地方也没有！"

艾特马总是很矜持，它留在狗群外边。东西丢在地上它才肯过去闻，若是放在手心里，艾特马便别着头，拒绝走过来。赵庆福骂："你个狗东西，还有完没完。"可心里却很不好受。他知道，这是艾特马记仇了。他觉得，村子弄没了，连狗都嫌恶他，他过去对艾特马说过，即便所有的人都搬走了，他们俩也坚守。他不走，狗也不走。后来，他背叛了自己的誓言。有啥办法呢，他没办法呀！艾特马的心情他当然知道，可他的心情狗却不能理解。他不知道怎样才能让它理解。他居然很难受。小花抢不过别的狗，赵庆福便给它吃小灶，边喂小花边留意艾特马。他在间接打溜须。狗是直肠子，不知能不能理解这种曲里拐弯。赵庆福气笑了，骂自己贱。喂完了狗，他才记起药还在自己口袋里。赵庆福特意拌了食端给艾特马，这回艾特马吃了，只是吃得很勉强。

六

也多亏小花的身量小，才能把半个身子委在树洞里。这株花桑树也有几十年了，赵庆福小的时候，它还只是个苗木。花开是一种淡淡的香气，不结果儿，它只开谎花，要不咋叫花桑呢。眼下树皮皴裂得不成样子，已经老迈了。这里是上山的必经之路，拐上左边的那道坡坎，就能看见大黑。赵庆福照料大黑回来，偶然想起应该给小花也修个房子，树洞的下边呈坡形，便于雨水流出。可小花把身子团进去也难。想起小花曾经大腹便便的样子，赵庆福甚至有些柔软。小花看护的那家院子里有砸烂的家具：柜子、椅子、床腿。给小花搭个窝真是不费吹灰之力。小花就在不远处看着，睁着两只毛毛眼，似乎是在说："你这样照顾我，这是要闹哪样？"哪样也不闹，赵庆福越忙乎越上瘾，搭了一层不行，又想搭二层。他忙得满头大汗，坐下歇息时，见一个女人拄根棍子从山路上下来了。赵庆福一惊，马上想到了大黑的安全问题，大黑隐身在山坳里，应该是一个巨大的秘密。

赵庆福一直看着女人走过来。女人身量高，皮肤白，腰间系着外衣，手里的棍子更像道具，在地上蜻蜓点水。看上去她岁数不大，最起码没有自己年龄大。也许城里的女人细皮嫩肉，不显年龄？

赵庆福主动打招呼："逛山呀？"女人说："逛山。"

赵庆福问："从哪边走过来的？"

赵庆福期待她说右边，右边通向凉水寺村，那样她就看不到大黑了。可女人停下脚步，用棍子指了指："左边，柿子树上拴一头大黑驴，不知是谁家的。"

赵庆福慌忙说："我家的，我晚上就拉走。"

女人却狐疑，她觉得，眼前这个男人有点儿可疑。女人说："这村的人都住高楼了，你不住？你把驴往哪儿拉？"

赵庆福干咳了一声，说："有人住的地方就有驴住的地方。"

这话听起来有些费劲，"你住床，驴难道也住床？"女人不愿意就这个问题掰扯，她并不关心这些。她蹲下身来，研究这个小房子。小花看她没有恶意，站起身走过来，匍匐在离她很近的地方，嗅了嗅她的脚面。女人丢下棍子，摸了摸小花的头，说："这小狗模样真俊，你是不是为它盖的房子？"

赵庆福说："它跟我家的艾特马相好。"

女人一下有了兴趣，说："艾特马难道是条公狗？谁给起了这么洋气的名字？"

赵庆福说起儿子赵乐，在省城的大机关当公务员，业余时间写诗。他说自己是个诗人，说艾特马每天带着女朋友在树行子里穿行，也是个诗人。

女人笑着说："你们都好有趣！"

接下来，女人把腰间的衣服解下来挂在了一棵小树上，把 T 恤的袖子往上撸了撸，说："大哥，我给你打下手，这房子是不是要往上盖？"四根柱脚支起来了，赵庆福解释说："雨天一层容易灌水，我给它搭个二层楼，它以后再生孩子也省得受罪了。"女人嘎嘎地乐，夸赵庆福有爱心。可提出意见说，既不用卯榫，又不用钉子，盖起的二楼容易坍塌，抗不住三级风。不如把一层垫起来，垫得比路基还高，再大的雨水也流不进来。人家说得有道理，赵庆福点头同意。他把整个建筑毁掉重新翻修，女人给他递这递那，他心里美滋滋的。他问女人姓啥，女人说："我姓俞，榆钱的榆少个木。"赵庆福张口就叫"俞姐"，他觉得，人家虽说比自己年龄小，但却显得有见识。女人问他姓啥，他说姓赵，女人开口叫他"赵表兄"，把赵庆福叫得一愣。女人笑着说："我姥姥家是小水村的，跟贤人庄房连山地搭边。"

俞姐的话说得怪好听，也是个有趣的人。

房子搭完了，俞姐说去村里看看。他们一边走一边谈论狗。赵庆福知道全庄狗的名字，边走边给俞姐做介绍。俞姐就在后面跟着他，臂弯里搭着自己的外衣，但两只手一会儿也不闲着，举着手机拍照片。俞姐说，她小的时候住姥姥家，经常到贤人庄来玩儿。小水村的人谈起贤人庄，都好羡慕。说贤人庄家家和睦，邻里相亲相爱，生产队的年月，也从没丢过一个麦穗。有一次，外面来了个贼，偷了村里一头猪。

走到村外，看到贤人庄的村碑，把猪拴在了碑上，没好意思带走。偷贤人庄的东西会遭报应，左右邻村的人都这样认为。俞姐还记得大庙改成的学校，柱子都是红油漆的。还有村头的老槐树，那上面挂着钟。钟声一敲，社员都来树下聚齐。那块石碑也好玩儿，“贤”和“庄”两个字都是繁体的，怎样学都不会写。他们曾经在那里玩儿老鹰捉小鸡，围着石碑跑来跑去。夏天的蝉多得出奇，站在树下，要放开喉咙喊，才能让对方听到声音。“沧海桑田，真是沧海桑田啊！”俞姐感叹。赵庆福默默地听，他说不出那样的话，但能感受到俞姐的气韵和自己相通。那种忧伤会传染，让心一波一波地悲凉。

俞姐停顿的空儿，赵庆福说：“我本来造了个大房子，能住全庄的狗。可这些狗夜里都不来住，他们就守着自己的祖家宅。”

俞姐说：“这是狗的品性，忠诚。它们守在家里，觉得有一天主人会回来。”

赵庆福叹了口气，说：“谁还记得它们，早把它们忘了。”

俞姐说：“你不是回来了吗？”

赵庆福说：“我是没事干，闲的。”

俞姐说：“你不是闲的，你是秉承了贤人庄的血脉。我打小儿就知道，贤人庄不是普通的村子！”

赵庆福热血沸腾。一激动，赵庆福说起了大黑的事。

他觉得，他终于找到了可以说话的人。小的时候有人给两千四，现在一张驴皮值四千。可却不能卖，是找不到真正使驴的人，所有想买大黑的人都是屠夫，可大黑是壮劳力！听说大黑曾在客厅过夜，俞姐感动得眼圈都红了。她拉着赵庆福去山坳里看大黑，夕阳正好越过山岚投射到那片山坡，大黑在悠闲地吃草，半个屁股染着夕阳，几只蚊蝇追着它，大黑的尾巴一甩一甩。俞姐倚在大黑的身上拍了很多张照片，还把自己的脸和驴脸并在一起，笑得特别灿烂。俞姐拍完，暮色把天空渲染了。俞姐问他要不要搭车回县城，她的车就停在马路边上。赵庆福说他有自行车，他骑车回去。两人走到路边上，一回头，村庄的废墟上站着一片狗，齐刷刷地看着他们俩。俞姐忙不迭地把手机对准了它们，嘴里说："太好了！太好了！这哪里是狗，这是一群精灵啊！"赵庆福眼睛一瞟，就发现里面没有艾特马。他的心慌了一下，等汽车开走，赶紧返回了自家宅院。他发现艾特马躺在新盖的那间房子里，似乎连站起来的力气都没有。

"你咋啦？"赵庆福问。

他想把它抽起来，费了半天劲，它的四条腿直挺挺地打出溜，就是不肯起身。赵庆福摸了摸它的额头，没摸出所以然。这可不像人的脑瓜门儿，一下就能摸到皮肉，搞清凉热。赵庆福在它身边蹲了下来，一筹莫展。艾特马觑着眼，似乎连闭合的力气都没有。

赵庆福来到了外面，给儿子赵乐打电话，说："艾特马好像是病了，不想吃东西，现在连站起来好像都困难。"

赵乐有些奇怪，说："不是说好了不要狗了吗，你怎么又回贤人庄了？"

赵庆福哽咽了一下，说："魂在这儿啊！"

赵乐说："把它弄回城里吧，让它给你和我妈做个伴。"

赵庆福说："现在想弄也弄不了，自行车驮不了它。"

赵乐说："等我休假回去，我把它拉回去。"

赵庆福说："这狗东西，又小性儿又娇气……比你妈都不好对付。"

赵乐嘎嘎地乐，说："我妈也忒大面儿……它生而为狗是没办法的事，你叫个车带它进城算了，给它瞧瞧兽医。"

赵庆福心里却不情愿，他越来越矛盾。他给自己找辙说："还有小花呢，还有全村那么多狗，都眼巴巴地看着我呢。"

赵乐不说话了，他知道老爸在纠结。他也曾经动过心思，把艾特马带到大城市来，想是这样想，实施起来却非常有难度。牵着这样一条土狗上街，还不让整座城市的人笑掉牙？所以，他理解父亲。这个时代需要美容美貌，土狗是一个悲催的群体。"那就先这样吧。"他只能说，"由它去吧。"

赵庆福又给玉新打了个电话，说今天晚上想住在外头，凉水寺村磨玉米的小钢磨坏了，他要等等。玉新吃惊地说，天气凉了，外头也没被啊。赵庆福瓮声瓮气说：“你别管，我冻不着。”

玉新说：“你别给我感冒啊。”

天是湛青的颜色，星星密密麻麻驻扎在天上，声色不动。周围没了遮挡，赵庆福从没发现天空这么辽阔高远。小时候的天空就是这个样子，就是这样多的星星，都待在自己的位置上。后来不是这样了，他以为是自己长高了。七月初七看牛郎织女，三星朝南要过年。如今人老了，啥都变了，但那些星星还是俏眉俏眼，一点儿不显老。也不知天上有没有贤人庄，如果有，会不会被拆迁。赵庆福的想法跟赵乐说起过，赵乐总是笑话他，说他像诗人一样多愁善感。

分房时，赵庆福选择了小户型。他跟胡大生住对面，人家的房子比他家大很多。余下的拆迁款，给赵乐还了房贷。赵乐起初也不接受拆迁，村南村北到处走，留下了很多影像资料。后来拿到了拆迁款，赵乐也喜滋滋的。关键是，赵乐的媳妇也喜滋滋的。更关键的是，赵乐媳妇的婆婆也喜滋滋的。她打年轻的时候就讨厌地里的活计，媒人领着她来相亲，她摆弄着自己的小白手说：“我可干不了庄稼活儿。”她是老丫头，爹妈都宠着。赵庆福接茬宠，不宠有啥办法呢？去地里薅苗，她连苗和草都分不清。有一句话这样说：“干一个大子儿的活儿，要俩大子儿的工钱。”说的就是玉新这种人。当然后来分清了，可还是付不出辛苦。摘一天果子，她能在炕上趴三天，连饭都做不了。一到晚上就说：“赵庆福，你给我捶捶腰、背、肩、腿肚子。”赵庆福说：“你就说哪儿不用捶吧。”一捶就能捶俩小时。贤人庄的女人说起玉新就赞叹，人家那是好命，天生就不会干活儿。关键是，赵庆福干活儿一个能顶仨，老天爷就是这么会搭配。你能干，就多干呗，还有啥可说的。

住在村里的念头赵庆福从出来的时候就有，或者说自打搬到城里就有。可怎样住，是个问题。念头就像水里的鱼，经常在水面蹿一下，提醒你。今天，这个念头更强烈了，是因为艾特马病了。其实，他知道艾特马有心病，它觉得自己被抛弃了，拐不过这个弯儿。可全庄的狗都被抛弃了，也没见谁像它那样。还有，小水村和二十里庄的狗都被拉去屠宰了，它咋不和它们比呢。没办法，这狗就像玉新，身上都是毛病。还能咋说？也是宠的。

这一天，赵庆福的心里乱糟糟。在城里是空落落，回来是乱糟糟。他自言自语说：“你是狗，丢下不会有人说啥，若你是人，哪怕一半是人，你也能跟着去住高楼，这里的道道，你咋就不清楚呢！”

即便没有艾特马生病，赵庆福也想在村里住一宿。听听秋虫叫，沾点儿露水花，听听地底下的声音，那是先人在说话呢。这样的日子屈指可数，不定哪天就没有机会了。

“挖个坑，埋点儿土，数个一二三四五……变变变。”就把一只手变没了。原来是插进了土窝里，在手背上夯实，上面都是小巴掌印。小心地把手抽出来，那里就剩下了一个土房子。这是赵乐小时候玩儿的游戏，跟真的一样，说：“爸，你看我把手变没了。”其实他是背到了身后。赵庆福也假装看不见，大惊小怪地说：“你的手去哪儿了？真的变没了啊！”赵乐哈哈大笑……

房子虽然没有了，房址还在，砖头瓦块还在。那些书……被一铲子端起来，翻到了一个坑里，又扒拉下去很多石头……赵庆福不心疼，是因为，心不会疼了！他存了那么多的书，其实不咋有空看。村里人就说他做样子。对，那人就是胡大生。有一次，赵庆福从别人手里买来一筐旧书，胡大生就是这样说的：“你买了这样多的书，一本也没看吧？”

他咋不看？看的。有一本名叫《奇技淫巧》的书，他就从里面学了知识。老张瑞先让蝎子蜇时，他找来三只蜘蛛吸毒液。结果，三只蜘蛛都给毒翻了。他喜欢所有有字的书，就是天生的劳碌命。赵庆福迅速把那些平整的砖瓦搬进了临建房里，在艾特马旁边，给自己铺了个炕。再把秫秸铺上去，还挺平整。玉新又把电话打了过来，说把玉米面磨细点儿，她喜欢吃细玉米面，可以把粥熬得像牛奶。赵庆福应了。一拍玉米秸，哗啦啦地响。玉新敏感地问：“啥声音？”

艾特马朝这边看了下，眨了下眼，一副无动于衷的样儿。

屋顶上窟窿眼儿里是清湛的天空，露出了几颗晶亮的星星，周身感受到了一股寒气。赵庆福往玉米秸秆里委了委身子，自言自语说：“这下你满意了？”

七

赵庆福没打算睡着，他心情有些激动，就像住新婚洞房一样。他和玉新订婚一年才结婚，这一年，赵庆福连手都没捞着摸，要不咋说玉新有毛病呢。结婚好几年了，也不跟他并肩走，嫌寒碜。他们俩整个前半生都客客气气的。

大地好像有心脏，和着他的心一起怦怦地跳。他把四肢打开，身下是各种交响。可不知怎么一下就睡了过去，又做了个梦。梦见艾特马追野兔，野兔跑“之”字，一次一次闪开艾特马。赵庆福又攥拳头又蹬腿，全身都在使劲，仿佛追野兔的是自己。一道黑影像风一样掠过，把赵庆福呼扇醒了。他一下坐了起来，身下的玉米叶子哗啦哗啦乱响，像发大水一样。他愣怔了好一刻，才想起身在哪里。借着微弱的星光，打量这个临建棚，艾特马不见了。外面突然出现了大面积激烈的狗吠声，仿佛世界末日到来了。赵庆福一激灵，从屋里蹿了出来。远处是山峦厚重的阴影，近处的黑色凝成了一坨，像雾状地飘移，撞得眼球都是疼的。天似乎高远了许多，星星显得又瘦又小。赵庆福深一脚浅一脚往狗吠的方向走，膝盖被树墩撞痛了，脚趾被石头硌了下，两条腿都有些不听使唤。没奈何，他停下了脚步。耳朵支棱起，听四下的动静。贤人庄从没这样喧闹过。狗吠声似乎是在下移，声音细小了许多，却偶尔有悲惨的哀嚎，把天空撕开了一条缝。黎明来了。曙色在幕后弹跳，忽然就蹦了个高，挣出了一片蛋青。赵庆福想起了大黑，心忽地揪了起来。他一瘸一拐朝那个方向疾走。天地陡然安静了，赵庆福不由愣住了，心中生出一股不祥来。

小花的房子里没有小花。赵庆福从那里过，着重往里面看了一眼，小花似乎还没在新房里面卧过，填进去的茅草上连一点儿压痕也没有。窄窄的山路都被露水打湿了，石子光滑，赵庆福走得心急，几次都差点儿滑倒。柿子树下有一摊驴粪，却没有大黑。那条缰绳还在，却只剩下了半条，像蛇卧在草丛里，被齐刷刷斩断了。赵庆福解下那半截缰绳仔细看，知道这是碰上正牌贼人了，是带了快刀的。查看周围的痕迹，草茎有被拓宽的地方，是一直朝南朝右的方向，那里有汇向凉水寺村的路，可以出山。

赵庆福缓缓蹲了下来，屁股碰到了一块带尖的石头，他蹭了下，找到了可以接受屁股的平面，坐了上去。眼窝是凉的，有泪似淌非淌。他用手背摩挲了一下，似乎是疏通了泪腺，泪水喷薄而出。

艾特马顺着山路跑了过来。它更瘦了，夹起的肚子像一张薄饼，脊背也像刀削的一样。可它精气、精壮，病容都无影无踪了。它的身后陆续跟着几条狗，溃不成军。艾特马几乎栽倒在了赵庆福面前十几步远的地方，那里有大黑的一团粪便。它大口喘着粗气，身体剧烈起伏，汗水把毛发都濡湿了。一只耳朵耷拉着，赵庆福凑近一看，耳尖被削掉了一块，暗红色的血顺着耳叉流到脸上来了，与汗水混合到了一起。赵庆福吃惊地问："谁把你伤成这样？大黑被谁偷走了？"艾特马塌着眼皮，一副悲伤羞愧的模样。它把下巴放到了一条腿上，侧起脸。赵庆福就明白了。贼人偷大黑，艾特马追贼人。贼人有防备，艾特马被贼人伤了。他站起身，顺着山路噔噔往前走了几步，又折回了身。他去骑那辆铁驴，又找一把镰刀别在了裤腰带上。赵庆福顺着马路绕向凉水寺村，他是想去截住贼人。不管是谁，只要是贼人让我逮住，我就剐了他！

赵庆福无功而返。

这一个夜晚还有许多改变。天光大亮后，野桑树下聚起了零星的一支队伍。赵庆福跟在艾特马的身后也来了，他搭一眼就发现少了许多狗，小花、黄脊背、张瑞先、大郎、二郎，都没在队伍里。小花的房子孤零零地矗立，艾特马走过去闻了闻，就转向了那个树洞。树洞里面有茅草，艾特马忽然疯了似的撕扯那些茅草，用爪子往外刨，前爪刨完了用后爪。赵庆福明白，它这是在找小花，它不相信小花就这么不见了。

它觉得，是这些茅草把它掩埋了。赵庆福不愿意看这一幕，别过脸去，缓步往村里走，他捡到了一截绳索，一支羽箭，甚至还有两个白面馒头。他拿起来闻了闻，一股呛鼻子的药味儿。他找个低洼处，把两只馒头埋了。先是用土埋严实，用脚踩平整，然后搬起一块石头压了上去。

村南村北转了个遍，赵庆福看明白了，贼人不是一个两个，也许有十个八个，是为狗来的。贼不走空，把狗掳走了不少，没想到遇到了大黑。这是中大彩了，这些……他想骂句“狗娘养的”，想了想，他觉得不能侮辱狗。

疼痛的感觉渐渐减轻了。他在心底叹了口气，想他和大黑的缘分总算尽了。牵走大黑的是强盗，但未必不是农人，就当它是去了好人家吧。“我没本事给你找个好人家啊！”他痛喊了一声。

腕子粗的葡萄藤绊了他的脚，他看了下四面，断定这是张瑞先的老房子。土坯墙，土坯炕，半个影壁上画着梅兰竹菊，如今已经塌掉了多半块。这都是老张瑞先的杰作。他没事就戴着小圆眼镜坐在门口，手里端着本线装书。院落里的那片小菜园，都是古老的种子。白菜都是小包头，帮儿又绿又薄，是一代一代自己繁育的。老张瑞先经常说，这种子打前清的时候传下来的。而前清的时候，他家有人在宫里的御膳房传菜，专门伺候皇上。这些话，有人信有人不信。摔碎的小灰瓦上长满了苔藓。上马石、拴马桩，都是历史遗迹，他爹以及他爹的爹都是文化人，知州刘念拔打埙城坐轿过来与他家的祖上把酒谈诗，这些州志上都有记载。包括那块村碑，也是那时候留下来的。老张瑞先活着的时候，不让儿孙动他院子一个指头。大家都在空地上盖房，好多得些补助款。老张瑞先经常扯着风箱嗓子喊："谁敢动一根指头我就跟他拼了！"他九十六岁了，留一撮山羊胡子，嘴里就剩两颗又大又老的牙齿，像大象牙一样，都豁到嘴唇外来了。谁能跟他一般见识呢。家家都进拆迁队，做工作，那些公家人却绕着这座老房子。大家都知道，甭去做工作，做不通。村子开始清点那天，他忽然死了。许多人奔走相告，拆迁办的、镇政府的、村干部，都长出一口气。儿孙也长出了一口气，他们都知道，他活不过清点以后的那些日子。赵庆福曾想过，和老张瑞先一起当"钉子户"，没想到老先生识时务，先过了奈何桥。拆房那天，赵庆福就站在不远处，抱着膀子看。他比那些儿孙心里都不好受。绳索围住房身，牵引车轻轻一拉，房子噗的一声就趴架了，就像马蜂蜇了的烂柿子，内里早烘了。

赵庆福小的时候经常来这里听老先生讲古，那个时候，他就觉得张瑞先已经是老人了。

没有老先生在前边当挡箭牌，赵庆福受不了拆迁队的轮番轰炸。五轮过后，他就缴械投降了。

从那院子里出来，赵庆福发现艾特马就在外面坐着，眼巴巴地看着他。削掉的那半只耳朵很打眼，都有点儿像毁容了。他蹲下身去，招了招手，艾特马踌躇了一下，别着头，摇着尾巴，万分不好意思地走了过来，把下巴放到了他的脚面上。

眼下流行各种群，埙城也不例外，俞姐一共加入了六个群，好友两千多。炒股一个群，瑜伽一个群，文友一个群。俞姐喜欢填词赋诗，从机关退休以后，就成了专业“坐家”。从贤人庄回来的晚上，她就把手机里的照片捣鼓到电脑里，图文并茂，写出了一篇好文章。文章的题目是《表兄的家园》：

这个名叫“贤人庄”的村落，人都搬走了，剩下了一村的狗，一头叫“大黑”的驴，以及一个叫赵庆福的表兄。表兄漫山遍野捡玉米棒子，背到凉水寺村磨成面，给全村的狗做饭。他还搭了一间大房子，梦想让全村的狗入住。可那些狗忠于职守，都住在自己的家门口，等候主人归来。那些狗都有名字：艾特马、黄脊背、小花、张瑞先、大郎、二郎、娘娘、华妃。有大狗有小狗也有老狗。其中艾特马与小花是一对夫妻，它们生过三窝孩子，长得好看，都被人抱走了。因为主人没有带它进城，艾特马一直在跟主人怄气。我遇到表兄的时候，他正在给小花盖二层楼，他是在间接讨好艾特马……泪奔，我从没见过如此有情义的汉子……表兄说："房子盖高些，下雨天不会灌进水，这样它以后再生产，就不会受罪了"——谁知道还有没有以后呢？我是说这片叫"贤人庄"的家园，早晚都会像小水村和二十里庄一样，被挖坑深埋……表兄说"大黑"是劳动力，所以不忍卖给屠夫。他曾经牵着大黑去遥远的下洼子，找能接受它的农人，可表兄失望了。现在，没有任何农事需要一头驴……他家住九十多平方米的房子，大黑跟他睡过客厅。眼下，大黑被他藏在了山坳里，过着隐居的生活。一头隐居的驴，该有多古典的情怀……

俞姐没想到，她的这篇文章在网上被疯传。

赵乐给赵庆福打电话。

"爸，我有个表姑我咋不知道？"

"啥表姑？"

"发帖子的表姑。"

"我也不知道。"

"你几天没回家了？"

"我忘了。"

"再这样下去你就成野人了。"

“我开出了一块地，种秋麦，争取明年能吃新白面。”

“爸。”

“嗯？”

“收手吧。”

“啥意思？”

“政府已经把地收了，不会容许你再种粮食。”

“政府没管。”

“那是还没到时候。”

“管了再说。”

“你干点儿啥不好，哪怕去商场做保安呢。”

“我喜欢种地。”

“那个表姑是不是也喜欢？”

“你说啥？”

“我妈说你不要她了，拿着钱跟人家私奔了。嘻嘻。”

“我没有钱。”

“卖驴的钱呢？”

赵庆福一下沉默了。他默默挂了电话，他不想说驴丢了。倒塌的废墟里有两领苇席，过去是苫木头的。他把苇席抽出来，拍打拍打土，遮到了棚子上头。

一个，两个，三个，四个，忽然有许多人来到了贤人庄。他们举着长枪短炮到处拍照，还有一个女的尖声辣气喊表兄。那是一个“小面人儿”，脸像敷了一层霜，雪白得吓人。赵庆福正在埋锅造饭，“小面人儿”把他拉起来，说：“我要跟表兄合个影。”立时就有一个镜头晃过来，咔嚓摁动了快门。赵庆福说：“我不是你表兄。”“小面人儿”说：“你是俞姐的表兄就是我的表兄，你是我们大家的表兄！”照相的是个小胖墩儿，笑眯眯地解释说：“我们都是俞姐的微友，俞姐的朋友也是我们的朋友。”一面绿色的旗子飘了起来，上面写着一行字：“动物保护协会”。“小面人儿”说：“表兄不知道我们是怎么找到这里的吧？你现在是网络红人了，等着吧，会有更多的人来到贤人庄帮助你。”赵庆福吃惊地问：“帮我什么？盖房？打井？种地？”“小面人儿”不好意思地说：“这些帮不了。”赵庆福抱起一摞砖去砌坝台，他得让土地能存些雨水。“小面人儿”追着问：“大黑呢？艾特马呢？小花呢？快让我们见见吧。”赵庆福闷了半天，才想起俞姐是谁和有关表兄的典故。他说：“我不是俞姐的表兄。”“小胖墩儿”推了推鼻梁上的眼镜，说：“你就别客气了。现在，你是全体网民的表兄，推都推不掉的。”

俞姐是坐越野车来的。后备厢里，两只木桶装满了剩菜剩饭，是从饭店收集来的。还有若干纸箱盛了矿泉水和各类罐头，“小面人儿”抱了一抱过来，说表兄就别做饭了，跟我们一起吃这个吧。赵庆福有些不知所措，他问：“你们来干啥？”“小面人儿”说：“来帮你啊。喂驴，喂狗。你没看见我们的旗子？我们是来和你并肩战斗的。你的事迹感染了很多网友……”人群一拨一拨往上拥，他们都戴着相同的帽子，穿得花花绿绿。俞姐指挥他们卸物资，搭帐篷。还有人支起了烧烤架，各类海鲜的味道蹿了出来。“小面人儿”进到了临建棚子里，一惊一乍地说：“你就住在这么简陋的地方啊，八面透风。为了保护动物，你付出的代价太大了！”俞姐跟人把两只木桶抬了过来，俞姐说：“回头我们送表兄一顶帐篷，带轱辘的。”

她钻到里面看了看，说：“表兄，狗呢？”

八

大黑失踪了。贤人庄那么多的狗不知所终。俞姐眼窝浅，一颗一颗掉眼泪。她让赵庆福报警，一头驴七八千块呢。赵庆福摇了摇头，说：“不找了。找到了我也养不了它。”俞姐却不管赵庆福说什么，又一条微信发出去，配照片。大黑的，自己和大黑的合影，两张脸并排。俞姐气愤地质问：“贤人庄的驴你也敢偷，还有良心吗？贤人庄的狗你也敢吃，吃了会坏肠子的你‘造’吗？”俞姐号召全城搜索和抵制，有相关消息迅速报警。更多的图片上传的速度比风还快：残砖上的一幅浮雕；瓦砾间的一朵野花；荒草丛中的不知被谁丢下的一个编织物，上面是一个“福”字；古树巨大的伤口；

砸扁的小书架藏在屋梁下，都是小学和中学课本；表兄的临建房；忧郁的艾特马……更多的是各个角度拍的废墟，触目惊心的废墟，不知掩藏着多少血泪故事。俞姐两只手啪啪打字，每一条微信瞬间就有几百个人转发。该吃饭了，饭桌能折叠，专门为野外宿营准备的。啤酒、白酒、红酒都倒满了，各取所需。罐头打开了盖，烤肉串的香味儿在空中蔓延。烤蒜、烤土豆片、烤圆白菜，瞬间就摆满了桌子，把十几条狗吸引了过来。木桶里的食物它们吃完了，各个吃得肚儿圆。可烧烤的香味儿还是难以抵挡，它们朝天吸着鼻子，散在空中的那股香气都聚拢到了它们的鼻孔里。

三杯酒下肚，赵庆福话就多了。他从没像今天这么高兴过，那么多有身份的人围着他，喊他“赵表兄”，敬他酒。他是最后的坚守者，像有功之臣一样。俞姐把微信上的照片拿给他看，他正撅着屁股给小花搭房子。俞姐说：“瞧这点赞的，都几百了。”赵庆福问：“啥叫点赞？”俞姐说：“就是支持你、夸奖你的人。”喝完酒，赵庆福领他们去参观山上的一眼泉，那泉水一年四季不干涸。鸟窝搭在石壁上，那里生长着一株紫荆，打赵庆福小时候，紫荆和鸟窝就都在，他打柴打累了，就坐在这边看鸟儿衔柴草回家。一块房子大的巨石，躺在蜿蜒山路很远的地方，游人根本找不到。大家一起惊呼：“这么大，多像一艘船啊！”赵庆福解释说，他年年到这里来祭山神。天有天神，水有水神，山有山神。旧历三月二十七是山神庙日，是大节日，家家杀鸡宰羊，让山神保佑果木繁茂，山民出入平安，不滚石砬，不被蛇咬。后来，祭山神的只有村里的老人。再后来，就只有他和老张瑞先了。他们不带供品，只带一壶酒。老张瑞先用小楷写篇《山神颂》，站在巨石上，对着远山深谷大声朗读。三杯敬酒洒向空中，规规矩矩磕三个头。老张瑞先死了，到这里磕头的就只剩下他一个人了。他背着草筐，带陈年的四样果蔬——梨子、栗子、柿饼、核桃。先祭拜磕头，他不会写《山神颂》，但会把村里的事情念叨给山神听。保佑老人长寿，年轻人学好；做生意的顺风顺水，误入歧途的改邪归正。“小面人儿”插嘴问：“贤人庄的人，也有误入歧途的吗？”赵庆福说：“开鱼馆的胡大生，就经常把别处贩来的鱼当作金盆锦鲤，卖大价钱。”大家一起惊呼：“我们都在那里吃过，原来是假的！”山风送来远方瓜果成熟的香味儿，应该来自凉水寺村那边。村上自从开始清点，果树就没人施肥打理了，不剪枝，果树就长疯条。花开得稀，果就坐得少，一两年就成柴树了。若在过去，这样的景象是会让人心慌的。人们呼啦啦搬走，就眼不见为净了。

胖墩儿问：“你以后还会再来祭山神吗？”

赵庆福说：“不会来了，没人可保佑了。山神不保佑住楼房的人。”

这话题就没趣了。大家都不接下言，场面就显得冷清。

俞姐一挥手，大家反身下山了。都在向俞姐表露，今天不但过得有意义，还有收获。来到马路边，各上各的车。俞姐上了那辆越野，朝赵庆福挥手说：“赵表兄也早点儿回家吧，山里风凉，要多保重。”赵庆福满心不舍，问：“你们还啥时再来？”俞姐说：“有空就来看你。”

贤人庄，贤人庄！

打开网页，满屏都是有关贤人庄的消息。还有人晒出了贤人庄旧日的容颜，村头写有古字的石碑、古槐，翘起的飞檐斗拱，是那座关帝庙，三四十年前就毁了。不知什么人把资料保存下来了。古朴干净的街巷，每家门口都种花草，矢车菊、白玉簪，不是名花名草，却把村子衬得雅致。老张瑞先家的庭院、影壁、上马石和拴马桩都是热捧对象，眼下贴满了各大新闻网站，与俞姐的文字图片形成了强烈的视觉反差。转发形成了铺天盖地之势，不单吸引了眼球，还让很多人深思。有人统计了一下资料，有关贤人庄的词条每天以十万递增，“赵庆福”甚至成了品牌。有人在垻城抢注了第一家“赵庆福狗肉馆”，倒好像，赵庆福不是保护狗的，而是专门做狗肉生意的。

一大早，俞姐还在床上翻微信，家里的座机突然响了。座机响除了诈骗的就是通知欠费停机的，所以俞姐走向座机时百无聊赖，边走边打哈欠。她拿起听筒，先让自己在沙发上坐舒服，才把听筒拿到离耳朵十公分的地方，喂了声。里面的声音很热情："是俞清秋大姐吗？我是咱局的小万，万国良啊。"虽然已经退休了，俞姐仍对万国良的名字如雷贯耳，她赶忙把听筒贴在耳朵上。"是万书记啊，这么早打电话，您有什么吩咐？"万国良三十几岁，但俞姐仍用敬语，同时心里咯噔了一下，她觉出了这个电话不寻常。万书记新年以后才走马上任，俞姐还没见过他。万国良说："这样早打扰俞姐是因为情况紧急，我现在不是代表我自己找您，希望俞姐认真理性地对待这件事。"俞姐赶忙问："啥事？万书记快说吧，只要我能做到的，一定不给组织找麻烦。"万国良说："俞姐是有三十年党龄的老党员，相信能以大局为重，我是对上面拍胸脯打包票的。"俞姐越发急了，说："到底是什么事，万书记快说啊。"万国良这才说："您写的有关贤人庄的文字，产生了极大的负面影响。我们的小城镇建设起步快，效率高，是全国的试点。这场舆情还在发酵，有可能造成不可估量的损失，书记县长非常着急，连夜开会研究解决办法。所以当务之急，就是请俞姐删除有关贤人庄的所有文字，为这件事情降温。不仅要自己删除，而且要说服别人删除，可以吗？"俞姐的后脊梁都冒汗了。她心里有抵触，但嘴里说她就是喜欢文字，写着玩儿，没想给组织找麻烦。万书记开始打哈哈，说："我们知道俞姐是好意，可现在，网上都是别有用心的人，表面上是为了贤人庄，矛头却对准咱们局甚至更高层。”俞姐冷汗淋漓，握话筒的手不由自主地抖。她赶忙说：“万书记放心吧，我马上删除，一秒钟也不耽搁。”万国良说：“我这里还有个名单，小猪哼哼、老鼠杰瑞、福美人、小赵飞侠……这些人俞姐都认识吧？”俞姐说：“‘小赵飞侠’不认识，他发的图片有贤人庄过去的场景，似乎是一个熟悉那座村庄的人。”万国良说：“那就不管他了……俞姐就先照我说的做——不会有情绪吧？”

一觉睡到大天亮，赵庆福醒来先洗了个热水澡。玉新平时不爱与他戗戗，昨晚却战斗了大半宿。大黑丢了的事，赵乐先在网上看到了，第一时间告诉了玉新，玉新哭得眼睛像烂桃一样。大黑不是一头驴，是万把块钱的钞票。玉新想起来就心疼得受不了，一度怀疑赵庆福把钱私吞去做坏事了。从贤人庄回来，赵庆福满肚子的兴高采烈，他一下子认识了那么多的人，交了那么多的朋友，那些朋友又都赞成和支持他，他都想好好跟玉新说说，没想到碰上了玉新的连环炮。女人失去理性就语无伦次，老实的玉新也不例外，没有哪条能够分辩和解释。玉新哭一阵儿说一会儿，说一会儿哭一阵儿。很多罪行是以前的，或者邻居的，她也能给赵庆福安在脑袋上。说一千道一万，她不是心疼驴，是心疼赵庆福把驴弄丢了。这是大宗财产啊！没回家之前，赵庆福也没觉得大黑丢了是多伤筋动骨的事，面对玉新的眼泪，他发热的脑袋一下凉快了。想到了手里基本没有积蓄，以后窘困的日子，有个天灾病业，都是要命的事。想到这些，他有些顾不得颜面了。煮了碗面端给玉新，嘘着声音说："快趁热吃了。"玉新却犯了死猪心，说啥也不吃。她这回是真生气了。他给赵乐打电话，想让赵乐劝劝他妈，赵乐的电话却关机了。

一宿觉睡得皱皱巴巴，洗个澡好受多了。

从洗手间出来，赵庆福自言自语说："还是当城里人好，这澡洗的，真舒服。"他是说给玉新听的。过去他从没说过城市的好话，惹玉新不耐烦。房门推开一道缝，一顶蓝布帽子从里面飞了出来。玉新说："快滚回你的贤人庄，别在这磨嘴皮子！"赵庆福接到怀里，顺便戴在了头上，说："这话可是你说的，我走了啊……我去种秋麦，争取来年能吃新麦面。"玉新说："走了你就别回来。"赵庆福贫嘴说："不回来怕你想我……"外面忽然吵吵嚷嚷，赵庆福打开了房门，楼道里却没人。打开了窗户通风，这才发现马路上一片小黑点儿，分明是聚集的人群。赵乐把电话打了进来，说："爸快去楼下看看，好像有人要跳楼。加州小区 6 号楼，就是咱家那栋楼嘛。"赵庆福问他是咋知道的，赵乐说："微信朋友圈都传疯了，警察和救护车都出动了。"赵庆福把脑袋伸到窗外，睁大眼睛使劲看，可惜啥都看不真切，这楼实在是太高了。赵乐又说："爸，你记住几句话。若有人问起，你就说你叫'小赵飞侠'，微信上的那些照片都是你发的。"

赵庆福说："我不叫这名字，我不会发照片。"赵乐说："明天回家我就教你发微信，一学就会。"赵庆福说："你明天回来？"赵乐说："贤人庄的事闹大了，这又有人跳楼，我担心有人找我麻烦。"赵庆福吃惊地说："跳楼的事跟你有牵连？"赵乐说："这件事跟我没牵连……"赵乐欲言又止，他没告诉老爸自己是网红，有一大批粉丝。贤人庄的事持续发酵都是他们在有步骤地层层推进。他不耐烦地说："有些事跟你说不清楚，你照我说的去做就是了。"赵庆福有些紧张："我叫啥虾？"赵乐说："小赵飞侠。"赵庆福说："我说话人家会信？"赵乐说："你是贤人庄的文化人，最不愿意搬迁的就是你！"

玉新披着衣服出来，问发生了啥事了。赵庆福朝窗外指了指："赵乐说有人要跳楼，家跟前的事我不知道他倒知道。"玉新一惊一乍说："不会是胡大生吧？"赵庆福问："他咋了？"玉新说："他跟人家赌钱，听说连输带骗被人弄走了几百万。"赵庆福连忙趿拉着鞋子往外走，摁了电梯，电梯却半天没有动静。估计正处在繁忙阶段。有几级楼梯通往楼顶的小天窗，赵庆福刚要往上爬，胡大生从上面钻了下来。几天没见，胡大生像个大烟鬼，焦黄精瘦。胡大生说："我刚才想明白了一件事。"赵庆福问："啥事想明白了。"胡大生说："钱是王八蛋，输了再去赚。"赵庆福说："对。"胡大生一把抓住赵庆福的脖领子摇了摇，说："我不是输了，我是遭人暗算了……我胡大生精明了一辈子，却吃了这么大的哑巴亏……”话没说完，一屁股坐在了地上。电梯门开了，两个警察冲过来，一下就把胡大生摁住了。赵庆福张开两只手要护住胡大生，被警察一掌推开了。赵庆福哀求说：“放开他吧，他想开了。”警察说：“他把人家的脖子砍断了，你说放开就放开？”警察没让赵庆福一起坐电梯，他们护着电梯门不让他上。“胡大生把谁的脖子砍断了？”赵庆福使劲问了句，声音钻进了电梯缝里，却没人回答他。赵庆福止不住浑身发抖。地下湿了一块，冲鼻子的一股尿臊味儿。他意识到是胡大生尿了裤子，而且里面有尿蛋白，否则不会如此腥臊。尿液淋漓得就像水波浪，一直淌进了电梯里。赵庆福愣了好一刻，顺着木梯爬上了楼顶，一块砖头上叠放着胡大生的外套，蓝底上有小红暗格，胡大生的衣服都是名牌，看着就是好料子。他把外套提起来看了看，两只口袋鼓囊囊，里面都是撕碎了的纸条，撕得那么碎，真是花了不少工夫。赵庆福留神看，那纸条都是白的，没有字迹。赵庆福用手兜着，唯恐纸条让风刮跑，塞又塞不进去时，使劲往里摁了摁。他小心地走到了楼边上，底下乌泱乌泱的人群，被警车冲出了一条线。警车一鸣笛，楼似乎都在晃。他摘下帽子朝楼下的人群晃了晃。估计没人看见他，骑车的、开车的、走路的，潮水一样，眨眼就散没了。他想：这要跳下去可真省事。输了钱，又有命案，胡大生也没舍得往下跳，好歹他也是当过老板的人。突然一个踉跄，赵庆福感到头有些晕，他一步一挪地离开了那里。

政府常务会由瞿县长主持，同一个位子，他已经坐三轮了，主题仍然是贤人庄。“二期工程”没有“一期工程”进展顺利，不能到最后了还出大纰漏，否则“三期工程”会更困难。因为涉及贤人庄，不得不谨慎对待。这样早开会也是从来没有过的，因为情况紧急，出现了胡大生跳楼的事。瞿县长一直与前方热线联系，指示说：“想尽一切办法阻止胡大生跳楼。他不跳楼就是刑事问题，他若跳了楼，很多事情就复杂了，因为眼下贤人庄的事情太敏感。”

血案是早晨四点发生的，受害人刚从外面回来，在楼梯口，被胡大生劈手砍了一刀。一刀就砍断了脖子上的主动脉，血蹿了出去，把对面的墙壁都喷红了。“据说犯罪嫌疑人擅长杀鱼，大概他把人也当成鱼了。”介绍案情的人用的是调笑的口吻，他是想让氛围轻松些。瞿县长不时焦急地看表，看手机。手机终于响了，前方传来捷报，两名英勇的公安人员突击上了楼顶，从背后扭住了犯罪嫌疑人，把他拖到了楼下，化解了一场可能发生的公共安全危机。“人抓住了就好，我们可以继续开会了。”

会议的主题是，迅速掩埋“二期工程”的拆迁废墟，不给媒体或相关人员大做文章的机会。从中间的贤人庄动手，要干净、利落，不留一丝痕迹。听说那里不单有了建筑，还复垦、复耕，有人居然种了冬小麦。“这个情况各部门知道吗？”瞿县长威严地看了下在座的人，说，“我们动员拆迁费了九牛二虎之力，一不留神老百姓又搬回去了，那还了得！”县长话音未落，工程总指挥报告说：“县长放心吧，我们的工程车连夜进了现场，已经连夜开始工作。”他把微信视频给县长看，现场的挖掘机正联合作战，形成了合围之势。县长连连说：“好，好好好。”大坑挖得像鱼塘，新鲜的泥土堆积如山。几十辆推土机正往里填埋，场面像打仗一样。

有些黑影在镜头里攒动，瞿县长一怔：“怎么还有活的？”

听说是狗，瞿县长的神情一下放松了。

九

因为安抚胡大生家的人，赵庆福几天都没有下楼。胡大生家一直没动烟火，渴了饿了他家的人就过来找吃的喝的。玉新每天忙得任劳任怨，再也没有工夫提大黑的事。把家里的剩饭收集一些，赵庆福又去贤人庄了。

二十几里的山路走走停停，铁驴的链条总掉，再不就绞了裤脚。他一次一次下车打理，心里烦躁得不行。他想：这几天俞姐他们不知有没有来，艾特马它们有没有饿肚子。动物保护协会的人就是好，如果不是偶遇俞姐，赵庆福做梦也没想到埙城也有这样的组织。他还想：如果这次艾特马追着他，他要把它带到城里来。他带不走全村的狗，但有能力带走艾特马。狗如果睡在草地上，估计就不会有人管。因为它不吃草，也不会把草地蹬翻。这个想法让他隐隐有些兴奋，也有些不安。这个季节山上能寻些干果，冬天怎么办呢？下大雪了，山上连一粒粮食都找不到，总不能让它饿死。至于小花，黄脊背、大郎、二郎，我管不了那么多，就像我管不了胡大生一样。赵庆福叹了口气，嘴里发散着一股腥气，自己都能闻得到。

他和胡大生同年，两人上学的时候就要好，胡大生比他点子多，但学习成绩不如赵庆福。两人都参加了第一次高考，都是落榜生。胡大生经常奚落他："你成绩好，你成绩好咋也考不上大学？"胡大生一直做生意，在湖里打鱼卖鱼，后来开了饭店，是村里的能人，还当上了人大代表。就是当人大代表那年，俩人有了嫌隙。赵庆福说他不够格，胡大生说赵庆福妒忌。说："世上有花痴，花痴还能踅摸女人。你是个书痴，能踅摸个啥？还不是出大力流大汗。"这次搬迁胡大生占了老大的便宜，他在原先饭店的基础上，又接出来一层楼。没想到最后落了这样一个结果，成了杀人犯。

路长得没有尽头。赵庆福看左边湖水边的参照物，明明是熟悉的，可一看到右边，又觉得陌生了。一大片光秃秃的黄土，碾压得平整广阔，像一眼望不到边的打麦场。这是哪里，他有些拿不准。他又往前走，直走到有房舍的地方。他问路边的人："贤人庄在哪儿？"人家说："你早走过了。"他继续往回走，还是没有找到贤人庄。

他就这样在路上走过来走过去，走了几天几夜自己都不知道。有一天，博物馆的小齐从这里过，正好看见了他。小齐吃惊地发现这不是他认识的那个老赵大哥了，像在山里住了几年的野人。问他在干啥，他迟缓地说："在找贤人庄。"

小齐说："你脚下这块地方就是贤人庄。"小齐拉着他走上了一处高坡，看远处的山豁口，说那里是岔道，右边通凉水寺村，左边通往山谷。赵庆福辨别了半天，一屁股坐在了地上。

小齐也坐下了。他用手划拉了一下土，那土像松软的蛋糕一样，拍一拍，能印上五指印。小齐说："这里就是立村碑的地方，可惜村碑也丢了。"原来，博物馆的人有慧眼，发现那碑的底座居然是老玉，那样完整的一块老玉，谁看见都会动心。所有收集来的碑都堆放在院墙外的空场，到底怎样安置，还要等上面的决定。有一天早晨，小齐发现那块碑丢了。馆长吓了一跳，嘱咐他千万别说出去。可小齐想：告诉老赵一声总是可以的。他是贤人庄的人，应该知道真实情况。

赵庆福突然灵醒了。这几天，他就像猪油蒙了心一样。他想起了艾特马，以及全村那么多的狗。赵庆福问："它们去哪儿了？"

小齐没有回答。他站起身，拉着赵庆福朝湖边走去。秋风打着响亮的呼哨，那金盆湖水微波荡漾。

一个人的风花雪月

一

齐志在日暮时分回到了罕村。

罕村没有什么特别，只是村比别的村大些，树比别的村多些。罕村坐落在一条大河的臂弯里，所以树林像带子一样围着罕村。坐过飞机的齐天啸说，他在天上能看得真真的，水、树、村庄，都看得真真的。有人问：“在飞机上能看见龙村吗？龙村与罕村一样大吗？”齐天啸不屑地说：“龙村算得了什么，一棵树也没有。”一条大堤从南到北几十里长，就罕村这块地方发旺树，真奇怪。

眼下齐志就是顺着一条弯弯的堤坝走来的。肩上背着大包，怀里抱着小包，手里还提着一只塑料袋。其实两个包都没有太大的分量，可齐志情不自禁地就做出了不堪重负的样子，仿佛全村老少爷们儿的眼睛都在盯着他看，齐志的样子就是做给他们看的。堤上静悄悄的，弯里是村庄，弯外是河水。河水是暗绿色的，能看见里面有水草在招摇。水草里窝着许多鱼虾，每年夏天都会有人往水里撒一种白色的药粉，让河水翻出一片白，那都是鱼的白肚皮。虽然电视里说药死的鱼不能吃，对人的身体有伤害，可这有什么要紧呢，罕村人人都吃过药死的鱼，而且已经吃了许多年，谁也没有因为吃鱼吃出毛病。所以每年药死鱼的季节罕村男女老少齐上阵，拿了筛子、笊篱和蚊帐拴成的网去捞鱼，自己吃不了还送给亲友。那段时间是罕村的节日，就像打一场人民战争，罕村空前热闹、空前繁忙。

村庄被雾霭笼罩了，性急的人家的烟囱里已经冒出了炊烟。齐志狠狠地吸了吸鼻子，想把炊烟的味道吸进肺里，感觉中那炊烟是像饭菜一样香的。可被吸进鼻腔的是一只蠓虫儿。蠓虫儿贴在鼻腔内壁，齐志仰天打了好几个喷嚏，才把它“喷”出来。齐志揉揉鼻子，眼睛酸出了眼泪。这时有一个人猛地从树丛里跳了出来，发出了一声：“呔！”

齐志笑着说：“是杨玉新呀。”

杨玉新说：“你回来了？”

齐志把大包从左肩移到右肩，说：“回来了。”

杨玉新说：“买的什么好东西，这么大的包。”

齐志红着脸等候杨玉新自己看，等着杨玉新看罢说些什么，可杨玉新什么也没说。“就是一条双人被。”齐志自己解释说，“城里人都盖这个。”

杨玉新说：“又没少挣钱？”

齐志笑而不语。他想：他不回答其实就是最好的回答。

杨玉新说：“我妈让我到河边来找鸭子，有空再聊。”

杨玉新说罢就往下走，让齐志心生惆怅。他觉得他和杨玉新之间的话还没说完呢。

“有空到我家玩儿！”齐志冲杨玉新喊。

杨玉新没有应声，只是冲他招了招手。杨玉新已经下到了堤下，堤下有一块棉花地。杨玉新穿过那块棉花地就能到河边了。这时杨玉新回头说：“快回家看看吧。”

齐志又红了脸。他想：杨玉新是在说雪燕呢。一个男人离家日子久了，最想谁？当然是媳妇。甭说雪燕还是罕村最漂亮的媳妇。齐志本来大步走着，忽然就把步子收了收。他想：下了堤就能看见自家的绿漆铁门了，忙啥。

空气里有了甜暖、暧昧的气息，让齐志的心一拱一拱的。齐志不时与遇到的人打招呼，肩上的大包不时换着位置。可惜天已经黑了，大包和大包身上的字都不太惹人眼目了。齐志在自家门前与遇到的最后一个人匆匆说了句话，就转身进了自家院子。

齐志在院子里就开始喊妈，其实心里喊的是雪燕。不知为什么齐志总有些害羞，像那些还没结婚的小伙子。其实齐志结婚已经四年了，儿子小建都三岁了。可齐志实在是一个爱害羞的男人，没结婚的小伙子都比他大方。

妈和爸迎了出来，还有邻家的二嫂。儿子小建在炕上急得哇啦哇啦叫。齐志的大包小包都是二嫂接过去的。二嫂说："齐志多孝顺，每次回来都不空手。"妈说："还没吃饭吧？想啥吃？"爸说："你就做去呗，儿子爱吃啥你还不知道？"小建跑过来抱住了齐志的头，齐志问："想爸没有？"小建看见塑料袋里装着糖果和糕点，就敷衍地应了一声，撇下了齐志。齐志在屋里转了一圈儿，又转了一圈儿，到底还是没忍住。齐志问："雪燕呢？"

妈头也没抬，说了句："回娘家了。"

二嫂嘴快手也快，齐志吃饭的工夫，就把包装袋一一打开了。二嫂笑得嘎嘎的，比量着双人被说："婶子，你看你家齐志买的啥？羞不羞，咱庄上可没有两口子钻一个被筒子的呢。"齐志说："城里人都盖这个。"二嫂说："咱这里哪能和城里比。"齐志鼓了鼓勇气，说："有啥不能比的，还不都是一样睡觉生孩子。"

二嫂亲昵地打了齐志一下，说："婶子您听听，这还像您那个老实疙瘩说的话吗？都是城市把他教坏了。"又说："齐志，这回挣了多少钱？"

齐志说："挣多少钱二嫂也花不着。"

二嫂说："有你二哥呢，兄弟你甭惦记我。"

二嫂像占了多大便宜似的又笑了起来，齐志也笑了。因为二嫂口没遮拦，所以齐志什么话都敢和二嫂说。倘若换了别人，齐志心里有话也不敢把它说出来。不过齐志还是觉出了自己的过分，他意识到了他和二嫂调笑时爸退了出去，妈的脸色也不好看，她甚至从始至终都没笑一笑。齐志隐隐有了不安，他知道妈不喜欢二嫂这个人。二嫂什么时候从这个门槛走出去，妈就唠叨她的千般不是。偏偏二嫂不太计较别人的脸色，从不因为妈少给个笑脸就少来几回。

可齐志就是想和二嫂说些什么。齐志心里鼓荡着一种热情，调笑能缓解他心中的某种压力。那种压力非常微妙，带着一种伤感或忧郁的味道。这使齐志的心情不是很明朗，他嘴上说着、笑着，目光却飘忽着去抚摩双人被。双人被柔软地摊在炕上，粉色的莲花开满了整个池塘。小建不时从被子里钻进钻出，让齐志有了心疼的感觉。齐志放下饭碗就去收拾被子，发现被子上有了好大一块油渍。齐志吼了一声：“小建！”小建满脸无辜地从被子里爬了出来。齐志说：“新买的被子就让你弄脏了，你知不知道？”小建摇着头说：“不知道。”齐志把那片油渍指给儿子看，小建也伸出小手去抚摩，那只小手也是油脂麻花。

齐志把被子团了团就抱进了自己的屋里，自己的屋里冷冷清清。

当然是因为少了雪燕。

但也多了什么。

是雪燕的一张艺术照片。

照片镶进一只带木纹的镜框里，挂在了非常显眼的位置。照片上的雪燕像个脂粉佳人，神情妖媚得勾人魂魄。胸上束了一件白纱裙，整个肩膀都光裸着。人不显得漂亮，但性感。齐志红了脸，他为雪燕有点儿不好意思。

二

他早就知道雪燕想照这种艺术照片，齐志也同意她照。有一次去镇上赶集，雪燕站在照相馆的橱窗外挪不动脚。齐志说："喜欢照你就进去呗。"雪燕说："都好几天没洗澡了。"齐志说："照相与洗澡有啥关系，又照不出泥儿来。"可雪燕说照片要摆在屋里，什么时候看都会觉得自己不干净。"以后再说吧。"雪燕恋恋不舍地说。齐志没想到雪燕会把照片挂出来，依齐志的心思，照片应该放到相册里，什么时候想看了，俩人躺在被窝儿里一起看。齐志更没想到的是雪燕会在自己不在的时候一个人去拍照，雪燕还穿了大号的胸罩，胸脯丰满得有些走形。

齐志有些愧疚地想：自己在家的时间实在是太少了。雪燕要等着他一起去拍艺术照，说不定要等到驴年马月的。

妈不知什么时候进来了，倚着门框站着。妈说：“你二嫂走了。”

齐志问：“走几天了？”

齐志意识到自己接错了话，尴尬地看着妈。

妈却没有在意。妈说：“她还有脸串门子呢，不知道自己多寒碜。”

齐志把被子放到了床上，一屁股坐了上去。齐志说：“我多会儿去接雪燕？”

妈把头扭到了一边。

齐志说：“雪燕回家咋没带孩子？”

妈恶声恶气地说：“龙村有个姓马的，平时赌了大钱赌小钱，不知咋和你二嫂勾搭上了。见天把车子扔到咱家的房后头，然后从院墙翻过去。那天被你大爷看着了影儿，把俩人堵住了。”

齐志皱了皱眉头，问：“二哥呢？”

妈说：“回来了一趟，又走了。”

邻居二哥也在城里打工，不久前还去看过齐志，二哥没跟齐志透露这件事，但看得出二哥有心事。齐志躺倒在被子上，手背贴着被面，一朵一朵莲花水滑水滑的。他为二哥感到难过。

妈说：“被子买就买了，让你二嫂瞅干啥。明天她就能嚷得全村人都知道。”

齐志说："我又不是偷的抢的。"

妈说："不是偷的抢的也好说不好听，你还不知道黄秀英那张嘴。"

齐志说："谁爱说啥说啥，甭在乎。"

妈不说话了，在屋里转了一圈儿。把沙发巾抚平，把几只拖鞋和皮鞋放到鞋架上，又用一块抹布擦柜子上的土。妈又说："哪有这样做媳妇的，天不顾地不顾，就顾自己的一张脸。屋里的土都能埋人了也不知道搁把手儿，驴粪球子外面光。"

齐志不爱听这话，用被子堵住了耳朵。妈忙完了也说完了，正要往外走，齐志一骨碌爬了起来，说："我这就去接雪燕。"

妈脱口说："不行。"

齐志吃惊地问："咋了？"

妈喘了口气，说："你走后雪燕就一直吵着要上班，说在家里闷。她想上班我不管，可她不该去饭店和人家喝闲酒！还醉得人事不知，被两个男人架了回来。回家来还不省人事，拿了水杯当酒盅，一杯一杯地跟人碰。你爸一火扇了她两巴掌，就扇出了毛病。人家一尥蹶子回了娘家，说再也不回来了！"

齐志一听就急了，说："这么大的事你们咋不早通知我？难怪她的电话总也打不通。雪燕再不好等我回来管，哪有公公打儿媳妇的道理！”

爸本来在堂屋里听声儿，此刻一个箭步蹿了进来。粗脖子红脸地嚷：“我咋就不能管？她败坏的是我齐家的名声，我不管谁管？等你个小子管，你管得了她吗？谁不知道你见了媳妇就尿，是你管她还是她管你?!”

齐志的一腔血嗡地上了脑袋，眼睛都快让血糊住了。齐志抖着嘴唇说：“爸呀，爸呀，你咋能这样说话呀。儿子再不好是你的儿子，媳妇再不好是你的媳妇。我知道你一直看雪燕不顺眼，可她好歹是你孙子的妈，你咋就不能护着她！”

爸说：“我再护着她能把她护出个人来吗？你可罕村打听打听，人家都说个啥，羞得我这老脸都没处搁。我一辈子没让人戳过脊梁骨，可让她把我齐家的名声给毁了！”

爸的眼里差点儿窝出眼泪，他恨恨地一跺脚，倔倔地走了。

妈说：“齐志你这么说话就是不知好歹。我问你，我们咋就不护着她了？她结婚四年都干过啥？是做过地里的还是做过家里的？是管过大人还是管过孩子？你也不瞧瞧她那个德行，照相连衣服都不穿，你不知道有多少人笑话！”

齐志再也不言声了，他知道他遇到大麻烦了。雪燕结婚几年一直与爸妈不睦，但从没公开争吵过。他们彼此谁都不关心谁，形同两姓旁人，齐志的烦恼是自找的。当年爸妈死活看不上雪燕，是齐志一意孤行把雪燕娶了过来。齐志的想法与爸妈的南辕北辙，那种代沟深不可测。爸妈不懂得爱情，尤其不懂得齐志的爱情。齐志为爸妈的这份“不懂”伤透了脑筋。他心里有好多话想说，可是说不出来。齐志双手捂住了脸，躺倒在床上，又拨了下雪燕的电话，还是无人接听。齐志的眼泪潮水似的往外涌。他打小儿就是个爱哭的孩子，想自己捧着一颗火炭似的心回家，没想到面对的却是这样一个局面。

妈扯了一把被子，被子压到了齐志的身底下，没有扯动。妈也带着哭音儿说：“我和你爸一年忙到头儿，嘴里省着、手里攒着，为了谁？还不是为了你。当初你娶雪燕我们就不同意，才多大个孩子，就懂得勾三搭四的。是你寻死觅活地闹，才把个妖精娶回来。你在罕村挨户问问，谁家的媳妇像她那么滋润，见天涂胭脂抹粉的。吃要吃好的，穿要穿好的。馋点儿懒点儿就罢了，我们就当供个活菩萨。可她也不能太出格呀，居然和男人一起喝闲酒，还醉得人事不知。都是你惯的！还买双人被，你以为这是在龙村吗？这是罕村呀，你们丢的是齐家的脸呀！”

妈说完这话也走了出去，把一屋子咝咝带响儿的空气留给了齐志。齐志压着声音吼了两声，气得手脚冰凉，却不知该生谁的气。一抬头，看见雪燕的一双眼睛笑眯眯地看着自己，那神情柔媚而又俏皮。齐志忽然觉得有潮水在从头上退下去，一颗心忽然就变得安静了。

他把被子照原样叠了起来，重新放进包装袋。把那块带油渍的地方用纸巾擦了擦，越擦越不干净。他只得往里掖了掖，从表面暂时看不出来。齐志心里很难受，那片油渍就像一块补丁，硌硌生生地让他的眼睛不舒服。齐志想起自己在城里百货大楼挑选被子时反复比量，唯恐哪个颜色雪燕不喜欢。

雪燕不止一次地嫌家里的被子小，她团在齐志怀里时，要露一块后背。尤其是秋末冬初这段时间，屋里还没有生火，齐志要把雪燕盖严实了才小心地偎过去。那时候他就说："什么时候咱做个大被。"雪燕说："你妈要给咱做才怪呢。"齐志也知道妈不会给他们做，在农村，祖祖辈辈夫妻都是两床被子，若是盖一床，是要遭人耻笑的。很多事情就是这样怪，人们就喜欢约定俗成。一年前他还不好意思买，怕回到村里有人说闲话。有一次，他在城里做工时去了几户人家，见人家的床上都是双人被，白天不用叠，就那样蒙在床上，又好看又省事。齐志一下子就有了主见。

雪燕看见不定得多高兴！

齐志对双人被是一种贴心贴肝的感觉，就像对媳妇雪燕一样。几年前雪燕初中还没毕业，偶然与齐志撞了一回车，就让齐志丢魂了。齐志每天都到龙村村口等雪燕，用目光抚摩她的脸。雪燕恰恰是一个早熟的女孩子，上小学时就曾经给男生递纸条。齐志的"抚摩"很快奏了效，有一天，雪燕故意等天黑透了才回来，见齐志仍在那里傻傻地等。雪燕把自行车扔到远处，悄悄过去搂住了齐志的腰。

雪燕是一个放得开的人，而且没有小心眼儿，与齐志好上以后就开始度日如年，好歹拿到了毕业证，就慌忙出嫁了。

妈开始见到雪燕喜欢得不得了，雪燕长得像电影明星，而且从来也不提彩礼的事。可一听说她是龙村冯老六的闺女，爸妈的脸就阴了天。龙村和罕村挨得近，他们都认识冯老六。都知道冯老六不是过日子人。齐志想娶雪燕上吊抹脖子地闹，爸妈不同意也上吊抹脖子地闹，最终还是没闹过齐志，雪燕嫁了过来。

爸妈提出他们不能养活两个白吃饭的，齐志说："我可以出去打工。"为了表明决心，齐志结婚五天就走了，三个月以后才回来。他把挣来的钱分成两半儿，一半儿当着雪燕的面给了妈，一半儿当着妈的面给了雪燕。

妈和雪燕都哭。雪燕哭是因为委屈，她想齐志想得都掉头发了。妈哭是因为心疼，齐志在家里也没干过重活儿，不舍得让他干。齐志出去的三个月可遭了罪，手上都是血口子。

妈对爸这样说："我们只当家里供着菩萨吧。"

他们也是真没有办法。

齐志把被子放进柜子里，从屋里走了出来。爸正在后院磨镰刀，预备锁玉米秸秆用。其实好多户人家都不要玉米秸秆了。他们让收割机把粮食收好，就不管秸秆了。爸还是传统的操作方法，把秸秆捆成捆儿，让驴车拉回家来。秸秆还是青的，爸把一部分用粉碎机粉碎，埋进土里做青储饲料，另一部分戳到墙上晾干，留着烧火。

齐志家的活计总是比别人家的多，几十年不重样。

齐志与爸主动搭了话，问准备收哪块地，收成咋样。齐志回家就是来帮爸收秋的。齐志待的那家公司有一大部分都是农民工，一到农忙就要放几天假。齐志本来可以不回来，没有他，爸妈照样能把庄稼收回家。可买双人被的事几乎成了他的一块心病，真正让他寝食难安。更让他想念的是他和雪燕一起盖双人被的感觉，说出来丢人，可那念想却很强烈。他想第一时间去龙村接媳妇，可一看妈的态度，他又踌躇了。

爸的头发已经花白了，皮肤黑得仿佛要透进肉里。齐志问了几句话，爸都没有反应，齐志心里惴惴，从堂屋取了一只小板凳塞进了爸的屁股底下。爸这才说："明天去接雪燕吧。"

齐志这才长出了一口气。

三

龙村与罕村隔一条路，罕村称路东，龙村称路西。

可罕村和龙村不一样。往远处讲，罕村地主多，龙村赤贫多。所以土地改革那年龙村人分了罕村的地。那些年龙村的闺女宁可扔进河里喂鱼也不愿意嫁到罕村，那样会被人瞧不起，但来龙村做媳妇的罕村闺女却大有人在。后来这种局面发生了颠倒，颠倒自哪年起，没人能说得清。龙村人总能得风气之先，不管好的方面还是坏的方面。比如，龙村比罕村先出“万元户”；龙村代销店里的酒比罕村卖得快；卖猪肉的不愿意去罕村，说卖不动。龙村人嘴上嘲笑罕村人，说罕村人“抠”，一分钱掰两半儿花。可口气里已经没有了当年的优越感和自豪感，越来越多的龙村闺女愿意嫁到罕村，罕村却要挑挑拣拣。罕村有能人办了几个工厂，那种领工资的生活令龙村的姑娘垂涎三尺。

因为有集体企业，罕村修了路，通了自来水。罕村作坊式的手工制造比龙村多。比如，磨豆腐、漏粉丝、打糕点、做衣服，甚至还有挣死人钱的，扎纸人纸马、纸箱纸柜、纸家用电器，等等。三邻五村的钱被罕村人挣了大半，但罕村人基本没什么变化，代销店里的酒仍没龙村卖得快，卖猪肉的仍不愿到罕村来。

冯老六是龙村人缘最好的人，因为能吃能喝能说。龙村人大都能吃能喝能说，但都比不得冯老六。冯老六一顿喝过二斤半白酒，这是纪录。就像吉尼斯或奥运会一样，纪录是需要打破的。你打不破就永远在别人后边出不了头。其实冯老六喝到一斤半的时候已经找不着嘴了，但后边的那一斤毕竟还是倒进了嘴里，所以那个纪录是作数的。冯老六就是龙村的喝酒领袖，冯老六的家事就是那些酒友的事。

冯老六也愿意别人把他的家事当回事，冯老六喜欢热闹。

雪燕挨打的事成了龙村的一件新闻。雪燕是晚上挨的打，挨完打以后酒就醒了，然后就跌跌撞撞地跑回了龙村。雪燕那么晚回来吓了冯老六一跳，雪燕趴在炕上哭，哭着哭着就睡着了。闻着雪燕的一身酒气，他们断定雪燕是在外受了欺负。冯老六说："我老闺女可别是遇见了坏人。"付玉芳说："这丫头也忒野，结了婚咋还不收性子。"冯老六说："会喝酒也是本事，我闺女哪个不能喝四两半斤？"转天早晨雪燕的脸肿得像发面饼，连被窝儿也不出，冯老六才着急。一问究竟，原来是被公公打了。冯老六一蹦三尺高，这还了得！

他喊付玉芳："快穿衣服，我们去找那老东西。"他们每人一辆单车往外走，龙村还静着。来到了罕村，罕村已经净水泼街打扫庭院完毕了。

两个人冲进院子，付玉芳张口就骂："老不要脸的，敢打我闺女，我看你们是没有王法了。我们这么好的闺女给了齐家，你们还不知足，动手就打，张嘴就骂，你们凭什么？"

齐志爸用斧子修理一只镐柄，头也不抬地说："可不好着呢。天上难寻地上难找。"

冯老六说："老亲家你还别嘀咕，我说我闺女好可没埋没你们家。要不是你家齐志死乞白赖地追，我们雪燕能到罕村来？别说我们还好好上着学，将来考个大学也没准儿。我们做娘娘也得是个正宫，你不承认这个这可不行。”

齐志妈提了猪食桶正好走进院子。说：“我们没有伺候娘娘的命，我们就会土坷垃里刨食，喂了大猪喂小猪。大猪小猪才有良心呢，你喂它它就朝你哼哼，比人强！”

街坊邻居早有人围了过来，七嘴八舌都说雪燕的不是。这个说：“雪燕梳头要到大堤上梳，一梳就梳一个钟头，早饭熟了婆婆要满世界喊，天底下没有这样的儿媳妇。”那个说：“公公婆婆在院子外干活儿，雪燕就在院子里给脚抹指甲油，一个农村媳妇，臭美个啥。”还有比这更难听的话，从人群里冒出来。冯老六想看清楚是谁说的，可嗡嗡嗡的每张嘴都在动。冯老六气得大声嚷：“罕村真是没有王法了！你们打人还有理了?！我闺女不过是喝点儿酒，值当用大巴掌抽我们?！我闺女是谁？是龙村的一朵花，我们一朵鲜花插在了你们罕村的牛屎粪上，我们倒八辈子霉了！”

人群哄的一声笑了，付玉芳的胖脸都气成了紫茄子。她招呼冯老六往外走，边走边把罕村人骂了个遍。谁都听见了付玉芳骂人，可谁都装作听不见，几个小年轻的嘴里故意发出怪音，怪音追着冯老六的车轱辘。

四

龙村人很快就知道了雪燕挨打的事，还有冯老六两口子被齐志父母卷回来的事。他们走马灯似的到冯老六家里打探消息，也帮着出主意。村里就是这样，大家都习惯把别人的事当成自己的事。雪燕真的是龙村的一朵花，只是还没来得及开，就被罕村人掐走了。当时让好几个龙村小伙子睡不好觉，恨自己没先下手为强。他们都知道冯老六是一个好说话的人，只要心气儿对，把闺女给谁都无所谓。冯老六的前四个闺女都是这么嫁出去的。那四个闺女也是四朵花，就像做梦一样，冯老六随便就把她们嫁了。龙村的小伙子之所以没先下手，是因为他们觉得雪燕还小。他们傻了吧唧地等着雪燕中学毕业呢，没想到雪燕毕业的同时，就成了别人的新娘。

雪燕与四个姐姐比，漂亮不说，还心眼儿少。当然雪燕不是缺心眼儿，而是单纯，跟谁都嘻嘻哈哈，非常容易上当受骗。他们就是觉得雪燕被罕村那个小子骗了。那小子长得像个娘儿们，说话就红脸，在外读了个中专，也没啥正经职业，他有啥资格娶雪燕？雪燕从小就知道自己漂亮，所以很拿漂亮当回事。她问爸自己为啥长这么漂亮，冯老六说他喝酒喝的。那年冯老六新分的地，打的粮食没处盛，都换了酒喝。雪燕问：“漂亮能不能当饭吃？”冯老六一本正经说：

“咋不能？过去漂亮女人都能进皇宫，女人的哥哥是国舅，女人的爹是国丈。女人自己连头都不梳，有丫鬟伺候。”有好几年雪燕还以为自己也能进皇宫呢，大一点儿才知道，那都是书里说的，不作数。

雪燕的气也是孩子气，哭一哭就过去了。她想等齐志回来就一切都好了。她和齐志是真的好，贴心贴肉的好。他们在一起睡觉的时候都没分开过，她总枕着齐志的一只胳膊。齐志的胳膊麻了也不动一动，怕把她扰醒了。他们在一起的时间不多，齐志要给她去挣钱，她好买胭脂口红高跟鞋。雪燕的高跟鞋是罕村最高的，穿在脚上别提多神气了。

可事情却不在雪燕的掌握之中，她没想到村里会有那么多人为她抱不平。来的人都说：“因为喝酒挨了巴掌，真是千古奇事。龙村喝酒的人多了，可没听说谁因此挨打。说来说去就是罕村人洋蹦，不把龙村人放在眼里。”这番话雪燕听了舒坦，把一点点愧疚也给舒坦没了。第三天，雪燕的四个姐姐和姐夫也来了。他们家就是这样，什么事都讲究一窝蜂。有一次，冯老六因为地边跟人吵嘴，闺女姑爷站了一地头，把那户人吓得要死。雪燕本来也是个没主意的人，既然姐姐们来了，雪燕情愿听她们的。

姐姐们说：“雪燕不能就这样回去，这样回去日后他们会更欺负你。他们来接你才能回去，少的来不行，得老的来。来一次不行，得来三次。”雪燕的大姐说：“雪燕的公公得拿着堂锣来，边敲边说打儿媳妇不对。”大姐的话把雪燕逗笑了，雪燕说：“我公公是个倔葫芦头，他死都不会照你说的做。”大姐说：“就是要掰掰他的倔，他打人的时候咋不倔呢？”

戗戗了一上午，中午炖了一锅吊子，大家吃了个盆干碗净。杀猪的李树山拿来了整整一头猪的上下水，让冯老六欢喜得嘴都合不上。冯老六说：“树山是个热心人，为了雪燕受气的事，连肉都不卖了。”雪燕的四姐却直翻白眼，当年她和李树山有点儿事，她知道李树山是为啥来的。

热火朝天吃了一顿饭，走人的走人，睡觉的睡觉。雪燕的四姐临走直磨蹭，眼神总往李树山身上瞟，李树山却不理他。当年雪燕的四姐看不上他，嫌他穷。可花插给他点儿好处，让他东摸一把西摸一把，然后赚他一刀肉，或两个猪蹄儿。等自己找到了合适的主儿，招呼也不打就走了。雪燕的四姐也不内疚，再见面时还用眼勾他。去年这招儿还管用呢，俩人钻了一回柴火垛，把一头老母猪吓得不轻。今年李树山却变了一个人，瞅也不瞅雪燕的四姐，却还送来了一头猪的上下水。本来雪燕的四姐觉得今天人多眼杂，不想和他有事了。可李树山不接雪燕四姐的眼风，倒让雪燕四姐着起急来。

冯老六睡了，付玉芳也睡了。付玉芳也喝了些酒，虽然没有冯老六喝得多，可今天闺女姑爷坐一桌，付玉芳也高兴，不由就多贪了几杯。她的鼾声比冯老六的响，还带着哨音，让雪燕不止一次地发笑。雪燕问李树山那副上下水值多少钱，李树山说："不值几个钱，既然六叔喜欢吃，就送他吃呗。"这话很对雪燕的胃口，不由就把李树山当作了知己。许多不该问的话都问出了口，比如二嫂与老马的事，罕村闹得沸沸扬扬，不知龙村有没有听说过。李树山说："那也叫个事？要是这种事情都叫个事，龙村早就乱套了。"雪燕好奇地问："这种事为啥不算事？"李树山说："这么跟你说吧，咱村挨着门口数，没有哪家没有闲事的。"雪燕不相信，说："如果真是这样我怎么不知道。"李树山说："你当然不知道，没人跟你说。六叔有这事你知道吗？"雪燕啐了李树山一口，说："你别瞎掰了，我爸可不是这样的人。"李树山说："这事哪是瞎说的，六叔年轻的时候跟刘义家的好，谁都知道。"

雪燕想了想，影影绰绰记得妈跟刘义家的打架的事。俩人狭路相逢，妈上去就打人家的脸，连个招呼都不打。后来雪燕和刘义家的孩子同了学，人家从来也不理她。看来这里是有点儿问题。雪燕让李树山仔细说说这件事，李树山诡秘地往前凑了凑，说："刘义是个废物点心，在生产队的时候就挨欺负。刘义的媳妇模样长得好，队里别的妇女就忌妒她。那时六叔在队里当队长，经常给她单派活儿。有一天，他们俩被人锁在仓库里，一锁就是一宿。你们家也找人，刘义他们家也找人。转天早上打开仓库门，他们俩吃了半麻袋树干。”

雪燕说：“一听就是瞎编派。”

李树山哈哈地笑说：“说瞎编才有趣，不说不笑不热闹。”

雪燕说：“我爸是好人。”

李树山认真地说：“六叔那是真正的潇洒，一辈子活得值，只是现在老了。”

雪燕咯咯地笑了，说：“李树山你可真有趣，你一直都是这么会说话？这么会说话你咋找不着老婆？你丈母娘还没给你生吧？”

李树山说：“那是我不想要，我想要，那天水窟窿眼子都堵不上，你不知道有多少人想跟我。”

雪燕说：“就冲你这身儿油脂麻花？”

李树山说：“那咋的？混一辈子好吃喝。谁当我的老丈人谁烧高香。”

雪燕知道这不是真话，是李树山逗着玩儿。可她仍然问：“你想找啥样的？”

李树山说：“你四姐那样的。”

雪燕说：“你咋不早说，你早说我给你做媒。”

李树山嬉皮笑脸说：“你这样的也行。”

雪燕推了他一把。

李树山往左一歪，又往右一歪，恰好歪到了雪燕的身上。雪燕又用劲推了他一把，把李树山推了个仰八叉。

李树山爬起来说："雪燕我给你出个脑筋急转弯。你说黑母鸡厉害还是白母鸡厉害？"

雪燕故意胡说："白母鸡厉害。白母鸡个儿大。"

李树山说："我告诉你吧，是黑母鸡厉害，因为黑母鸡能够下白蛋，而白母鸡不能够下黑蛋。"

把雪燕笑得天翻地覆。李树山趁机在雪燕的胸上抓了一把，不等雪燕怒目圆睁，李树山早逃之夭夭了。

五

齐志起得早，先于父亲来到了地里。齐志使的是父亲昨天磨好的镰刀，锋利无比。齐志找准了地边儿，就一门心思干起活儿来。齐志觉得自己已经是个成熟的男人了，不能总像过家家似的。所以早晨起来爸以为他会去龙村接雪燕呢，可齐志却拿起了镰刀，试了试刀锋。爸问："不去接你媳妇？"齐志装作不以为然地说："干完活儿再说吧。"齐志注意到了爸妈交换了一个眼神，齐志让他们感到意外了。其实齐志有他自己的小算盘。他想：这个时候把雪燕接来也没用，于谁都没有好处。不如等到晚上，一天的活儿都忙完了，心静。雪燕进门叫一声爸妈，就什么事都过去了。然后就是打开双人被，他和雪燕两个钻进被子里，那种感觉，想一想都妙不可言。他相信事情就是这样一个结果，明摆着的。雪燕虽然受了些委屈，但齐志会加倍地抚慰她。雪燕脾气不犟，她听齐志的。齐志有这把握。锁玉米秸秆是件轻松的活计，不用猫腰。他只需左手扶稳秸秆，右手用镰刀擦着地面稍稍一用力，秸秆就被锁下来了。锁下来的秸秆横着放到地垄里，头挨头，脚挨脚，齐齐整整。待够了一捆儿，就另放一处。太阳升起来时，兵将一样齐压压的一地庄稼都被齐志放倒了。齐志的衣袖和裤脚都被露水打湿了，有些凉。可齐志的头上却冒了汗，太阳一照，汗珠就变成了水晶珠子，一串一串在脸上淌。齐志没怎么干过庄稼活儿，结婚前，一门心思想考学，没考上。结婚后，一门心思想挣钱。刚开始去那家物业公司，齐志整天钻下水道，城市的下水道也奇怪，不是这里堵就是那里堵。可齐志即便钻下水道，后一秒也是干净清爽的，他随身带的包里装着干净衣裳，不像别人，干邋遢活儿就做邋遢人。现在，齐志已经成了小班长，带着一拨人，总是把抢修任务完成得又快又好。老师傅拿齐志举例子教育别人："瞧人家齐志白白净净的像个书生，可却一点儿不矫情。脏活儿累活儿抢着干，真像一个共产党员哪。"当然齐志没有入党，可齐志当了先进。齐志一个农民工当了先进，总经理亲手给他戴了大红花，夸他有理想有作为。

齐志心里说，他上光荣榜也是为了钱，那样可以得奖金。齐志心底的一些想法跟谁也没说过，他想让雪燕一生都过得好，他不想让雪燕太操劳。妈的样子总是刺激着他，五十出头的人，却像活了两辈子，跟城里的女人一比，都不像女人。

那么漂亮的雪燕是齐志心中的骄傲和财富，他像护着一件珍宝一样护着她。齐志有时自己也纳闷儿，同样是亲人，在自己感觉中是不一样的。看着妈操劳仿佛就是天经地义，而雪燕如果也操劳，想一想都会让齐志受不了。

太阳升高了，地里也热闹了。左邻右舍的地里都来了人。左邻的地里种的是谷子，谷子也成熟了，谷穗沉甸甸地压弯了腰。来收谷子的是父女俩，只简单地和齐志打了招呼，就干起活儿来。右邻种的是高粱，还有些青，来收高粱的妇女腋下夹着镰刀转来转去，却不舍得动手。齐志与妇女不熟，但知道她是前街齐三儿的女人，有些缺电。齐三腿有残疾，下不得地，所以活儿都是女人一个人干。齐志擦着地边儿捆玉米秸秆时女人就站在齐志的身后。女人说："叔不认识我吧，我叫桂香。"齐志回头朝她笑了笑。说："你地里高粱还没熟呢。"桂香说："要不我就不舍得动手了，看着叔干活儿怪眼馋的。"齐志说："还有看人家干活儿眼馋的？"桂香说："我们庄稼人就是庄稼命，一天不干活儿就没着没落的。"桂香的话说得齐志很受用，他愿意别人不把他当庄稼人。桂香问："叔还没去接婶儿？"齐志顺口答道："干完了活儿就去。"说完齐志就有些纳闷儿，齐三儿家和自己家隔得远呢，怎么雪燕回家的事她也知道？齐志心里这样想，却并没有问桂香。不料桂香打开了话匣子，没完没了地说起来："叔你大概不知道，咱罕村这阵儿出了三件大事。第一件大事就是齐天啸嫖娼。你准知道齐天啸坐飞机，不知道齐天啸嫖娼吧？齐天啸在县城嫖娼被公安局逮着了。公安局要罚他五千块钱，齐天啸说：'我多给五千，哥儿几个辛苦，买几条烟抽。'公安局一听就恼了，说：'你不是趁钱吗？罚两万。'齐天啸想打退耙，哭天抹泪地又磕头又作揖，公安局也没听他的，到底罚了他两万。第二件事就是黄秀英偷人。龙村有个姓马的，整天不务正业，赌了大钱赌小钱。不知咋和黄秀英勾搭上了，每次偷人都把车子扔到你家房后头，然后再从后院墙翻过去。有一次被黄秀英的公公瞄着了影儿，带着几个人也从院墙翻了进去……"

齐志呸地唾了口唾沫，他听不得这类闲话。邻居二哥在城里打工，二嫂不安分守己，这些话从妈的话语中露出过，但齐志不愿意相信。手里的活计加快了速度，他想远离齐三儿的女人。手下的动静也大了许多，玉米叶子的哗啦声充斥着他的耳膜。

桂香愉快地笑了，说："叔干庄稼活儿还挺在行啊！"

齐志没有理她。

桂香又说："这第三件事就与叔有关了。"

齐志愣了一下，但手中没停下活计。

桂香笑得咯咯的，说："雪燕……我婶子的事，叔知道了吧？"

齐志这下直起了腰，回头看了眼桂香。傻女人头上的围巾在脑后翘起个小三角，鸡尾巴似的。齐志告诉自己别听这女人的闲话，心里这样想，嘴上却没挡住好奇："雪燕啥事？"

桂香看着天冥想了会儿，装作有心机的样子，说："不是我跟叔说我婶的坏话，我这都是为了叔好。换了别人我是不会说的，我知道话说出去伤人。"

齐志不耐烦了："你说吧！"

桂香说："这可是叔让我说的，叔不让我说我根本不会说。我岁数比你大，可你辈大，辈大的人就是老家儿。我跟老家儿说话就不怕说走了嘴。罕村人都说：'雪燕平时就不是个正经女人，脸蛋搽得像猴屁股，嘴唇红得像吃死小孩子的，连脚指甲都抹油。'罕村人还说：'这女人迟早得出事，别看她家爷们总护着她，早晚有护不过来的时候。'可不那天就出了事，她跟一群男人在镇上喝多了酒，醉得人事不知。人家把她扔到了车上……能有好事？进门就让二爷扇了两巴掌，还扇出了毛病，人家一尥蹶子回娘家了。转天她爹冯老六来给闺女找脸，二爷二奶连门都没让进，都给卷了出去。二奶说：'闺女现眼爹也现眼，罕村就我们家倒霉，娶了一个狐狸精……'"

齐志摆了摆手，忽然觉得身上一点儿力气也没有。他回身朝地头走，把桂香晾在那儿了。

“哎，哎！”桂香嚷。

齐志头也没回。

爸赶了毛驴车来拉庄稼，全村现在就剩这一头老驴了。他们家总像活在旧时代，车上坐着妈，妈怀里搂着小建。毛驴车一直来到了地里，妈和小建才从车上下来。小建说：“爸，捡到香瓜没有？”庄稼地里经常有意外飞落的瓜子。经过夏天的雨水滋润，瓜子就生出了瓜蔓。到了秋天，就有小香瓜意外地成熟了。庄稼人都叫它小屎瓜，可物以稀为贵，屎瓜也是好的。前两天爸来地里收玉米，就曾捡到过，让小建解了馋。今天还是这块地，小建还以为有香瓜等着他呢。

齐志不耐烦地说：“哪儿有什么瓜。”

小建手里抱着一个小饭兜。小建说：“奶奶给你烙了葱花饼，香着呢。”

齐志更加不耐烦：“不吃。”

爸和妈对视了一眼。爸说：“我说了今天让你去接雪燕，可没说让你来干活儿。没有你，我们也能把庄稼收回家。你不用干点儿活儿就不耐烦。”

妈说：“接回来也得说道说道。错的是她，不是我。没有哪家媳妇像她那么滋润的，既不管老，又不管小。大秋忙月的也不回自个儿的家，不知道自己是干啥吃的。”

齐志明知故问：“雪燕爸妈来过咱家？”

妈说：“打架来的。不说给他闺女道个歉，还说不占理的。说他闺女给咱家委屈了，说他闺女当娘娘也得是个正宫。说要不是你死乞白赖，他闺女还得上大学呢。呸，她也得是那块儿料。”

齐志说：“赶火头上话哪有个好听的，雪燕爸是个明事理的人。”

妈嚷：“他明事理我就不明事理了？我不明事理能让你去接她？他明事理他就该把人送回来，不知道现在是大秋忙月？”

爸妈边说手里也不闲着。把车顺好，把驴牵到草多的地方，就动手捆玉米秸秆。他们比齐志捆得快，也捆得瓷实，一会儿就捆下去了半截地。小建一个人去逮蚂蚱，逮着一个就拿过来给齐志看。齐志在地头上坐着，有一口气在心口窝着，出不来。脸也由绿转黄，又由黄转绿。齐志把一团青草塞进嘴里，像牲口似的嚼，让小建莫名其妙。

小建说：“你咋吃草呀？”

齐志攥着儿子的小手问：“想你妈吗？”

小建响亮地说：“不想！”

齐志把草狠狠吐了出来，怒目瞪着小建。小建捂着小屁股，逃也似的跑了。

齐志对雪燕第一次有了另外的想法。自己心肝宝贝似的人，谁都不喜欢，连儿子都不喜欢。小建满月就跟奶奶睡，从来不找妈妈。他没吃过雪燕的奶，雪燕不让吃，怕把乳房吃变了形。齐志也同意雪燕这么做，可话说回来，如果雪燕让小建吃奶，齐志也没意见。齐志不太把乳房变不变形的问题当一回事，让他当一回事的是雪燕的想法。那年雪燕才满十八岁，齐志比疼儿子更疼她。雪燕生孩子时呼天抢地地号，把齐志的魂都吓跑了。当时齐志唯一的想法是：孩子生下来就掐死他。

六

齐志连着在家里干了三天活儿，把地里所有的庄稼都帮着爸妈收了上来。齐志自己都觉得纳闷儿，过去他是顶烦庄稼活儿的。齐志累得腰酸腿痛，真想在床上躺一天。可看着爸妈也累得够呛，齐志就把想法收了起来。妈的腿不好，有关节炎。蹲要扶着蹲，起要扶着起。端饭碗的工夫才捶几下膝盖，否则，连那么点儿时间都没有。家里养了头老母猪，下了十二头小猪。小猪都和母猪一个模样，皱巴巴的小短脸，看上去笑眉笑眼。养这一头母猪就差不多够了一年的开销。小猪如果行情好，养上两个月就卖掉。如果行情不好，就养成膘猪卖肉。春天一窝，冬天一窝，比存银行都准。爸妈把日子算计得一点儿浪费也没有。家里还养了三只羊，一只母羊，两只小羊。到了年关，杀一只，卖一只，留一只明年下崽儿。既有肉吃又有钱花，还有后代香火。转年春天找个公羊交配，又是一年的好日月。还养了十几只鸡，隔三岔五地爸和小建能打打牙祭，也就是炒上三五个鸡蛋，剩余的绝大多数爸要驮到城里去卖。因为是散养的柴鸡，鸡蛋要比那些专业户养的贵二到三倍。日子是好日子，可齐志不喜欢。齐志总觉得过这种日子透不过气来。所以齐志选择了打工，挣的钱不多。可齐志喜欢在城里做事，有那么高的楼，那么灿烂的霓虹灯，那么宽阔的马路，还有那么多漂亮的男人和女人。虽说这些与齐志关系都不大，可齐志还是喜欢他们。

齐志的工程队专门负责城市的下水道，经常是一身油污。可并不影响齐志喜欢自己的工作，齐志是与城市有关联的人。

齐志一共有七天假，他计划第四天去接雪燕。他觉得这样挺好，既给爸妈一个交代，又给自己一个交代。虽然每到晚上心里都想得不行，齐志都努力克制着。他甚至想用这种方法惩治雪燕。因为齐志回村的事雪燕会很快知道，她想齐志不会亚于齐志想她。齐志想这些的时候心里是甜蜜的，带一点儿苦涩的甜蜜。他心里很安静，不像在城里买双人被时，恨不得一步迈回家来，恨不得马上把双人被盖在身上，把雪燕搂在怀里。他很得意自己已然是一个成熟的男人。不能把儿女之情太当回事。他对自己说。当然，他也需要雪燕把事情说清楚，雪燕不会骗他，齐志有这个自信。齐三儿女人的话伤了齐志。齐志气恨竟有人这样糟蹋雪燕，气恨雪燕竟会这样让人糟蹋。这种糟蹋真正伤了齐志，让一颗火炭般的心，骤然就冷了。

吃了晚饭，杨玉新来家串门。杨玉新与齐志同过学，在村里算谈得来的。杨玉新给了齐志一根烟，齐志勉强接了过来。因为雪燕不喜欢烟味儿，齐志一直也没正经学会吸。杨玉新说："雪燕还没回来？"

齐志说："还没得空儿去接呢。"齐志重点强调自己得去接，他不能再让别人轻视雪燕。

杨玉新说："我以为你那天晚上回来就得去接雪燕。看来我是小看你了。"

齐志皱起了眉头："你别拿我凑趣。"

杨玉新说："还凑趣呢，雪燕看见我直掉眼泪。说：'齐志咋那么狠心，从城里回来也不见个面。'杀人不过头点地，你这样淡着人家又是为了啥？"

没想到杨玉新这样说，齐志的目光有些犹疑。

"自己过自己的日子，别听村里人瞎说。"杨玉新揣摩他的心思。

齐志问：“你啥时候见的雪燕？”

杨玉新说：“昨天。我去龙村的亲戚家，看见雪燕去买肉。我告诉雪燕你回来了，还买了双人被，雪燕高兴得像小孩子一样。”

齐志不好意思地笑了。

齐志问杨玉新啥时候办喜事，有没有合适的人。杨玉新笑着说：“早着呢。”杨玉新是一个奇怪的人，早就该说媳妇了，可就是不说，把他妈气得哭天抹泪。杨玉新是一个修理匠，凡是带响儿的东西都能修，一年也挣不少钱。想嫁给他的姑娘不在少数，可杨玉新一个也不要。罕村像他这样的人可不多。

齐志问杨玉新想找一个什么样的人。

杨玉新说：“遇到一个你和雪燕那样感情好的，我就结婚。”

齐志说：“我们好不好，你哪里知道？”

杨玉新说：“没吃过猪肉还没看过猪跑？没见过感情好的还没见过感情差的？罕村的男人哪个像你似的肯买双人被？外边都有风言风语了——可不是我说出去的。”

齐志问：“他们都说些啥？”

杨玉新说：“你敢光天化日之下把被背回来，就肯定不怕别人说。我结婚那天也盖双人被，让那些人把舌头嚼烂。”

“一条被子，”齐志说，“城里人都那样盖，就罕村人大惊小怪。”

杨玉新说：“你娶雪燕娶对了，乡下的女孩子像她那样开化的少，尽是些榆木疙瘩脑袋。”

齐志说：“父辈一辈子都是那样过，其实啥样的日子都是一辈子，也没啥新鲜的。”这话似宽慰，也似自我放弃。齐志自己觉不出啥，杨玉新却听出了弦外之音。

“我还没自由够呢，等自由够了再说吧。”他说。

七

齐志回来的那天晚上李树山就得了信儿。龙村和罕村就是这样，这边放个屁，那边都闻得着味儿。李树山是听张嘎子说的。张嘎子也在城里打工，是和齐志坐一辆车回来的。张嘎子吃了晚饭就来到了李树山的家，李树山家热闹，到处血糊糊的。这儿堆着一堆猪毛，那儿放着几张猪皮，院子里散发着一股难闻的气味。李树山杀猪也不好好杀，到处踅摸死猪或不下崽的老母猪，以次充好。这些龙村人都知道，但龙村人都不以为然。人家挣的是钱，你光让他杀好膘猪，那能挣多少钱。一头死猪能挣两三头膘猪的钱，龙村人会算这笔账。龙村人也沾李树山的光，比如今天买个死猪是肺病死的，或死于白菜帮子中毒，龙村人和李树山一样认为这种病不要紧，你三斤我五斤的就把肉分了。花的是死猪肉的价钱，若是卖到外村去，能顶好膘猪。

李树山这两天没心情干活儿，只有他自己知道这是为什么。冯雪燕回家的事龙村人都在说，但别人都是凑热闹，只有李树山动了小心思。开始，李树山动心思也没动到雪燕头上，他想的是雪燕的四姐雪萍。那些年，李树山一门心思想和雪萍好，却让雪萍耍了。后来李树山的日子过出了眉目，雪萍每次回家来都借故来找李树山。这让李树山产生了错觉，他以为雪萍是有啥想法。盼星星盼月亮地盼着雪萍来了，雪萍却从不提离婚的事，她千方百计让李树山起兴，然后要了李树山，然后赚了李树山的一刀猪肉或几只猪蹄儿走。李树山甚至认定雪萍拿走的那些东西并没有给冯老六，而是留着给她的王八丈夫。

李树山的悲哀是一只猪的悲哀。他好几次做梦都梦见自己是一头猪，等着让雪萍宰。可他斗不过雪萍，俩人的眼神一对，雪萍就占了上风，什么时候都是这样。雪萍是个人精，她看透了李树山是个纸人儿，可以让她牵着线走。而李树山却觉得自己是只耗子，活着让那只女猫玩儿，死了也让那只女猫玩儿。

李树山决心不当雪萍的耗子了。他斗不过她，不玩儿总可以了吧？李树山消消停停过了半年安静日子，已经托媒人四处说亲了，雪燕忽然回来了。

他们在李树山的肉摊前见了第一面。雪燕是来买肉的，不顺顺当当买，说这儿也不好，那儿也不好。雪燕的声音又高又脆，可李树山听出她并不内行。雪燕轻飘飘的举止忽然激活了李树山的想象。过去李树山从没注意过她，觉得她不过是个小傻丫头片子。现在仔细一估量，才觉出她与自己其实没多大距离。

这是次要的。主要的是李树山忽然觉出自己可以做一只猫，把雪燕当作耗子。雪燕在罕村的状况他是知道的，知道那里有个男人把她当心肝宝贝。所以李树山没指望他和雪燕能玩儿出结果，只要能“玩儿”，也就出了一口恶气。

雪燕本来想买两斤肉，李树山举刀一砍，三斤还多。李树山约也没约，就把肉装进了塑料袋，递到了雪燕的手里。雪燕自然明白这肉多了，也不客气，提着肉春风摆柳地走了。

所以雪燕的事李树山很上心，三天两头儿往冯老六家里跑。雪燕的四个姐姐来，李树山提前也知道。他送过去一头猪的上下水，既讨好了雪燕和冯老六，又给雪萍上了眼药。

那天李树山和雪萍的丈夫坐在一个饭桌上。雪萍的丈夫一口一个叫他哥，让李树山灌得北都找不着。雪萍不时给李树山丢眼色，李树山都置之不理。酒喝到高潮时雪萍曾偷偷捏了李树山一把，李树山无动于衷。

张嘎子对李树山说：“罕村那个‘傻帽儿’回来了。我们坐了一辆车，下车还跟我说再见，狗长犄角——净整洋事。

回家看见媳妇丢了，该哭了。”龙村的小伙子都管齐志叫“傻帽儿”，他追雪燕那会儿整天在龙村的村头站着，像根电线杆子，模样别提多傻了。李树山明明知道张嘎子说的是齐志，还是跟了句：“你说的是谁？”张嘎子说：“罕村的齐志，假模假式，说话城里味儿。还追着售票员要票，多大事似的，罕村人就这德行。”李树山的心有点儿乱，他想齐志有可能晚上来接雪燕。就雪燕那个风骚劲儿，爷们一接哪有不回的道理。张嘎子继续说：“那‘傻帽儿’还买了双人被，在车上一个劲儿地显摆，说鸭绒的，七八百块呢。”李树山马上想到了有两个光着身子的人在被里滚，李树山很难受，仿佛其中那个是自己的女人。李树山说：“嘎子能不能帮哥一个忙？”张嘎子说：“哥说。”李树山说：“你把雪燕叫到我这里来，我给你一百块钱。”张嘎子警惕地说：“你要干啥？”李树山割了一块儿肉扔给他：“没事。”

张嘎子走后，李树山迅速洗了澡，换了干净衣服，还从柜子里拿出了一沓百元纸币掖到了被垛底下。李树山照了照镜子，胡子拉碴，是有些老相，可算算岁数，他也就比齐志大五岁。这让李树山有了信心，他仔细刮了脸，用毛巾蘸水顺了顺鸟窝样的头发。毛巾也是一股猪毛味儿，他团了团塞到了床底下，又从柜子里扯出一条新毛巾，在脑袋上捂了捂。

李树山有些发狠地想：谁让你们白吃我的猪大肠。

张嘎子来了，却没领来雪燕。张嘎子一脸苦相说：“雪燕死活不出来，我没辙。”李树山像挨了当头一棒有些蒙，根本没看出来张嘎子其实在说谎。张嘎子是去了雪燕家，抽了支烟，说他和齐志坐同一辆车从城里回来的。给冯家的感觉张嘎子就是来报信的。雪燕亲亲热热地叫他嘎子哥，还给他的烟点了火。张嘎子心想：李树山是没安好心，这要真出点儿什么事，我是惹得起冯老六还是惹得起李树山？冯老六善使大棒子，李树山会动刀子。到时候我长仨脑袋也不够他们削的。思来想去张嘎子还是决定不挣这一百块钱了，虽然心里还真有点儿舍不得。张嘎子可怜巴巴地对李树山说：“事没办成，哥不赏我了吧。”

张嘎子扔下一百块钱，一溜烟儿跑了。

李树山在冯家门外蹲到很晚。齐志并没有来接雪燕。李树山像个私家侦探一样费琢磨，不明白雪燕怎么没让罕村那个“傻帽儿”接走。秋天的夜晚很凉，李树山哆哆嗦嗦的像一只看家狗。他蹲在这里的意义只是想知道雪燕会不会离开龙村，直到此刻李树山才发现自己生命中最重要的只有一件事，那就是知道雪燕还在龙村。

就像功夫不负有心人，李树山胡思乱想的时候听到了一阵脚步声。李树山心花怒放，出来的是雪燕，在街上站了老半天。不用问也知道，雪燕是在等齐志，明明知道齐志不会这么晚来，可还是存了幻想。后来雪燕又朝前边走了一段，李树山在背后默默跟着她。他轻咳了一声，雪燕吓了一跳。

“谁？”

李树山凑近了让雪燕瞅。他的脸上涂了护肤霜，自己都能闻到一股子香气。雪燕说：“是树山哥呀，你这么晚出来干啥？”

李树山说：“我刚才从这里过，掏烟的时候掉了一百块钱。”

雪燕嘴里说着：“是吗？”便和李树山一起找。李树山迅速把钱扔到了地下。雪燕眼神好，一眼就发现了。不是一百，是两百。

雪燕说：“你丢了一百，我捡了两百，怎么算？”

李树山说：“还能怎么算，送给你了。”

雪燕说：“我不能白要你的钱。快给你。”说着，就往他的手里塞。

李树山并不躲，嘴里说：“怎么算白要，是你找到的，就算劳务费吧。”

雪燕哧哧笑了起来，把钱往李树山的手里塞，李树山试探地捏了雪燕的手，随后一把抱住了她。

雪燕急了，说：“快放开我，我喊人了。”

李树山说：“喊人我也不放，我想你。”

李树山又说：“谁让你那么好呢！”

雪燕使劲挣了挣，没有挣动。李树山的两只胳膊比铁箍都紧，俩人贴得天衣无缝。雪燕忽然笑了笑，刹那间，雪燕突然有了想报复谁的冲动。几天所有的期待都落了空，此刻她有被填满的欲望。她的挣扎是下意识，也是有意识，就像一场行为表演。黑夜像一团墨，泼洒在雪燕身上，瞬间就把雪燕染黑了。

八

齐志忽然成了可有可无的人。

虽然四个姐姐和父母都极力撺掇她要等公公来接才回去，可在雪燕的心里，那种意识并不特别明显。雪燕不会忌讳谁，任何事情都像风一样来无影去无踪。所以当张嘎子告诉她齐志已经回来了，雪燕就悄悄开始了梳洗打扮。她断定齐志一会儿就来接她，他们已经三个月没见面了，那样一种焦灼和渴盼已经成了牵挂和勾连，把她的思想和意识都缠绕得单纯。她知道她因此可能得罪姐姐们，雪燕不怕。雪燕和大姐的儿子差不多一样大，雪燕使使性子、发发脾气谁都没奈何。至于父亲冯老六和母亲付玉芳，雪燕更不在话下。他们都经不得哄，雪燕一哄他们就啥脾气也没有。可是事情总在人的意料之外，齐志没来。有好几次雪燕都想自己回去算了，当然也是想想而已，那么没面子的事雪燕还是做不出。

于是雪燕遭遇了李树山，说不清是偶然还是必然，李树山让雪燕所有的等待有了归宿。雪燕没有负罪感，那样一种单纯快乐和愉悦让雪燕始料不及。李树山说脏话，做事凶猛，这都让雪燕觉得新鲜和有趣。那种新鲜和有趣值得反复玩味和咀嚼。秋收帮了雪燕的忙，爸妈都下地去了。雪燕虚情假意地也想去，冯老六说："别把我老闺女累着。"冯老六和付玉芳打扮得像一对渔翁渔婆赶着车走了。这座村庄一下就空了。雪燕借着去代销店买酒的机会光顾了李树山的肉摊。但没有走近。雪燕在不远不近的地方站着，和一个老太太找话说。待确定李树山看见了自己，雪燕就风摆荷花的样子走了。雪燕相信自己就是一朵荷花，有那么娇媚粉嫩的一张脸，身子像莲藕一样又润又白。雪燕渴望在阳光底下打开自己，让一个男人好好看看，这会让他大吃一惊。因为他不会见过比雪燕更漂亮的女人，雪燕有这个自信。

雪燕等了整整一个上午，李树山没来。雪燕等得整个人都虚掉了。她想：李树山也许没有看见自己，也许看见了没领悟她的意思，也许领悟了却不敢来。雪燕懂得了荒废是什么概念，她觉出了时光好长好长，她觉得自己的身子都长杂草了，她需要镰刀割一割。后来终于有人来了，雪燕都觉得自己要死了。来的人是张嘎子，来借手推车。张嘎子问："齐志没来接你？"雪燕看着张嘎子，都转不过弯来怎么回答。张嘎子说："我知道六叔六婶不会放你走，别便宜那小子。"雪燕虚弱地笑了。张嘎子推着车子往外走，忽又回过头来说："小心李树山，当心他打你的坏主意。"雪燕一下子有了精神，娇声说："你怎么不打我的坏主意？"张嘎子愣了一下，嘟哝说："我可不敢，怕六叔拿板砖拍我。"

雪燕给父母准备了一顿丰盛的午饭。雪燕是聪明人，只要想做，没有什么事情做不好。雪燕为父母准备了饭菜自己却没胃口。她早早回了屋里躺着，惹得爸妈来回问："病了？"雪燕说："浑身没劲。"冯老六说："那个王八揍的？"冯老六就会骂人。雪燕气恼地说："您骂他干啥。"冯老六说："这种王八犊子，天生就没良心。听说人早回来了，也不来接你。"雪燕带着怨气说："脚长在我腿上，用他接？"冯老六知道雪燕的想法，只是嘴上犟。他说："不接你就别回去。闺女是我养的，我情愿养她一辈子。"冯老六喝了酒就去睡午觉，午觉醒了又下地干活儿去了。家里只剩下了雪燕一个人，雪燕就是这个时候感觉到，齐志原来是一个可有可无的人。仿佛两个人相隔十万八千里地，想起他时陌生而又模糊。

李树山当然知道雪燕的心思。看她一扭一扭的步态，李树山就把雪燕的心思摸透了。李树山上午没来出于三个考虑。他的肉要赶在上午卖出去，这是一。其二，他谨记自己的身份是只猫，不能让耗子招呼一声就过去了，应该让耗子尝一尝等猫的滋味。因为过去他曾等得苦不堪言。其三，他想把雪燕引到自己的家里，而不是像上次那样，在街上就把事办了。他家的被垛底下堆着许多百元纸币，他想造成这样一个假象，他们家到处都是钱。他知道冯家的人都爱钱。李树山的思想感情有了突飞猛进的发展，他已经在为最终的一步棋做打算了。尽管他一边卖肉一边心猿意马，几次算错了账，但他还是熬到了午后，把最后一刀肉卖了出去。

午后，他们在一条街的两头彼此看见了对方。李树山招了招手，雪燕有几分羞赧地走了过来。心咚咚地跳，步子迈得扭扭捏捏。午后的街上一个人也没有，只有满街筒子的阳光，又白又亮。李树山关了房门，就把雪燕整个抱了起来，大步走回了屋里。李树山边走边说脏话，让雪燕的羞赧加重了颜色。他们狂热迷乱地胶合在一起，一场游戏进行了很长时间。

李树山没忘记掀翻了被垛，把那些纸币亮了出来。雪燕说："你们家的钱咋随便乱扔？"李树山淡淡地说："随手挣的，就随手丢。"雪燕有几分鄙夷地说："你个杀猪的能挣多少钱。"李树山用更淡的口吻说："你还别就瞧不起。"这话有些深奥，雪燕不言声了。李树山说："喜欢多少就拿多少，买件好衣服。"雪燕说："我要是都喜欢呢？"李树山心中一紧，但还是爽快地说："那就都拿去。"雪燕默默地下了炕，把目光坚定地转到了别处。雪燕说："我走了。"

九

齐志去代销店买了两瓶好酒，是“金渔阳”。“金渔阳”不同于普通的“渔阳”，脖子上系一个红线绳，上面挂一个小礼包，里面一、二、五元人民币不等。如果运气好，还能碰上一美元。庄稼人很少买“金渔阳”，比普通的“渔阳”贵一倍呢，所以买“金渔阳”的人都不是普通人。齐志提着“金渔阳”去龙村时，龙村很多人都盯着他手中的塑料袋，保不齐还有人骂冯老六：“老东西，他倒找了个好女婿。”当然这只是齐志的想法。齐志不时和人打着招呼，认识不认识的都招招手。齐志知道龙村的很多人都认识他，知道冯老六的这个老女婿把个媳妇当金蛋养，谁家女儿有这样的福气呢？不知为什么，齐志喜欢龙村。那种喜欢埋在心中一个非常隐秘的角落里，平时连自己都不知道。与罕村相比，龙村显得脏乱，显得没有秩序，房子显得矮，门楼显得矬，但人显得亲切。这一点，在齐志第一次当上门女婿的时候就凸显出来。齐志先与雪燕私订终身，而后连媒人也没托，就自己找上门来了。那天冯老六喝多了酒，两只眼像两只小灯笼。齐志说，他是罕村人，叫齐志。家里就他哥儿一个，有一个姐姐，早出嫁了。他中专毕业，只比雪燕大四岁。两人你情我愿，他想把雪燕娶过去做老婆。他保证对雪燕好，一生一世都不会欺负她。齐志说这番话时上下牙齿直打架，后背上爬满了白毛汗。齐志是预备让冯老六骂一个狗血喷头的，雪燕还小，才十七岁，还是中学生呢。换了任何一个做家长的都不会像冯老六那样。他眯起眼睛看齐志，看了半天。问："我闺女看上你了吗？"齐志说："看上了。"冯老六说："只要我闺女看得上你，我乐意。"冯老六说过这话就睡过去了，鼾声像打雷一样。齐志不敢相信这是真的，以为这是酒话。可冯老六一觉醒来就叫他"五姑爷"，让齐志欣喜若狂。雪燕上边有四个姐姐，冯老六一锤定音，齐志就是"五姑爷"了。

冯老六不是过日子人，爸妈就是这样说的。龙村不会过日子的人有很多，冯老六是这些人里之最。龙村代销店的酒卖得快，都到哪里去了？都叫冯老六这样的人喝了。冯老六就是这样，大醉三六九，小醉天天有。承包了几亩地，做时下死力气做，做完就是吃吃喝喝。所以冯老六吃得好，穿得差，没积蓄，但一年四季都是油嘴头。雪天没有下酒菜，冯老六会到雪野上去追兔子。兔子比他跑得快，他进家就捉最肥的老母鸡，喊："付玉芳，煺鸡毛去！"

付玉芳凡事都听冯老六的，只要冯老六一发号令，她就一迭声地好好好。

不知为什么，齐志就是喜欢冯家。冯家到处乱七八糟，柴在院子里堆着，狗在柴堆上卧着，狗粪拉得院子里到处都是，大盆里泡着脏衣服，衣服上漂着柴火末子，堂屋里盆朝天碗朝地，能看得人心乱如麻。可有什么办法呢，齐志就是喜欢龙村，喜欢冯家的人，连带着冯家的脏乱也不嫌弃。他从小就被各种规矩捆绑着，那种松弛感能让身心愉悦。他喜欢听冯老六瞪着一双醉猫似的眼睛侃大山。齐志不善言辞，但在这里也能讲段子，从城里听来的各种荤素笑话一串一串地在嘴边排队，在别的地方齐志可没有这种才能，这一点简直不可思议。

齐志提着“金渔阳”来上门的事，早有孩子飞奔着告诉了冯老六。那孩子有十多岁大，是个男孩儿。进了院门就喊：“你家老姑爷来了。”冯老六说：“去去去，你也配做我家老姑爷？”把孩子说迷瞪了，挠着脑袋说：“是你家老姑爷，罕村的齐志。”冯老六说：“我还以为你在说你自己个儿呢。”冯老六心里喜滋滋的，他知道又有好酒喝了。齐志买的酒总比他上面的四个姑爷买的酒好，冯老六打心眼儿里喜欢齐志。冯老六自言自语说：“要说我不想难为齐志这孩子，可是他父母做事太欺人，这回要不说出个子午卯酉，老闺女你没法在他家做人，雪燕你说是不？”雪燕响声应：“就照我四个姐姐说的办，老爸你就给我做主吧！”

付玉芳说：“你不做主我做主，我就不信他们罕村人没了王法！”

说这话时雪燕就在墙根下和妈一起用木棍磕打芝麻秸。雪燕穿一件大红的夹克衫，蓝牛仔裤，高跟皮鞋，长发被一只玻璃发卡别着，一直飘到腰际。雪燕在娘家很少干活儿，爹妈都不舍得让她干。但这种小活儿雪燕干起来也像玩儿。一只簸箕放到脚下，随着木棍和芝麻秸的簌簌抖动，小芝麻粒儿就活蹦乱跳地跑到簸箕里。芝麻的香气直钻鼻孔。院子里洒满了秋日金色的太阳，雪燕不时吸吸鼻子，她已经听到了齐志的脚步声，她的心也擂鼓似的响。

雪燕在齐志进门的前一秒钟回了屋里。她关了屋门，爬上炕，贴着墙壁往外张望。她能看见院子里的人，可院子里的人却看不见她。

齐志喊了一声："爸。"

又喊了一声："妈。"

齐志把酒递到了冯老六的手里。冯老六心是热的，可脸是冷的。他很少有机会喝"金渔阳"，要不是有雪燕的事摆在那里，他恨不得现在就抿两口。

雪燕的事伤透了他的心。雪燕长这么大，他从没碰过一个手指头，可无缘无故地就被公公打了。公公的那双大手多糙啊！冯老六想起这事就气得直打哆嗦。

齐志问："雪燕呢？"

付玉芳拉长声音说："不在家。"

付玉芳忙着手里的活儿，看也没看齐志一眼。齐志只得过去给冯老六打下手。冯老六把剥好的玉米码到柱子上，玉米都金黄金黄，留着小辫子，两个系在一起。十字交叉着往上码，越码越高。

齐志问："庄稼都收上来了？"

付玉芳冷言冷语说："不收上来还等着你？我们可没有那么好的福气。"

听着话茬不对，齐志闷头干起了活儿。他把玉米从远处运了来，抱到怀里，冯老六不用猫腰就拿到了玉米。玉米死沉死沉，不一会儿，齐志就出了满头的汗。

冯老六率先坐下休息，也给了齐志一个板凳。

冯老六说："你爹妈知道你过来？"

齐志连连说："知道，知道。是他们让我来接雪燕。我爸还说，那天是他糊涂了，打了雪燕，不管雪燕做了什么事，他打人都不对。"

冯老六说："他真是这样说的？"

齐志说："是这样说的。"

冯老六说："他们一贯瞧不起我。"

齐志知道这话重了，也知道这话说得没错。爸妈都不喜欢冯老六，尤其不喜欢冯老六喝酒。他们结婚那天冯老六就喝得酩酊大醉，躺在他们新房不起来。冯老六还爱串门，每次串门必吃饭。每次吃饭必喝酒。每次喝酒必醉，爸妈不胜其烦。开始爸妈还陪陪客人，后来连话都懒得说了。每次冯老六上门都让爸妈的眉心结成大疙瘩。

冯老六说："知道你爸为啥打雪燕不？"

齐志说："雪燕喝多了酒。"

冯老六说："我闺女不过是和朋友喝了些酒，伤的哪门子风，败的什么俗？能进饭店那是本事，说明我闺女有能力。本来你岳母我们两个想上门说道说道，门儿都不让进，水都不让喝一口，还骂我闺女是狐狸精！我说你们是齐志的爹妈，我不说不好听的。换了别人试试，我冯老六根本就不用嘴说话！"

齐志赶忙说："对不起。"

冯老六说："你说对不起没有用，雪燕你接不走。这不是我个人的意见，是我五个闺女联合做出的决定。要想让雪燕回去，只一样，让他们老公母俩来接。我们好吃好喝好招待。"

齐志想了想，说："您有点儿难为人。"

付玉芳尖叫："你咋不说他们难为雪燕？从小我都舍不得捅她一个手指头，他凭啥用巴掌扇？还别说我们雪燕长得如花似玉，你可龙村打听打听，哪个做媳妇的还受公婆的气？还就是你对雪燕不差，要不我们还能当个大闺女嫁！"

屋里的雪燕听不下去了，忽然喊了一声："妈！"

齐志愣了一刻，天不顾地不顾地闯进了屋里。雪燕靠着墙壁坐着，看见齐志进来，捂着脸呜呜地哭了。齐志的眼泪也像雨水一样流了下来。后来两个人就搂到了一起。雪燕说："我知道你不想我，现在才来接我。"齐志趴在雪燕的耳边说："我是不想让你干活儿，现在家里多忙。"雪燕问："买双人被了？"齐志说："买了，就等着你回家盖呢。"雪燕说："齐志，我真的没干别的事，我就是喝了点儿酒，喝醉了，你爸就用巴掌扇我。我对天发誓，我没做过对不起你的事。"雪燕边说边偷眼看齐志，她突然感到了心虚。

齐志叹了一口气，说："你喝成那样，万一被人欺负了都不知道。"

雪燕撒娇说："谁欺负我？谁敢欺负我？"

齐志说："跟我回家吧，回去跟爸妈道个歉。"

雪燕一把推开了齐志，吃惊地说："谁给谁道歉？我不过喝了点儿酒，又没妨碍谁，我凭什么给他们道歉？我爸天天喝酒，天天喝得大醉小醉，你让他给谁道歉？"

齐志说："你不是你爸，你是罕村的媳妇。哪家媳妇像你醉成这样？"

雪燕说："媳妇就不是人？我下次还喝酒，我不信我喝酒能喝出罪来，国家哪项规定说媳妇不准喝酒？"

齐志的脸气得通红，低低地喝了声："雪燕！"

雪燕哭着嚷："我就知道你不是诚心来接我的，是来替你爸妈出气的！挨打的是我，不是他们！如果是我打了他们，我现在就过去给他们磕头！不用你说！"

齐志浑身发起抖来，憋了半天，才说："你还想让公婆给你磕头？你做了丢人的事还想让公婆给你磕头？”

雪燕说：“我没丢人！”

齐志说：“你知道村里人都说你什么？寒碜得我都说不出口！”

雪燕嚷了句：“我没丢人！”又嚷：“丢没丢人我自己知道！丢我也丢自己的人，与你们全没关系！我爹妈都不嫌我丢人，你算老几！”

齐志的手举了起来，啪的一下，打的却是自己。齐志头也不回地往外走，后边雪燕撒泼似的号。齐志的眼睛都让泪水糊住了，心一抽一抽地疼。他嘴里叨咕着：“怎么这样，怎么这样?！”

他想：此刻就是冯老六拦住他好话说尽，都不能让他回头。可冯老六依然在那里码玉米，付玉芳依然在窗根底下敲打芝麻秸，他们谁也没有说话。

齐志跑出了冯家的院子，后面只传来了几声狗叫。

十

下了一场小雨。雨从后半夜开始下，清早起来，天地都湿漉漉的。天还没有亮透，就有人欢喜地喝了一声：“好雨！”那时雨还没有停，雨点儿碎碎细细的全无声响。从睡梦中惊醒的人半信半疑，披着衣服跑到院子里，长长地打了一个喷嚏。齐志还躺在被窝里，就被雨水滋润得湿心湿肝。他想：今年入夏以来就一直少雨，大田庄稼对付着那点儿雨水熟了。如果想种麦，必得大水漫灌，费电费水不说，还费时。大水漫灌得地里三天下不去脚，下去就和泥。齐志像个正经庄稼人一样为一场雨兴奋，这还是第一次。当然齐志的兴奋有些故意，有一些疼痛被兴奋包裹着，兴奋就显得有些虚假。他起床刷牙时见妈已经把饭做好了，在饭桌上摆着。堂屋地里堆着麦种和化肥，还有搅拌麦种用的农药。爸妈都在里外忙碌，地上踩满了湿脚印子。麦种一共是两袋子，足有两百斤。齐志问："咋用那么多麦种？"妈说："龙村年年种咱们的。"齐志心尖一颤，那种疼痛立刻跃然脸上。他从龙村回来什么也没说，妈什么也没问。他不想说，妈不想问。他有点儿恨雪燕，自己的事不但搞得父母知道，还让四个姐姐都知道。这么多人一掺和，本来半斤八两的事，就有了一吨的分量。

妈凡事都想在别人前边，甭管自己的还是别人的。这事要是换了雪燕妈，打死也想不起给别人留麦种。

龙村隔三岔五来罕村换麦种，很多家都如此。罕村的麦种好，是集体从县科研所买来的，矮秆、穗大、颗粒重、不倒伏，二代、三代也能当种子用。龙村的一斤麦子换罕村的八两种子，年年如此。当然那些实在亲戚除外，他们耀武扬威地空着手来，驮着麦种走，连一声谢谢都不用说。冯老六年年都是这个日子来驮麦种，早一天也不来。妈也有怨言，刀子嘴，豆腐心。

齐志边吃饭边看着麦种发愁。他想：老岳丈肯定不会来了，知道姑爷在家，他也许在等着送。吃完了饭，齐志也打算好了。想起雪燕哭的那个样子，他也是心疼得不行。雪燕就是委屈，从小到大没人敢碰一碰。被公公打的那巴掌，会疼一辈子。齐志想起昨天的事心中有些懊悔，他莽撞了。雪燕的话刺伤了他。可雪燕是在自己受了委屈的情况下才说的那些话呀！爸已经在外套车了，齐志说："我把雪燕家的麦种送过去，从那边直接去地里。"爸说："问问你丈人杆子啥时候种麦子，你过去帮帮忙。"齐志应了一声。妈说："哪辈子欠了他们的，一家子三八赶集，四六不懂。"齐志说："您懂得多有啥好？费心。"

齐志的车子浇湿了，他用衣服袖子擦了擦。妈说："去龙村你得换件衣服，别穿干活儿的衣服去。"妈的规矩就是多。其实龙村和罕村离得近，谁不认识谁。可妈既然发了话，齐志就顺从地回了屋里。就听外边杨玉新的声音喊齐志，齐志伸着袖子走了出来。杨玉新说："有点儿事，到我家走一趟。"齐志边走边问什么事。估摸后边听不见了，杨玉新说："你丈人到我家换麦种了。我说：'齐志家给您留着呢。'他声也不吭。"齐志说："你晚来一步我就送过去了。"

俩人来到了杨玉新家，冯老六正在炕上坐着，滔滔不绝地说着雪天追兔子的事。看见了齐志，冯老六陡然站了起来，对玉新妈说：“老嫂子给我准备好了吗？我那是一百斤麦子，你就给我八十斤种，少一斤也不行。”齐志说：“我们给您准备好了，正要送过去呢。”冯老六没有表情地说：“就不麻烦你们家了。”说完就往外走，找杨玉新家的粮仓。玉新妈为难地看着齐志，齐志到院子里去推冯老六的车，没想到冯老六怒不可遏，大喝一声：“放下！”顺手就打了齐志一个嘴巴。

冯老六说：“没有你们齐家，我们就种不上麦子了？别做梦了！”

杨玉新脸都气白了，说：“冯大叔你不讲道理！我好心把齐志找了来，晚一步麦种就给您送去了，您还打他！”

冯老六说：“你问问他们家讲不讲道理！我闺女在外边喝点儿小酒就挨打，我打他一下还多？”

杨玉新说：“是喝点儿小酒吗？是醉得不省人事！”

冯老六说：“那又怎样？”

杨玉新踌躇一下，说：“车上都是男人！”

冯老六气宇轩昂：“那又怎样？”

玉新妈上来推玉新，把玉新推了一个趔趄。玉新妈数叨：“说你这孩子咋这不懂事，这里有你什么事！人家齐志都不言声，用得着你在这说三道四？”

冯老六热泪盈眶，说：“老嫂子，你给评评理，他们打我闺女是不是欺负人。我闺女不过就是喝点儿酒，他们就拿巴掌抽我们……”

玉新妈说：“你们的事我不懂，快别跟我说了。这儿有一袋麦种，是我们自己准备用的。你先驮走，不够再来。”

玉新妈搭不动，还是齐志帮了一把，把麦种放到了自行车上。玉新妈说：“齐志可是个好孩子，雪燕嫁了他可不亏。他冯大叔，事情您自己掂量着办，可别把两个孩子的事当自己的事。”

冯老六说：“我闺女我知道。”

说完就扭扭歪歪地上了车。

玉新妈说：“这是咋话说的。齐志甭往心里去，这老头儿，轴，护犊子。”

齐志咬着嘴唇，声也没吭。

玉新妈说：“不是大妈说你，你太宠媳妇了。”

杨玉新往外送齐志，俩人谁也没话。走了一程，杨玉新突然说：“你说罕村人和龙村人是不是不一样？”

齐志苦笑着说：“我哪有心情研究那些。”

杨玉新说：“前两天雪燕还好好的，这老头儿怎么说翻脸就翻脸？”

齐志没说别的，他拦住玉新说：“别送了，再送就送家里去了。”玉新仍是送，他觉得对不起齐志。

齐志再次说："回去吧。"

杨玉新说："眼下你也是光棍儿了。"

十一

老天真是有眼，那雨下得恰到好处，不多不少。没收完秋的人家都有些着急，收完秋的人家都扬扬得意，仿佛自己有先见之明。地头上停了好几辆小型播种机，人们连价都不还，排着队等候播种机播种。排队的人都是年轻人，上了年纪的自己则带了耠犁锄耙自耕自种。麦收时也是那样，在毒日头底下割麦的都是老年人。年轻人都在大树底下乘凉，边吹牛边等收割机。齐志看见播种机也动了心，在地头上寻了机会说："爸，听说播种机播种匀称，比人工省种子。"爸说："不收钱我也不使它。"爸说播种机不能深翻土地，来年土地容易板结。齐志知道这不是理由，爸不使播种机肯定就因为两个字：省钱。

毛驴是头老驴，老得都通人性了。爸使唤它就像使唤个老伙伴一样，慢声细语。在地头卸了车，爸就把驴套在了耠子上。爸说："你又该卖卖力气了，明年吃不吃得上白面，全靠你了。"爸双手握稳耠把，先在地边直直地挑了一条线，松软的土地立刻敞开了肚皮。湿润，油汪汪的，看着让人心里踏实。妈撒种，齐志撒肥。齐志想让妈撒肥，自己撒种，妈不干。妈说：“你撒肥我都不放心，撒得匀吗？”齐志先顺着垄沟撒了一把，化肥像雪花一样飘然落下。妈还是挑了齐志的毛病，说手劲儿不能太死，落地一堆一堆的。可也不能太松，来一阵风就把肥吹跑了。妈走在爸的后头，齐志走在妈的后头，踩着两个人的脚印，还是觉得累得慌，深一脚浅一脚的。再看妈，因为腿不得劲，走得更吃力。齐志想：这种麦的活儿最少也要三个人干，往年只爸和妈两个人，不知是怎么干的。必是爸把地耠到头，回来再撒种。撒完了再接茬儿耠，无形中就多了一半的活儿。雪燕是从来也不下地的，自己不愿意来，爸妈也不指望她来，齐志更不舍得让她来。为了阻止雪燕下地，齐志甚至鼓动爸妈不要地。让爸骂了一顿。爸说：“庄稼人不种地，你喝西北风活着?!”

齐志的脸有发烧的感觉，这还是第一次。过去他总觉得护着媳妇是天经地义的事，从没想到过这会加重爸妈的负担。潜意识里齐志觉得爸妈就是劳作的命。你干他也干，你不干他也干。雪燕也有一份地，也要吃饭。年纪轻轻的雪燕实在没有理由让年迈的爸妈为自己劳作。思来想去责任还是在自己。在齐志的感觉中，雪燕一直是十七岁的那个中学生，娇嫩得就像奶油做的娃娃。

雪燕也是女人了，是年轻的、健康的女人。劳作的女人很少有漂亮的。难道雪燕就非漂亮不可？自己那么喜欢漂亮正常吗？

踩在潮乎乎的土地上，齐志有点儿喜欢庄稼人的那种感觉。土地是干净的，没有油污。土地的香气你需要用心品味，才能闻得出来。爸种了一辈子地还没有种够，齐志有点儿明白为什么了。

妈哎哟一声摔倒了。

齐志跑过去看时，发现妈的一只脚扭伤了。

齐志把妈扶到了地头，妈嘴里说着没事没事，可嘴唇疼得直打哆嗦，连话都说不整齐。有人在地上铺了一块塑料布，齐志扶妈坐了上去，妈的脚腕已经红肿了。

齐志手忙脚乱地不知怎么捏鼓好。

妈嫌他手重，说："秀波你来试试，男人家的手像钳子。"

齐志这才发现铺塑料布的人是秀波，在罕村也算知名人士。秀波把妈的鞋袜都脱了下来，把脚放到自己的膝盖上，又揉又捏，真是一双灵巧的手。

齐志为妈的脚感到不好意思，找话说："你学过推拿？"

秀波说："哪有这么巧的事，我这是为舒筋活血。看样子不像碍着骨头的。"

秀波还是让妈的疼痛减轻了。爸走了过来，看了妈的脚一眼，什么也没说，又去耠地了。齐志说："妈歇着，我撒种，撒完种再撒肥。"妈急忙说："你哪撒得了种，让你爸干！"秀波说："大妈信得过我不？"妈笑得像朵花似的，说："谁不知道秀波的本事，你撒种能让麦子多收几成。"

妈说的是个典故，那个典故齐志也知道。刚分地时，秀波的爸去世了，秀波只是个十多岁的小姑娘。那年家家种麦都不敢自己撒种，很多人家都没人撒过，得请队里的庄稼把式。庄稼把式其实就是齐志的爷爷，在队里撒了一辈子种。垄沟翻好，施上肥，排队等齐志爷爷撒种的样子也是风景。后来爷爷老糊涂了，经常问："该谁家撒种了？"其实他就撒了那一季。秀波是个多有能耐的小丫头，她竟然敢自己撒种！当时可是罕村的一个大新闻，许多人像瞧戏一样专门跑去看秀波撒种。只见小丫头不慌不忙，麦种一把一把地往垄沟里扬。有人告诉她密了，密了，撒稀点儿，明年春天小麦要分蘖呢。秀波回头看看，小胳膊一甩一甩的还是那么用劲。结果那年出了个大意外。秋寒来得早，麦种没来得及在土里分蘖。本来一粒麦种能生三至四个芽苞，可到来年春天一看，惨了，好的麦种能生出一棵苗，差一点儿的连一棵也生不出。平展展的一大块地就那么稀稀拉拉，让人恨不得把自己也种进土里。再看秀波家的一亩三分地，油绿油绿，密密实实，看着让人别提多敞亮了。过路的外村人都说，瞧罕村种的地，还一村过日子人呢，不如一个黄毛小丫头。

现在讲起这件事都成笑话了，当年可没有那么轻松。秀波家的一亩地能产八百斤麦子，别人家的少产了三分之一。最难受的人是齐志的爷爷，种麦的时候一天三顿被人请，神气得山羊胡子翘起老高。麦子长成那样，一下子就抬不起头来了，终日窝着腰走路。

秀波曾经是罕村的名人，只是后来的命运不济，嫁了一个小学教师，结婚三年没怀孕，到医院一查，才知道是患有先天性不育症。小学教师到家就给她收拾东西，说你连个母鸡都不如，我们留你也没用。秀波就这样离了婚，等于在外边转了一圈儿，又回了罕村。

把罕村人气得义愤填膺，说那小学老师不是东西。这么能干的姑娘他说休就给休了回来，太不把罕村人放在眼里。有人提议修理修理那小子，把他也修理成不育症。事情嚷得挺热闹，却没有谁实际去动手。秀波没有远门近枝，他爸是独子，她是独女。

秀波跟母亲相依为命。齐志问她："还找不找人？"秀波说："嫁怕了。"

休息时，齐志认真地跟她探讨关于男人女人的问题。齐志说："男人就该养着女人。"秀波说："啥也不干的女人会变成废物，没有谁喜欢废物女人。"齐志知道秀波不会影射雪燕，秀波是厚道人。齐志拉着秀波坐到了稍远的地方，问她怎么看待自己和雪燕。秀波笑着说："我可说不好。"

齐志说："你快帮帮我，我都愁死了。"

齐志把自己去龙村和冯老六来罕村的事一点儿不漏地说了，说着说着眼圈就红了。如果不是地里有这么多人，齐志说不定会哭出来。秀波说："雪燕真的不该让你这么作难。她还不知道大爷的脾气？一辈子没给谁当面服过软。"

齐志说："所以我回来没提这件事，提了我爸妈也不会去接她。我想不出来这件事怎么收场。"

秀波说："会有办法的，大家都说你是个有本事的人。当年能把雪燕娶过来，还在城里落了脚，把雪燕养成了城市人。罕村的年轻人有谁像你这么有本事？"

齐志说："别骂我了，我算有什么本事。"

秀波问："你啥时候走？"

齐志说："还有两天假。"

秀波说："听说你都买双人被了。"

齐志的脸红了，问秀波听谁说的。秀波说："罕村没有谁不知道。"

齐志又问秀波他该怎么办，秀波说她也没有好主意。"你应该好好跟雪燕谈谈。"秀波说，"别去她家，也别来你家，在外边找个地方。你们小夫妻这么好，有啥过不去的。说不定一见面就能把事情说开了。别用手机，打电话更容易误会。"

这话启发了齐志，他隐隐有了些想法。他问秀波能不能再帮她一个忙，去趟龙村。秀波连忙摆手说："我可不行。一、我和雪燕不熟，二、我嘴笨。你们本家二嫂和雪燕好，三说两说说不定就把雪燕说转了，你何不让她去？"

想起二嫂的事，齐志有点儿烦。过去只当她嘴敞，什么都敢说，却原来还什么都敢做。“再说吧。”齐志说。

爸起身吆喝干活儿。秀波说：“该走你尽管走，你家里的活儿，能帮的我会帮一把。”秀波说这话时眼睛望着别处，可齐志看出了她放出去的眼神有些荒凉。

“还是再找个人吧。”齐志小声说。

秀波回过头看了齐志一眼，沧桑地说：“不是不想找，是找不到。”

齐志喉头一哽，险些落下泪来。他目不转睛看着秀波，居然觉出那种沧桑很美丽。

齐志过去从没有这种感觉。

十二

齐志从地里回来直接去了二嫂家。说真的，他有些急。这种急迫有些暴烈，不像第一天回罕村时那样，急迫是温婉的急迫，能够把持。他看秀波的眼神都有些恍惚，秀波撒种走在前面，他总以为前面撒种的人是雪燕。他想：雪燕嫁过来四年了，什么都没有长进，如果雪燕能时常跟土地打交道，说不定早就换了一个人，土地能使人的性格变得敦厚、皮实，不会遇到点儿什么事就大呼小叫。如果走在前面的人真是雪燕，齐志愿意就这么一辈子跟着她走下去，雪燕撒种，齐志撒肥。干庄稼活儿没什么不好，祖祖辈辈都是这样干过来的，他齐志和雪燕有什么了不起，非要过另外一种生活呢？齐志想这些问题的时候心里并不轻松，是一种苦涩的无奈。他想：秀波要是雪燕多好，自己那颗心马上能够安稳，可秀波不是雪燕。秀波怎么就不是雪燕呢？

妈跪着一条膝盖在地头上捡黄豆。爸妈种地不舍得糟蹋一寸土地，边边角角都点种了黄豆。爸妈不会等秋熟大了才来收，可还是有黄豆荚早早炸裂在地里，妈现在捡的就是它们。妈小心地拨拉着周围的土，那副认真劲儿让齐志觉得寻找金豆子也不过如此。若是过去，齐志会走过去笑话妈，可现在齐志却没了那种心情。

齐志想：真的应该让雪燕到地里来，应该让雪燕知道什么叫过日子。秀波怎么就不是雪燕呢？

种完了一块地又种了一块地，那块地也是秀波撒的种。妈的脚慢慢能活动了，可还是一瘸一拐地走。爸干完了所有的活儿才顾得上跟秀波说话，爸跟秀波说的是墒情和明年的收成，说夜里的那场雨为各家各户省了多少钱，说今年的麦种“0451”与去年的“0519”的区别，反正都是与土地和庄稼有关的话题。不是没话找话，真的是有话好说。齐志呆呆地看着秀波时又把她看成了雪燕。齐志想：雪燕如果真的就像秀波这样，自己会觉得她不好吗？

那样一种急迫就是在这个时候突如其来。他想和雪燕说说话，好好说一说。他说这话时会躺在雪燕的腿上，说的不是情话，可会用情话的语气。他们总是这样讲话，已经成了习惯。然后才是做事，做那种事。思维到这里突然短了路，齐志像蛤蟆一样张开了嘴，周身像火炭一样燃烧起来。齐志像一个老人一样缓缓躺在土地上，太阳已经把土地表面的水分吸了去，可土地还是凉的。齐志像寒热症病人那样努力往土地上贴，他能感觉到他贴下去的土地已经成了凹槽。

齐志从地里回来直接去了二嫂家，当然他没有和爸妈讲实话。妈问他去干啥，齐志说："有点儿事。"齐志说"有点儿事"时连头也没回。到了岔路口，齐志就闷头往前走。二嫂和他家是邻居，可二嫂家的门却朝另一个方向开。齐志撞到了一把锁，这把锁让齐志红了脸。齐志看了看左右无人，伸着头听了听动静。齐志知道这样做很荒唐，完全是下意识的。当然什么动静也没有。齐志有些惆怅地往自己家走，边走边想龙村那个老马，会与二嫂搞在一起，真的吗？

齐志在家里躺了会儿，又过二嫂这边看了看。二嫂也下地收秋去了，直到天黑才回来。二嫂进屋拉亮了灯，把齐志让进了屋，自己在外边洗洗涮涮。再出现时，换了鞋和上衣，还梳了头。齐志偷着抿嘴笑，心说：自己又不是二哥。二嫂第一句话就说："知道我和老马的事吧？"把齐志吓了一大跳，齐志心说：哪有上来就这样说话的？二嫂说："都是那个老东西不办人事，闹得罕村人人都知道。齐志你说，这要是在城里，算个事吗？”

把齐志问蒙了。

二嫂又说：“我知道这在城里不算个事。”

齐志说：“你怎么知道？”

二嫂说：“别以为我没去过城里就什么都不知道。”

齐志涨红了脸，说出的话也有些结巴：“不，不是你想的那样。不是。”

二嫂说：“城里是不是家家都盖双人被？”

齐志头也不抬：“是。”

二嫂说：“这不结了，我说城里人都不避讳做那种事。”

二嫂哈哈笑了起来，让齐志直起冷痱子。

“逗你玩儿呢。”二嫂说。

齐志说：“二哥呢？”

二嫂说：“管他，有本事他一辈子别回来。床上不行，床下也不行，吃个醋倒行。”

齐志有些紧张地说：“我不在家，你和雪燕在一起的时间多。你们在一起谈啥？谈这些？”

二嫂又笑了。走过来揪齐志的耳朵，揪得很亲密。“你可别瞎想雪燕，雪燕没做过对不起你的事。不过这几天可难为你了，想雪燕了吧？”

二嫂贴着齐志坐了下来，把下巴放到了齐志的肩上，吹气似的熏得齐志的耳朵直痒。齐志红着脸看了一眼二嫂，说：“二嫂，你想干什么？”

二嫂拨拉着齐志的耳朵，轻声说：“你说我想干什么？”

齐志猛然站了起来，说：“我是来求二嫂的，二嫂不想帮忙就算了。”

二嫂也撂了脸子：“你从进来就屁也不放一个，我哪知道你是为啥来的？”

齐志陡然涨红了脸。说：“二嫂，你……”

二嫂说：“我什么我？你不就是想让我给雪燕传话吗？明说呀。雪燕保准给我面子。说吧，让我传什么话？”

齐志说：“你让她出来一趟，我有话对她说，告诉她我在河边的老龙潭那里等她。”

二嫂色色的样子问齐志：“等她干啥？”

齐志说：“二嫂别逗我了，我急得都火上房了。”

二嫂干脆地说：“知道你急，没看见我把衣服都换上了。傻小子，你一进来我就知道你是为啥来的，你以为二嫂我傻呀？”

齐志晕头转向地从二嫂家走了出来，没有走远。躲到暗影里看着二嫂推着车子往外走。有过路的人问二嫂干啥去，二嫂响亮地说：“去龙村，给齐志家的雪燕捎个话儿。”

二嫂骑车走了。齐志摸了摸自己的脸，滚烫。他想：二嫂真是可恨，怎么那样。可齐志的心里又翻涌着一小点儿温暖，有一点儿不寻常。

齐志想起了二哥，轻轻在自己的脸上拍了一下。

十三

老龙潭那个地方离龙村近，有一大段石砬。夏天罕村的人都愿意到那里去摸鱼，能摸到尺半长的鲇鱼和黑鱼。河边有一块大石头不一般，曾当过齐志和雪燕的婚床。齐志想起那个时候就万分感谢雪燕。雪燕刚满十八岁，就把自己的身体给了他。雪燕躺倒在大石头上时幽幽地说："齐志，我是你的人了。"齐志激动得满脸都是泪水，涂了雪燕一胸脯。头上是满天的星斗，脚下是清亮的河水，天地之间两个年轻的生命水乳交融。那晚齐志说了许多傻话，把"我爱你"说了几千遍。雪燕那么娇小，那么美丽，让齐志流连忘返。他们就在那块石头上紧紧依偎着，像亚当和夏娃。他们的衣服挂在了一棵榆树上，像旗子一样在风中猎猎地飘。雪燕问："你有本事给我幸福吗？"齐志说："有。"齐志又说，"我要用我的生命护卫着你，为你遮挡一切风雨。这个世界上最爱你的人一定是你的父母，可我要比他们爱你一万倍！"雪燕像这个年龄的所有女孩儿那样爱问傻话。雪燕问："如果我和你妈一起掉进河里，你先救谁？"齐志毫不犹豫地说：

“救你。救你就等于救我自己。我只有先自救，才能救别人。你懂我说的话吗？”雪燕当然懂，雪燕是一个喜欢承诺的女孩子，她为齐志的承诺欢欣鼓舞。

这是四年前的春天发生的事。春天的夜晚多迷人啊！雪燕横陈在那块大石头上，长发披在石头下面，齐志采了许多野花撒在雪燕的身上，雪燕光洁的肌肤比星光更璀璨。草里有虫叫，水里有蛙鸣，远处有万家灯火。可这一切都距齐志那么遥远，他心中只有这一个叫雪燕的女孩儿，只有一个女孩儿叫雪燕。他的千般温柔万般疼爱都因为这个女孩儿油然而生。他像背台词一样说：“我愿意一生都做你的奴仆，只要你爱我；我愿意一生为你而活着，只要你幸福。”雪燕幸福得都要昏厥了，她没想到恋爱居然这般有滋味，那种快乐比天大比地大，比河深比海深。除了做眼前这个人的新娘，雪燕没有任何别的想法。

可幸福也有幸福的局限。齐志的爸妈不喜欢雪燕，从结婚开始就不喜欢。四年过去了，雪燕依然是这个家庭里可有可无的人。爸妈每天忙得团团转，可他们从来想不起招呼雪燕。

雪燕为齐家生了孩子，这是雪燕在这个家庭生存的理由。可雪燕并没有因为生了孩子而改变她自己的属性和地位。小建一直跟着奶奶睡。雪燕还是十八岁的雪燕，一点儿变化也没有。

所以齐志要和雪燕谈一谈。在那块曾经当过婚床的大石头上，好好说一说心里话。他有许多话想对雪燕说，关于雪燕的，关于自己的，关于他们两个人的，关于土地与庄稼的，关于父母的，关于儿子的，甚至关于双人被的。齐志在秋天的星光底下默默计算着二嫂的行走时间，说话时间。齐志相信雪燕会很快和二嫂走出家门，他父母想拦也拦不住。齐志为自己打着腹稿，他相信雪燕会听他的话，听得懂他的话。他甚至计划他和雪燕今晚要双双先回龙村再回罕村。他们分别得实在是太久了，他们再没有理由分别了。

齐志坐在大石头上等雪燕的时候天上有流星划了过去，一丝凉意让他裹紧了自己。齐志就是在这个时候听到了堤上有动静。他没有动。想象中雪燕应该从后面悄悄地来，就像歌里唱的那样“让我悄悄蒙上你的眼睛”。可雪燕没有下堤来，她在堤上高高地站着。雪燕说：“你爸你妈什么时候来接我？”齐志也从石头上站了起来，说：“下来说话好吗？”雪燕说：“你上来。”齐志走上了河堤，一把抱住了雪燕。雪燕用力一挣，推开了齐志。雪燕又说：“你先告诉我你爸妈什么时候来接我？”齐志没有回答，走过去握住了雪燕的手，齐志就再也不想松开了。

他和雪燕下了河堤，拥在了那块大石头上，开始吻她。雪燕的身体在齐志的热吻中从僵硬变得柔软，然后像蛇一样盘住了齐志。齐志拼命坚持着自己，他想让这种序曲的时间长些，无数天的思念和渴盼让齐志的一颗心变得水淋淋的。他很怕这种美妙转瞬即逝。可雪燕却不懂得齐志，她先解了自己的衣服，又解齐志的。雪燕欢呼着发出了一声大叫，让齐志百感交集。他把整个身体都深深地陷进了雪燕的身体里，只觉得雪燕就是那一河水，而自己就是水中的一条鱼。水和鱼是怎样一种需要啊，没有鱼的水是死水，没有水的鱼是死鱼。他和雪燕就是这样一种关系，一种亘古不变的，地老天荒的，属于自然法则的那样一种关系。

平静下来齐志觉得自己更像那条翠绿色的长堤，傍着日夜流淌的河水。水流他不流，水走他不走，不管日月星辰如何变幻，它始终在一个方位坚持着自己。他仔细给雪燕穿好衣服，想换一种方式爱抚她，雪燕却迅速跳开了。

雪燕说："你爸妈到底什么时候来接我？"

齐志默默看着雪燕。齐志说："他们也是你的爸妈。"

雪燕说："别说得那么好听。我爸妈对我什么样你不知道？老实说吧，你们是不是以为我那天被人强奸了？"

齐志艰难地咽了口唾沫，说："这件事我们不提了好吗？"

雪燕说："漫说我那天没怎么样，就是被人强奸了也不关他们的事。身体是我自己的，我想做什么就做什么，他们凭什么打我。"

齐志说："雪燕，过去的事就让它过去吧。"

雪燕说："过不去。你一定要把事情给我说清楚。你们是不是以为我被人强奸了？我如果承认了，齐志你会不会不要我？那好，我就承认。齐志，我是被人强奸了，他们就像刚才你那样，强奸了我！"

齐志虚弱地说："雪燕，求求你不要这样讲话，你这样讲话我受不了。"

雪燕说："我知道我不这样讲话你们也瞎猜疑！你爸妈为啥不来接我？"

齐志说："爸妈是啥脾气你不知道？我接你回去不行吗？"

雪燕斩钉截铁地说："不行！只要他们不去龙村赔礼道歉，我就永远不回罕村！"

齐志不说话了，他没想到事情会是这样。雪燕往回走的时候齐志跟在她的身后，他有许多话想对雪燕说，可不知为什么，说不出口。他们就这样一前一后走到了雪燕家，雪燕一扭一扭地走进了屋里，什么也没说。

齐志愣了片刻，拖着两条沉重的腿也走了进去。冯老六和付玉芳都在炕上坐着，看见齐志，都装作没看见。

齐志努力地说："爸，妈，我想接雪燕回去。"

两个人几乎一起嚷："不行！谁把我们打出来的，谁把我们接回去！"

齐志踌躇了一下，说："明天我就回城里了。"

冯老六说："告诉我们干啥？"

齐志从屋里退了出来。走到院子里，和一个人擦肩而过，虽然天很黑，齐志还是看清了那人是李树山，杀猪的。

俩人彼此看了一眼，谁都没有说话。

十四

麦苗青了。

秋天接近尾声的时候青了一地麦苗。齐志站在城市楼房的房顶上经常往远处眺望，广阔的土地在他的目光中洇上来一层绿色。那种绿色让齐志觉得委屈，他的眼睛经常是潮湿的。麦苗的那种青草味儿也让他委屈，离得那么远，齐志一下子就能闻得到。齐志本来就是一个沉默寡言和不苟言笑的人，所以，没有人知道他心里有痛。齐志在城市的下水道里做着疏通或疏导之类的工作，耳边有车飞过，齐志常常觉得那些车都是从自己的身体上碾过去的。齐志常有这种幻觉。

下了一场小雪。雪花像闹着玩儿一样在冬天到来之前就来土地上做客了。齐志对雪花有一种天生的好感，因为雪花的韵致和婀娜，齐志喜欢它们。齐志趴在窗台上半天半天地看，如果没有其他的事，齐志会永远这样看下去。这时外面有人喊齐志，齐志想也没想就走了出去。他没想到会有人找他，他在这个城市无亲无友。找他的人是雪燕。雪燕的脸冻得通红。天气真的还不十分冷，可雪燕的脸已经被冻红了。齐志有点儿手足无措，他不知道自己怎么会手足无措。他说："来了。"他又说："到屋里坐吧。"口气完全像是对一个陌生人。雪燕穿着长的驼绒大衣，齐志看着眼生，头发好像比大衣还长。雪燕说："我跟你说个事。"齐志说："说吧。"雪燕说："我们离婚吧。"齐志的心里咚地一跳，仿佛那根心弦断了。雪燕自上次分别就换了手机号，齐志已经联系不到她了。齐志说："你想好了？"雪燕说："想好了，早就想好了。"齐志想说，如果我不同意呢？想了又想，没有说出口。齐志问："什么时候办手续？"雪燕说："你最好现在就跟我走一趟。"

他们去了民政局，上三楼。这一路齐志都不知道自己是怎么走过来的，可还是走到了民政局三楼。接待他们的是一位中年女人，烫着麻花卷样的头发。女人正在喝一杯鲜奶，边喝边推销她的美容经，用鲜奶代替白开水。雪燕说："我们办离婚手续来了。"女人边喝边问："结婚几年了？"雪燕说："快六年了，从四年的时候就开始分居。"女人说："还没到七年之痒呢，你们是不是再商量商量？"齐志的脸涨得血红，可还是摇了摇头。

外边的雪已经很大了，纷纷扬扬。两人站在雪地里，不一会儿头发就都白了。齐志在顷刻间产生了幻觉，仿佛他们都已经到了白发苍苍的年纪。齐志是有那种愿望的，在白发苍苍的时候，仍能和雪燕站在一起，挽着手走路，雪燕还像十八岁时那样漂亮。这时雪燕笑了笑，让齐志的幻觉消失了。雪燕说："没想到离婚那么容易，像结婚一样容易。早知这样……"后边的话她转了话题："我在罕村待了四年，却一直不觉得自己是罕村人，这有多奇怪。"齐志心里说：那是你不融入，我也阻碍了你融入。我总想像朵花一样养着你，可你没根基，养不活的。这样想，齐志却没有说出来。自从知道她跟李树山住到了一起，齐志就觉得没有说啥的必要了。雪燕摆了摆手，一蹦一跳地走了。她还像个中学生的体态，也许她一直都没有长大。直到雪燕的身影淹没在人流中，齐志才撕破喉咙样地喊了声："雪燕！"

整个一条街的人都停了脚步，都回头瞅齐志。只有雪燕没有回头，她一直没有回头。齐志的心情很复杂，不全是因为雪燕，不全是因为离婚。就像他撕破喉咙喊的那一声，其实与雪燕并没有多大关系。齐志不是因为想留下她才喊她，齐志知道，雪燕不是谁想留下就能留下的。其实齐志喊的是他自己。他几年的所有努力都通过那一声喊传了出去。从此雪燕不再是雪燕，齐志也不再是齐志。

轰的一声，齐志感觉心中的什么东西坍塌了。

十五

雪燕很快就结了婚，嫁的就是龙村杀猪的李树山。那天齐志从一条马路的下水道里钻出来，有一个人弯着腰凑过来看，说："这不是齐志吗？"齐志不好意思地笑了，齐志身上满是油污。脸上也是黑一块白一块的。来的人是齐天啸，罕村的能人，坐过飞机，嫖过娼。雪燕结婚的消息就是他告诉齐志的。齐天啸说："冯老六总白吃人家的猪肠子，吃着吃着就把个闺女贴了出去，龙村人就是这素质。"齐志已然麻木的神经又痛了一下，他当然知道李树山是个什么样的人。他想：一个屠夫带给雪燕的快乐也许远胜于自己吧。"这下冯老六可不愁下酒菜了。"齐天啸又说，"他买茴香大料成斤地买，说是回家炖吊子。龙村人就是这素质，有个杀猪的姑爷也显摆。现在的雪燕什么样你不知道吧？每天穿着血糊糊的罩衫，一脑袋的头发又脏又乱，可不像在罕村那样头是头脚是脚的。冯老六把个闺女给毁了。"

齐志试着想了想雪燕现在的样子，想不起来，但他知道现在的雪燕肯定已经是一个标准女人了。也许做女人就应该做得标准，否则她总会摇摆不定。齐志很后悔他明白这些的时候是现在，而不是跟雪燕结婚的时候。

齐天啸又说："听说雪燕早就后悔了。她原以为李树山得有不少钱，他家里到处扔着钱，雪燕花的时候总是随便拿。

俩人照结婚相就花了好几千。嫁过去才知道，李树山的钱也就是那些，花完了也就没了。你说这龙村人邪性的，听着像是在编故事。”

齐志接过来齐天啸的一支烟，很男人样地吸了两口。齐天啸又说：“听说你也要结婚了？结婚好，应该给龙村人看看，缺了他们村的臭鸡蛋，咱照样做槽子糕。”齐志想解释自己并没有结婚的打算，想起秀波，他又觉得话说出来对她不公平。

妈一再给他打电话说亲事，说没有比秀波更合适的人了。

十六

春节放假齐志回了家里，立刻感受到了家中的一团喜气。爸妈都乐得合不拢嘴，那种情形真的让齐志心里很不是滋味。齐志料想自己的新年会过得空虚和寂寞，根本没想到事情完全是另一个样子。妈拉着他到自己的屋里，一屋子的新家具明晃晃、亮堂堂的。妈说：“能搬动的东西都被龙村人搬走了，连墙上的钉子都没落下，那就是一伙土匪。不过这样也好，咱全买新的。过去我是舍不得给你花钱，现在不一样了，儿子要什么就跟妈说，妈啥都答应你。”齐志苦笑着说：“现在买这些也太早了点儿。”妈说：“早什么早，人家新媳妇可等不及了，就等着你回家办喜事呢。”

齐志一惊，问：“谁是新媳妇？”

妈满意地说：“我告诉过你，秀波呀。”

齐志与秀波见了一次面，就把一切事情都敲定了。秀波给小建缝的衣服，单的棉的摆了一炕。齐志鼻子一酸，心里就热烘烘的。他还能如何呢？自己自由了一回，没自由好。跟雪燕的婚姻就像明火执仗演了回大戏，感情就是他一个人的风花雪月。齐志总是很灰心，感觉因为一点点事，情感就能被生活碰得粉碎，说来还是自己无能。觉得里面得掺杂某种坚硬的东西才行，也许，秀波的品质就是。他也觉得自己对家对妈对小建，都欠了一份什么，他情愿妥协。齐志分明觉得自己不爱秀波，秀波拿出亲手织的围巾，不由分说就给齐志套在了脖子上，齐志觉得有股暖流温润了他，但那不是爱，确实不是爱，给方受方都不是。围巾是鸡血红的，也把齐志的脸映得红通通。在胸前两边垂下来，自己都觉得像个城里人。齐志不由咧了咧嘴，想和雪燕结婚的那几年，雪燕连个扣子都没给自己缝过，不由叹了口气。秀波把围巾抻平实，把衬衣领子给他翻了翻。说：“我给小建织了一件加厚毛衣，还没上身试。小孩子长得快，我特意织大些。”齐志忍了又忍，才没让眼泪掉下来。秀波又说：“我知道你不爱我，我不漂亮，又比你大两岁。可有一天我会让你爱上我的，你信不信？”齐志一下子搂住了秀波，却是搂住母亲和姐姐的那种感觉。他真的希望秀波就是母亲或姐姐，能让他好好地搂一搂。齐志就是一个受了委屈的孩子，那种委屈还没处去说。

齐志与秀波结了婚，罕村的许多人家都随了礼。爸妈的颜面上都有了光彩，随礼的人多，证明认同这桩婚姻的人多。妈特意给他们缝了一床双人被，这才几年的工夫，乡下居然也开始流行了。

妈逢人就说："盖双人被好，暖和，城里人都盖这个。"爸的目光甚至有一点儿温情，齐志不看他的时候他看齐志，齐志一看他，他就慌忙去看别处。

又是新婚洞房时。

齐志与秀波并排躺着，谁也不挨谁。齐志想把一只手放到秀波的身上，放了好几次，都放不过去。屋里的灯光很明亮，原先挂着雪燕照片的地方挂了一幅山水镜框。镜框是爸妈为齐志选的，一定是以为齐志喜欢。如果是为了自己，他们会买花团锦簇的那种。秀波原来一直在假寐，齐志偷偷看了看她，想起种麦时秀波那荒凉的眼神，隐隐有些感动。当时齐志劝她再找个人，秀波说："不是不想找，是找不到。"不知现在秀波算不算已经找到了，如果算，这桩婚姻总归有一个人不冤枉。

可躺在双人被下的齐志什么感觉也没有。当初那种热望、那种激情、那种对爱情的美好想象都不知去了哪里。被子里一点儿也不暖和，总觉得有一股凉风串来串去。身体是凉的，心也是凉的。齐志想看一看到底哪里冒风，却一眼就发现他们两人中间的被子上有一块油渍，像指甲盖那样大。齐志突然想起了自己在百货大楼买的那床被子，也被小建弄出了一块油渍。那床被子不知藏在了哪里，齐志一直也没看见。他突然坐起身，把被子里面翻出来看，这确实是一床新被子，与过去那床毫无共同之处。

齐志忽然有一种怪异的感觉，他觉得那片油渍就是雪燕，雪燕躺在了他和秀波中间。

齐志无声地叹了口气。叹出来，就把秀波搂在了怀里。

一大串光怪陆离的梦折腾得齐志筋疲力尽。他睁开眼睛，发现雪燕不知什么时候已经起床了。齐志很纳闷儿，雪燕从来也没有比他早起过。这时秀波闯了进来，兴奋地说："那头母猪产了九个猪崽儿，虽然产得不多，但个个滚瓜溜圆。"话没说完，又一溜烟地跑了。

齐志蒙了会儿，突然也很高兴。他翻身下了床，趿拉着鞋子就往外跑。他的新生活就这样开始了，但齐志自己，好像并不觉得。

很多年后，齐志在母亲的柜子底层发现了那床双人被。按照罕村的习俗，秀波烧掉了母亲很多的衣物，轮到这床被子，被齐志抢了过去，抱到了小建的屋里。秀波追过来，问他想干什么。齐志说："小建也要娶媳妇了，这床被子从来也没人盖过，可以铺在儿子的婚床上。"

很多褶皱也掩盖不住被子上花朵的艳丽。秀波一下就想起了那些旧事。她在门口站了一刻，什么也没说。

纪念公元1972

这个七个月大的孩子，总是一动不动地看着陌生人。我明明知道她看谁都这样，可看我的时候，我还是忍不住想掉眼泪。

——摘自2014年6月6日@尹学芸 新浪微博

一

许多年以后的某一天夜里，我突然想起了七二当年的模样。我根据当年的感情写了篇微博，然后才有了这篇小说。

二

我叫王云丫，我的好朋友叫刘翠枝。我们俩同年同月同日生。我父亲去接我姥姥，她父亲去接她姥姥，两个父亲在路上碰上了。我上面有一个哥哥一个姐姐，所以家里多一个丫头父亲不以为意。刘翠枝上边是两个姐姐，所以刘翠枝的父亲很以为意。我父亲问他家生个啥，刘翠枝的父亲黑着脸说："小子。"我父亲就以为他家真的生了小子，回家还跟人抬杠呢，说："刘四方亲口说的，还能有错？"父亲后来明白了刘四方说的是气话，他不喜欢丫头，可丫头非得成群结伙排着队去他家讨债。一个丫头两个贼，两个丫头四个贼，除了从娘家往婆家偷东西，丫头还有啥用处！

我和刘翠枝的特殊渊源，使我们成了好朋友，专门做"狼狈为奸"的事。比如，偷瘸老太家的桃。她从墙外用肩膀把我顶起，我摘一个丢到地上，又摘一个丢到地上。摘到第三个，被瘸老太发现了，瘸老太举着拐杖尖声骂着追我们说："桃核是嫩的，刚能'孵小鸡'，这不是造孽嘛！"嫩的桃核没长硬皮之前，用两只手揉啊揉，能揉得透明，这就叫"孵小鸡"，我们常玩儿这种游戏。这个时候的桃子嚼起来就像木头渣子，一点儿味道也没有，我们哪里不知道这些，图得不就是个好玩儿嘛！瘸老太在后面一瘸一拐地追我们，我们嘻嘻哈哈跑跑停停，气得瘸老太唾沫飞溅。我们还在前面叫阵："追啊，追啊！"

有一天，我们去六指家里偷黄瓜。他家黄瓜长在后园里，有一道梢门正冲着井沿方向。夏天的蝉吵翻了天，一个村庄的人都在睡午觉，空气里都是呼噜声。我和刘翠枝睡不着，串到六指家的后园去拧黄瓜。我们都爱吃小嫩黄瓜的脑袋瓜儿。我们独特的偷法前无古人：钻到黄瓜架下，把看起来顺溜的小黄瓜一撅两半，尾巴那一端依然长在藤秧上。或者，干脆把嘴凑上去，咬上一大口，把满口清香直接吞到肚里。剩下的一半挂在架上，不仔细看，还觉得它们长得挺好呢！只是它们长得再大，也是半截黄瓜，就是那弧形的缺口，也再不能长齐整，当然，也再生不出黄瓜脑瓜儿。这跟人不一样，人如果没了脑瓜儿就不会生长了吧？

有一天，我们从黄瓜架底下钻出来，看见六指摇着蒲扇光着脊梁在后门槛子上坐着看我们。不知道他在那里坐多久了，也不知这样看我们有几回。他不说话，脸上却挂着笑。麦秸秆编的蒲扇中间绣了红花绿叶，他摇动时，脸与红花绿叶交错隐现。不知刘翠枝想些什么，反正我感觉很没脸，都不如让瘸老太追着骂觉得有脸。这种感觉可真奇怪。我们小猫一样钻出了那片园子，溜过长条坑，坑边长着许多芦苇。我撅了一根苇毛挡着脸，对刘翠枝说："以后不要找我了，我再也不要去他家偷黄瓜了。"

刘翠枝问："为什么？"我说："六指那人太阴险，我不喜欢吃阴险人家种的黄瓜。"

一只盖盖虫在地上爬，被我用脚尖踲死了。刘翠枝追问我："啥叫阴险？"我的脸热得冒汗，却答不出。刘翠枝说："我告诉你一个秘密吧。"

我赶紧伸长了耳朵。

刘翠枝说："我姐来井沿挑水，我在那边踢毽子。有一天，她把水桶从井里拽上来，人忽然不见了。"

我大吃一惊："她掉井里了？"

刘翠枝眯眯笑着看我，说："你再猜。"

我哪里猜得出。

刘翠枝指了指六指家的后园。

我说："她也去偷黄瓜了？"

刘翠枝急得摆手，说："翠娥是大人，不会馋嘴偷黄瓜。她是去偷人了。"

我又大吃一惊，下巴差点儿掉在地上。

刘翠枝得意地说："她和六指亲嘴让我看见了，就在他家后门槛子里，但我答应她不告诉别人。"

我说："他是六指哎！"

刘翠枝说："你发誓不对人说！"

我不敢发誓，我还被惊着。

刘翠枝杵了我一下，我才把手伸出来，跟她拉钩。我的眼神是直的，手指也是直的，一点儿力气也没有。

刘翠枝却显得兴奋，她一下勾住了我的手。诡秘地说："你以为我们吃六指家的黄瓜是偷吗？我们吃他家的黄瓜他乐意！"

这个弯子转得实在太大了，一下把我震蒙了。

三

这样的新闻我哪里藏得住。我妈总说我是直肠子，吃多少拉多少，听了多少话，吐出来的比听到的还多。高粱米子的干饭像石头那样硬，我一粒一粒往嘴里填，吃得心不在焉。哥在说学校篮球队打比赛的事，他说十几个人的队伍，就数他的鞋子旧。爸闷头儿吃了一大口干饭，只说了一个字："买！"哥兴奋地看了我一眼，嘴角都要咧到脑门上去了。我注意到姐不高兴了，平白的一张小脸没有半点儿表情。其实，她新穿了一件的确良衬衫。她的不高兴传染给了我，我妈说我的嘴噘得能拴头驴。就是拴两头驴，新鞋新衣也没我的份儿，我天生就是穿剩落儿的命！哥是高中生，姐是初中生，我是小学生。我们家与别人家不一样，别人家可没有那么多叫学生的人！这些我都知道。刘翠枝的姐姐一天学都没上，人家早去生产队挣工分了。因为心里有秘密，我一会儿就把噘起的嘴唇放下了。小心地说："刘翠娥和六指相好，他们亲嘴被刘翠枝看到了。"话没说完，我夹老咸菜的筷子被母亲横着打了一下，我的食指被抽得生疼，筷子一下子脱手了。母亲训斥说："小孩子家少胡说八道，再让我听到你说这些闲话，我把腿给你打断！"

我委屈地说："我听的不是闲话，是刘翠枝亲眼看到的。"

父亲把眼一瞪："你还说！"

我一拧身子站起来，赌气离开了饭桌，来到了院子外面，把身子靠在房山上，一颗一颗掉眼泪。越掉越委屈，不哭不行了，就开始从小声到大声。我心里想的是：哥要穿新球鞋了，姐穿的确良衬衫了。哥穿新球鞋我不心疼，姐穿的确良衬衫才真让人心疼啊。白底儿，粉格，谁看了都说好看。姐故意在我眼前扭，说穿的确良果然凉快，呼啦呼啦招风啊！再看看我的身上，裤子褂子都打了补丁，都是姐姐穿剩的。都是做闺女的，差距咋这大呢！我越想越可怜，从哭变成了号啕，震得房山一晃一晃的。家里人却都假装听不见。吃了饭，哥哥姐姐去上学，父母去上工，一家人全走了。我到碗柜里找吃的，只有小半碗高粱米饭，一根咸菜丝儿也没有！我饿着肚子去上学，心里暗暗发誓：再也不哭了！再也不在吃饭的时候离开饭桌了！再也不说刘翠娥与六指相好的事了！

他们不让我说，他们自己却说私房话。夜晚，父母把堂屋的电灯拉到门框上，在院子里搓麻绳。母亲说："翠娥与六指的事指定成不了。"父亲说："刘四方不是有谋略的人，他的背后是曹大拿在指使，刘四方就是曹大拿的一杆枪。"母亲说："可怜六指那孩子，人不坏。"父亲说："好人都没用处，人不坏有啥用？"母亲说："听说两人已经那个了，可别出啥事。"父亲说："出不了啥事，刘四方管闺女管得紧。”母亲说：“你没听云丫说，两人都亲嘴了。”父亲笑了下，说：“亲嘴能亲出啥？”下面的话我就听不清了，但他们依然在说，显然是把语音放轻了。窗台是用青灰抹的，硌得我的腋下生疼。姐姐问我咋还不睡，我顺势出溜到了炕里面，横着躺，头碰到了姐的脚。姐姐又没洗脚，真臭。我把头偏了偏，心想：翠娥和六指亲嘴的事爸妈是听我说的，看样子他们并不反感这个消息，可当时何苦都对我这么凶。

六指一家是个特殊的家庭。他娘只有半人高，他爸背上背着包，学名叫“驼背”，我们都叫他“罗锅”。还给他编了一首儿歌：“罗锅子罗，罗锅子罗，罗锅子上山打美国，美国不怕罗锅子打，罗锅子就怕马蜂蜇。”谁编的，不知道，反正大家都这么唱。六指长相不丑，就是大拇指上面背着一个小指头，就像他爸背上背着一个包一样，显得那么多余。可六指手巧是出名的，用麦秸秆编的辫子都比别人编得匀称，做成蒲扇，中间还绣花。我敢说，村里没有一家给蒲扇绣花的。六指妈去世的时候我们还有印象，她死于心脏病。六指和他的两个哥哥一起哭，这个哭没人做饭了，那个也哭没人做饭，哭得大家都笑。六指跟刘翠娥是怎么好上的，没人能说清楚。有一天晚上，我和刘翠枝去河里洗澡，一个叫三姑的人问刘翠枝：“你爸知道翠娥和六指的事吗？你怎么不告诉他？”

刘翠枝反感地说：“你妈才跟六指好呢！”

说完，身子一扭一扭地下了河堤。

就是全世界的人都知道翠娥和六指的事，也不会有人告诉刘四方。“谁告诉刘四方谁找死。”大家都这么说。

四方叔也算个好脾气的人。他脖子短，给人的印象，他的一张大扁脸长在了腔子里，下巴抵住胸脯，见谁脸上都是笑眯眯的。他家的一铺大炕上，四拨孩子打扑克，吵闹声能让屋顶掉土渣，他就那样嘿嘿地笑，看谁都一副菩萨相。可大人孩子都怵他，他若沉下脸，或不高兴时咳嗽一声，孩子们就像猫一样下地穿鞋，一点儿也不敢弄出声响。刘四方的威严，还体现在另一面。四方婶一辈子不在他面前吃饭，吃不饱。桌子放好，碗筷摆好，四方婶就端碗蹲到屋檐底下。有一次，四方婶把家里的掸瓶拿出去卖了，给自己换了几贴膏药，治老寒腿。四方叔知道后，抄起一柄三股叉，俩眼瞪圆了追四方婶，那情形，就像一个老哪吒，追上了会扎四方婶一个透心凉。四方叔从村里一直追到了村外，谁都不敢拦，拦也拦不住。正赶上曹大拿从公社开会回来，曹大拿骗腿儿下了自行车，扭过身子看刘四方，说：“四方你这是干啥呢？”刘四方赶紧收了叉子戳到地上，嘿嘿笑着说：“败家娘儿们卖了祖上的瓶，我吓唬吓唬她。”曹大拿说：“瞧她婶子的脸，都不是人色儿，你快让她歇歇。”四方婶一下子瘫在地上，连哭都不会了。

罕村的人都知道，刘四方谁都不服，就服曹大拿一个人。

曹大拿在大队当会计，比书记和治保主任都有威严。因为他的舅子在县里做大事，来他家，要坐吉普车。四方叔无论大事小事，都听曹大拿的主意。隔三岔五，就要请曹大拿喝酒，两个人的交情称得上莫逆，但再莫逆，刘四方这一辈子，也没摸过曹大拿家的筷子。

当然，这是罕村人的闲话。

有一天傍晚，我们正在街上玩儿跳绳，就见曹大拿鸭子似的往刘四方家走。他个子不高，方肩膀，走起路来外八字，有板有眼。村里的老人说："这是走官步，吃官饭的人才这样走。"我们曾认真讨论过，大队会计算不算吃官饭？刘翠枝说算，我说不算。我说："官饭得吃商品粮。"刘翠枝说："村里没有商品粮，如果有，肯定是大拿叔吃。"这话让我没法反驳。我见过曹大拿的大账本，硬壳子，小碎格，村里的大事小情都在账本上记着。有一次，村里的鱼塘翻坑，死了很多鱼。谁家分多少，大拿叔就拿账本对实物。他弯着手夹着账本往大队部走的样子，就像一道风景，大人孩子的眼神都会看得发痴。

眼下曹大拿又往刘四方家走。我问刘翠枝："他又去你家吃饭了？"刘翠枝摇了摇头，说："今天家里连豆腐也没有。"这话说得有典故，别人不懂，我懂。去年秋天，我和刘翠枝放学以后直接去了地里捡黄豆。黄豆收过了，豆荚炸在地里，黄豆像珍珠一样诱人。我们捡啊捡，蹲累了，就坐着。黄豆多的地方，就连土和豆叶捧到手心里，用嘴吹。尘土和豆叶飘飘扬扬飞走了，留下一颗颗黄豆油光水滑。书本倒在地上，黄豆直接放进书包里。天黑得看不见了，我们把书本和铅笔盒夹在腋下进了豆腐坊。刘翠枝比我能干，换了十四块豆腐。我换了十二块，回家美美吃了一顿。转天我问刘翠枝的豆腐是怎么吃的，她丧气地说："那么晚，我爸还是把曹大拿叫了来，两人你一盅我一盅喝到大半夜，大拿叔走时，盘里根本就不像盛过豆腐的样子，比舔的都干净。"

这件事，我好几次都想在饭桌上说出来，可都心有余悸。我觉得刘翠枝可怜，自己捡了半天黄豆，却连一口豆腐都吃不上。言外之意，当然是称赞我的父母。那晚，我们油煎了八块，拌了四块，一家人都吃得心满意足。可一想到大拿叔的鸭子步，我又心虚了。四方叔能用几块豆腐请曹大拿，我家若请，人家都不一定来。

这话说出来，我怕爸妈的脸上挂不住。

谁会想到呢，这天晚上曹大拿去刘四方家却不是为吃饭。他坐在一张黑漆靠背椅上，轻飘飘地说："你家丫头的事……你知道吗？她跟六指搞对象，跟谁不行，跟六指。"

刘四方脑袋摇得像拨浪鼓："六指？不可能！我家翠娥眼光高着呢。她二姨给她介绍个解放军，她都不乐意。"

曹大拿不管刘四方说什么，接着自己的话茬说："有丫头扔圈里喂猪也不能去那样的人家……我们家的女儿，咋能嫁给那样的人家？”

一句“我们家的女儿”，简直深入刘四方的骨髓啊！刘四方走几步出屋，站到后门槛里吼了一声：“翠娥！”

翠娥拿着鞋底从厢房出来了。她是大辫子，红脸膛，俊眉俏眼，脾气秉性随四方婶，说话从不高声。刘四方问：“你跟六指搞对象了？”

不等翠娥搭话，一个大嘴巴扇下去，翠娥身子一歪，栽倒在台阶上。

四

刘四方的祖上是殷实人家，人家是瓦门楼。村里有瓦门楼的人家也就三四户，另几户是地主富农，刘四方家却是中农。有个成语叫“门当户对”，是说旧时的婚姻，彼此两家的条件要差不多，其实就是瓦门楼找瓦门楼，土门楼找土门楼。像我们家，就属于土门楼人家，是贫农。像六指家，连土门楼都没有，就是雇农。虽说越穷越光荣，但那是在另一个层面。在很多人的眼睛里，仍然是住瓦门楼的瞧不起住土门楼的，住土门楼的瞧不起没门楼的。当然，我父母不这样。他们都是胆小怕事老实的庄稼人，从不敢在人前大声讲句话。我妈若做错事，他们只敢在屋里拌嘴，实在气急了，我爸也只敢在我妈腰上打一巴掌。哪里像四方叔，端着三股叉冲锋陷阵，像老哪吒一样。

六指家的日子，不知道是怎么过的。一个罗锅爹，带三个光棍儿子。他大儿子人送外号“地了排子”，就是匍匐在地上的意思，形容一个人个子矮，已经到了极限。二儿子则长了张猴脸。六指却眉目清秀，重要的是，他读到了初中毕业。因为家里没有女孩儿，六指小时候，他娘把他当女儿养，留小辫儿，点胭脂。他毛发重，像头毛茸茸的小狗熊，很好玩儿。六指的女红手艺，就像他娘有先见之明，家里的鞋袜裤褂都是六指缝补。他还无师自通地学会裁剪，大闺女从婆家要的彩礼多是布料，裤子做成鸡肠腿，上衣做成小翻领，只要你说出样子，就难不倒六指。

刘翠娥已经很多天没到队里上工了，她让四方叔关了起来。有关她家的事，传得沸沸扬扬，各种说法都有。刘翠娥看着稳当，骨子里却浪荡。她跟六指在棉花地里，在队里的墙根屋角，在大堤下的树林子里，哪里是一天两天了！只是谁都不会朝这方面想。她是谁，是刘四方家的丫头，要嫁也只能嫁曹大拿那样的人家。六指那样的人敢娶她？真不怕被刘四方剥了皮！

可想不到的事就这样发生了。谁也不知道两人暗生情愫有多久。六指比刘翠娥大两岁，要说也算年貌相当。刘翠娥身上的肚兜，就是六指绣的花，一对并蒂莲，都绣活了。刘翠娥还喜欢六指多出来的那截指头，像个小脑袋样探头探脑，拇指一动它就跟着动，看上去就像个玩具。刘翠娥跟六指有打算，想过了大秋忙月，到了年根底下，地里的活计闲了，找个稳妥的人上门提亲。这个稳妥的人是谁，他们都还一直没想好。当然，大拿叔是首选，可他们不敢用。因为他们都知道，过不了曹大拿这一关。用六指的话说，曹大拿的眼角都能夹死人，提起他，六指的胆子都是寒的。但六指家的彩礼一直在准备，摘摘借借凑了 150 块钱，想专门给老丈人买辆飞鸽自行车。可事情很快就不在他们的掌控之中了。曹大拿知道了信儿，又把信儿告诉了刘四方。刘翠娥就成了关在笼子里的鸟。六指半宿半宿地在大堤上走溜溜，眼前就是刘四方家的厢房，后窗像一张脸那么大，映着暗淡的灯火。刘翠娥若想从里面钻出来，得变成一只猫。

六指每天都去上工，社员们没完没了地好奇。“你们俩谁先起意？”“你敢让刘四方当老丈人，不害怕？”“你小子胆子比倭瓜大，真相信这事会有结果？”六指平时是个低调的人，就知道下死力气干活儿，从不多言语。六指谁的话也不听，就信翠娥一个人。别人担心的事，他们都彼此分析考量过，相信没有过不去的火焰山。爱情的力量就是天边的火烧云，任何力量都休想摧毁它的美丽。

刘翠枝每天早晨找我上学，都是站在院墙外面喊：“王云丫！”我就赶紧背着书包出门，若晚出来一分钟，她就会一路走一路埋怨。过去她爱听我讲故事，我是看闲书看来的。书都是我哥我姐看剩下的，堆在一只小木柜里，上着锁。柜盖中间是一块折板，我往外一抽，中间就能出现空隙，我的手伸进去正好合适。书拿出来，再放进去，易如反掌。当然，这是个秘密。眼下我正看《红楼梦》，看了几章，许多话似懂非懂，但记住了一个篇目《尤二姐吞生金自逝》。我们都是见过金子的人。瘸老太有一块小金山，是他儿子从广州带来的，其实就是山字形一小块三角。有一次，瘸老太拿给我们看，说她老了若是死不了，就吞金子。我们哪里信呢，鼓动她吞一回试试。瘸老太“哼”了声，说：“还不到时候。”说起这块金子的来历，那可真漫长，是他儿子年轻的时候从广州带回来的，是蹚着没鞋帮子的血逃出来的，吓得从此再不敢回去。那里还有一儿一女一对双胞胎呢！瘸老太知道的就是这些，往细了问，她一句也说不上来。我在以后的许多年都为这个事着迷。瘸老太的儿子我们叫他大爷，那个时候，胡楂就已经是白的。他逃回来的应该是哪年？为什么逃？怎么就连儿女都不要了？他是好人还是坏人？都让我费心思。但眼下我只想给刘翠枝讲尤二姐的故事，有故事憋在喉咙里，就像几天没解大便一样难受。可我刚开个头，刘翠枝不耐烦地说：“你快别说了，我一句都不想听。”我这才知道她心里烦，问她为什么。她把牙龇出来给我看，门牙旁边居然是个血窟窿！我吃惊地问：“你栽跟头了？”刘翠枝说：“栽啥跟头，我爸打的。”

原来，自打刘四方知道翠娥跟六指搞对象那天，他就没有一天不打人。四方婶和翠娥是主要对象。翠娥被他锁在厢房里，窗户都用铁丝拧紧了。刘四方每天都问翠娥：“你还跟不跟六指？”刘翠娥把大辫子握到手里，像女英雄一样：“跟！”就这一个字，要了刘四方的命。他用棍棒把翠娥打得鬼哭狼嚎，又打四方婶。刘翠枝想拦，刘四方一棍子劈下来，把刘翠枝打倒，下巴正好磕在门槛子上，把牙磕掉了。我可怜巴巴地说：“这可咋办啊，你姐不答应，你爸一准儿没完没了。这样打下去，是会出人命的。”刘翠枝却不以为然，说：“出啥人命？我爸让她们去死，她们都不会去死。”我说：“你咋知道？”刘翠枝说：“我姐舍不得六指，我妈舍不得我。”看我听不明白，刘翠枝唾了口血唾沫，又说：“我妈死了我爸会拿我出气。我妈不会让他打我。”

我说：“你姐跟六指散不了？”

刘翠枝说：“咋散？他们都亲嘴了。”

我默默走路，脚上踢飞了一颗小石子。刘翠枝的话说得像大人，我有些接不上话茬。

我叹了口气。

刘翠枝又啐了口唾沫，说：“他妈的曹大拿，我要有本事，我就杀了他！”

“啥？”这话吓着我了。

刘翠枝说："他整天给我爸出馊主意，我爸才犯疯打人。我咒他们一家都不得好死，他闺女嫁得还不如六指！"

我问："你同意你姐嫁六指？"

刘翠枝说："六指有啥不好，皮肤那么白，眼睛又黑又亮。他还会绣花，你见过会绣花的男人吗？"

我摇头，我确实没见过。我爸手那么巧，也只会编筐和木匠活儿。

刘翠枝说："若不是曹大拿，我爸也许早就同意我姐跟六指了。你知道吗？"刘翠枝看看前后没人，跟我小声说："我姐跟六指都那个了。"

我心里一跳，突然想起有一晚我爸我妈说过相同的话。我紧张地问："那个是哪个？亲嘴？"

刘翠枝一晃脑袋，咳了一声，说："你怎么啥也不懂，就是在一起睡觉了。"

我紧着问："在谁家炕上？"

刘翠枝说："肯定不是在炕上。"

我说："不在炕上咋睡觉？"

刘翠枝生气地说："你是猪脑子啊！人困了在哪儿都能睡觉！"

这天晚上发生了悲惨的事。放学回来，刘翠枝撇下我走了另一条路，说有事。我没多想，先回家了。原来翠枝一直给姐姐当信使，传情达意。这天晚上，六指家蒸了玉米面的发糕。这样的饭食很少见，要用特别细的玉米面，发酵，还要加糖精。除了六指，谁有心思做那么细致的饭。六指说：“你等一等，发糕熟了管你饱，也顺便给翠娥带过去。”“罗锅”在灶前添火，因为心急把火烧得特别旺。发糕终于出锅了，翠枝把嘴烫出了泡，勉强吃了一块。六指用白布包了两块放进了翠枝的书包里，书包都在冒热气。六指家外面是长条坑，长条坑的另一边就是曹大拿的家。翠枝用舌尖舔烫出来的泡，还沉浸在发糕的香气中。想姐姐若是嫁了这样的人，以后天天吃发糕都是可能的。美好的想象让翠枝脚步轻盈，她颠着步往前跑，一只手放在书包上，隔了两层布，书包还烫手。突然，她差一点儿撞到一个人的身上。翠枝后退了两步，想掉转头跑，长头发却被一把薅住了。刘四方手里一拧，就把翠枝整个吊了起来。左右一抡，翠枝便杀猪样地叫。翠枝哭着喊：“你打死我吧！我不活了！”刘四方把她摔在地上，一脚踏了上去，然后没头没脑地一通乱踩，翠枝一下子晕了过去。

刘四方对着围观的众人说：“看你还敢不敢去那个畜生家！”

曹大拿迈着方步来了，指挥两个人把翠枝抬到了自己的家里，往脸上给她喷凉水。翠枝醒过来第一句就骂曹大拿的妈，被曹大拿的老婆轰了出来。

这些都有人绘声绘色到我家来说闲话，我父母听得津津有味，脸上甚至冒着喜悦，也不知道这喜悦意味着什么。据说刘四方很少到曹大拿家去，这天是去商量翠娥的事。翠娥总待在家里，耽搁许多工分。一个工分两毛五，刘四方其实是个财迷，他早就心疼了。要想让她不跟六指见面，又能到生产队上工，就只能把六指一家调到别的生产队去。曹大拿为了许多难，但到底答应了。

怎么那么巧，刘四方从曹家出来，一眼就看到了六指往外送翠枝。

五

日子不知不觉就往深处走，许多事都在发生、发展和变化。我不再偷六指家的黄瓜，六指家的黄瓜都旱死了。他家挨着长条坑，过去他都是用长条坑里的水浇黄瓜，可整个春天没下雨，入夏了，数伏的连阴雨天没盼来，把一条坑渴死了。眼下，坑里的水就变成了一只锅底那么多，被一些水里的生物搅得混浊，小蛤蟆蹦得铺天盖地，看了让人心乱如麻。忽然有一天，家里的小喇叭哇啦哇啦地叫了起来，播完新闻，书记喊起了广播，说遭遇了百年大旱，县里号召抗旱，从明天开始，男女老少齐上阵，有桶的提桶，有罐的提罐，要打一场人民战争。还特别说起有些劳力很长时间不出工，大旱来临应该自觉参加到劳动中来。我爸在饭桌上说：“这不是在说翠娥吗？”我妈说：“不至于吧？他家跟大拿那么好。喊广播的是书记，村里人都知道他跟大拿两条心。可账本在曹大拿手里，他惹不起曹大拿。”书记在广播里又说：“恋爱自主，婚姻自由，有些人不要在错误的路上越走越远。”我爸一下子就把筷子放下了，点着手指头说：“说刘四方，这是在说刘四方。”我妈看上去也很激动，说：“翠娥总这样下去会闷死的，她昨天又挨打了。”

书记广播完，传来一阵音乐，一个奶声奶气的小丫头唱儿歌：

一对水罐两头拴，
挑担水，上南山，
咯吱咯吱走得欢。
社员南山正抗旱，
俺送开水去支援……
浇一瓢，绿一点儿，
浇一担，绿一片。
公社庄稼长得好，
跨上“刚要”追“江南”。
……

不知道“刚要”是什么，“江南”又是什么，可我一下子就对那些文字着了迷。

翠娥挑着一对白洋皮的水桶从我家门口过，我妈赶紧跑过去跟她打招呼。我妈说：“水桶这么大，别让自己累着。”我妈的潜台词肯定还有很多，可她只能说这一句。一个月没见，翠娥瘦弱了很多，四方脸成了尖下巴，扁担放到肩膀上，两只水桶像在荡秋千。翠娥说：“没想到抗旱救了我，我太想出去干活儿了。”翠娥故意摆起手臂走出一副英雄气概，我妈看得痴了，跑回来跟我爸说：“翠娥走路的样子怎么变了呢？”我爸说：“她被关了这么久，肯定有变化。”我妈说：“她怎么也往外撇着走路，越来越像曹大拿了。”我爸说：“真的？曹大拿也会影响到翠娥？不应该啊！”他们说着话，各自挑起水桶出发了。小学中学都放假，姐姐假装积极，端着脸盆走了。我等刘翠枝来找我，商量怎么打发这一天。我们很久没“狼狈为奸”了。商量来商量去，我们决定去做好事，给瘸老太家扫院子。我们过去偷人家还没成熟的桃子，实在太不应该了。

村里的地分上地和下地。上地指村庄附近的耕地，傍着一条周河。周河很多地方都断流了，有水的地方，大堤就像悬崖一样陡峭，从那里挑上来一担水，肩膀得磨去一层皮。傍中午的时候，就有不好的消息传来，翠娥在挑着装满水的桶爬坡时，扁担从肩头脱落了，两只水桶滚进了河里，她自已也重重地摔倒了。翠娥被人抬回了家，一张脸白得吓人。便有人说翠娥似乎是病了，肚子圆圆的胀了一圈儿。她仰面躺倒时，衣服撩了起来，露出了雪白的肚皮。翠娥的事第一天有人说起，第二天就没人提了。因为有比这更重要的事发生了。河里有水井里才有水。几天抗旱过去，家家水缸见底。再到井里打水才发现，咚的一声响，水桶撞在了井底的石头上，被弹了回来。于是水荒变成了惊慌，天还没有亮，去井边打水的水桶就排成了长队，去晚了连泥汤都打不来。于是大家比着赛地早起，水井经过一夜的涵养，起得最早的人能打来一担清水。但谁都没我妈起得早，她晚上不睡觉，在电灯底下刺啦刺啦地纳鞋底，纳到过半夜，摸黑挑着水桶去了井台。夜黑里水桶碰撞青石板的声音非常清脆，但只有我家的人能听见。因为一个村庄的人都在沉睡。他们太累了。每天从天一放亮，干到天大黑，脚底板起泡，肩膀磨出了茧子。有时一担水要挑出十里地。我家从没缺过水，但这是个秘密，父母一再嘱咐我们不能说出去，若别人也这样做，我们家就只能喝泥汤了。

我们所在的生产队是三队，过去六指一家也是三队的社员。抗旱上工的时候，六指才发现他们一家的户口簿、工分账单都到了五队，他们一家都是五队的社员了。第一天上工，六指和另几个青年被派到洼区打井。他们打着红旗背着吃喝来到了大洼深处，红旗上写的是“青年突击队”几个大字。

雨水充沛的年月，洼里三锨土就能挖出口井。几个年轻人信心十足，把红旗插好就开始干活儿。可他们干到了天大黑，井窟窿挖了几米深，也没见出水。大洼辽阔宽广，一眼望不到边的秧苗都枯焦了。六指很着急，比另几个人都急。因为他是五队的新社员，他急于表现得比别人都好。黑夜来临，几个年轻人躺在茅草铺就的床铺上，精疲力竭。六指却觉得自己有使不完的力气。是爱情让他成了大力士，不知饥饿，也觉不出苦累。翠娥上工的事他在第一时间就知道了，这个消息让他振奋。六指觉得，事情正在往好的方向转变，抗旱结束，那个准老丈人说不定就能回心转意。

蓝天上的星星繁密而明亮，浩瀚的宇宙此刻散发着一种无穷美。夜色掩盖了秧苗枯焦的颜色，放眼望去，大地丰腴浑厚。白天生产队的马车来送补给，光灯油就有一大桶。此刻六指把马灯拨亮，对横七竖八歇息的几个人说："我下到井里再干会儿，也许再挖几锨土，就可以出水了。"这样的想法像一个魔咒，几天来一直统领着这一群人。可井越挖越深，新鲜的泥土冒着热气，一攥就是个泥疙瘩。可就是没出水，一直没出水。有人已经灰心了，但六指不灰心，六指想：别人灰心的时候我应该更有干劲。一只铁锨横在井口，马灯挑在锨柄上，六指借着微弱的灯光下到了井里。井筒挖得很大，能供三四个人转身。井底除了铁锨还有斧头和箩筐，六指一边深挖一边摸索着探寻脚下，他怕哪个泉眼让他捅漏了，把他淹没。六指默默干活儿的时候在想翠娥，他和翠娥相好的时候也是夏天，比这个季节略早。一群男女从打麦场下来去河里洗澡，翠娥稍稍一暗示，六指就跟她走了。拐上一个弯儿，一条新的河流出现了，河水恬静，闪着粼粼波光。六指胆战心惊地猜想翠娥想干什么，翠娥却让六指在岸上抱着衣服背转过身去，她说她不能把衣服放在地上，怕衣服里爬蛇。

六指老老实实背转了一个晚上。虽然他那么想借着夜色偷看一眼，但最终战胜了自己。翠娥有条不紊地洗头洗脸，河水正好齐到肩头，雪白的胳膊伸出去，就像水里漂着两条大白鱼。岸上的影子一动不动，翠娥在水里暗笑，这个傻六指，可真实在。

从那一晚，六指才开始揣摩翠娥的情谊。过去六指只知道翠娥对自己好，却从来没敢往这方面想。

这天夜里，翠娥嚷胸口疼。她是从睡梦中憋醒的，声音从窗缝里挤出来，毛茸茸的，让翠枝起了鸡皮疙瘩。四方婶想过去看看是咋回事，可四方叔不发话，四方婶不敢动。翠娥自那日被人抬回来，就一直没上工。翠娥心性要强，关键时刻才知道，自己的身子顶不住了。她摸着已然微微隆起的腹部，发出的每一声叫都是在呼唤六指的名字，只是别人听不出。翠娥是个胆大的姑娘，她就是想在关键时刻用这个孩子做筹码，好嫁给亲爱的六指，也好断了家里人的念想。翠枝原本和姐姐住在厢房，翠娥被关禁闭，刘四方让她搬到了自己的屋里。姐姐的叫声揪心，翠枝悄悄爬起来，摸黑跑到了赤脚医生的家。赤脚医生还是个接生婆，她随翠枝跑过来，翠娥却已经平静了，只是汗水都把衣服湿透了。赤脚医生象征性地拿出听诊器，撩起衣服一看，就什么都明白了。

与此同时，大洼深处灯火通明，有人嫌冷清，抱来枯焦的小玉米燃起了篝火。灰飞烟灭时，几个人正睡得深沉，忽然听到了沉闷的坠落声，领头的大庄翻身起来，一数人头，少了六指。再到井边一看，井筒的地方黑黝黝的，成了塌陷的大坑。

他赶忙喊大家起来，说："六指被埋了，赶快救六指！"

这件事是大事。许多年以后，罕村人说起过去的事情就以这一年为界，六指死的那一年，或者六指死的第二年。六指死的消息传到村里，翠娥当即昏厥。刘四方那么有主见的人，也一下没了主意。乡间讲究人死为大，这个人再渺小，再不堪，人死了也开始顶天立地，是因为不论变鬼还是成神，都比人有法力。村里给六指举办了隆重的葬礼，有人把六指的消息写成了广播稿，小喇叭里一天到晚滚动播放，称他为"抗旱英雄"。翠娥几天不吃不喝，刘四方也着急了，问曹大拿怎么办。曹大拿戴着小圆眼镜翻皇历，皇历还是上一辈人留下来的，毛头纸，有一寸厚。他说："你是想翠娥有名节还是没名节？是想让她成为好女人还是坏女人？”这还用说吗？他刘四方是什么人，把荣誉看得比生命都贵重啊。但此时的刘四方不那么笃定，他知道曹大拿话里有话。果然，曹大拿指着皇历说：“六指死的时辰不好，要是过了子时就可以成神，子时之前则只能成鬼，还是恶鬼。”曹大拿的意思是：别做对不起六指的事，否则会有大麻烦。皇历的事刘四方不懂，他斗大的字不识一筐。眼下最紧迫的事是翠娥的肚子怎么办，那孩子都四个多月了。曹大拿说：“你说咋办？”刘四方说：“我有主意就不来问你了。”曹大拿把皇历扔到桌子上，不屑地说：“你没听懂我的话吗？把孩子生下来，就是烈士遗孤。若是不生下来，翠娥就是搞破鞋，以后休想再找男人。”

看刘四方不语，曹大拿又说：“这样伤风败俗的女人谁敢要？”

刘四方抬起头，一张大扁脸上都是汗水。他说：“六指能评烈士吗？”

曹大拿说：“我去找我舅子，这个事你放心。”

刘四方回到家里就嘿嘿地笑，在院子里高声喊翠娥，说：“你好几天没吃饭，饿坏了不得了。爸给你买了两斤鸡蛋，你快补补身子。”

夏天结束了，六指的烈士也没批下来。我们经常看见翠娥一手叉腰一手像桨一样划动着往大堤上走，她的肚子就像大破车一样。我和翠枝私下说："翠娥一准儿生丫头。"村里的妇人总结说，怀了孩子像大破车的都生丫头。只是以后咋办呢？我都替她发愁。翠枝却一点儿不着急，说："家里没有弟兄，大不了在娘家住一辈子。"这话提醒了我，原来家里没儿子还有这般好处。"将来我们嫁不出去也得往外嫁。"我叹口气说，"因为家里又多了个弟弟。"翠枝认真地说："你嫁不出去就来找我，我管你一辈子。"

曹大拿过来保媒，说："烈士的事，县里没有批下来。舅子突然调到市里去了，官当大了，却不管这一截了。孩子生下来不能没有爹，让翠娥嫁给六指的哥哥小仙勒吧。"翠娥拒绝了。小仙勒只有翠娥齐胸高，眼睛就像线割的，终日扒不开缝。翠娥怎么可能看上这个人。翠枝告诉我，翠娥从来不哭，刘四方打得再狠也不哭。可曹大拿一走，她哭了。我问："翠娥哭什么？"翠枝说："她一辈子的幸福就毁在了曹大拿手里。六指一家如果不去五队，这一切就都不会发生。"

翠枝的小脸忽然变得激愤，朝天空狠狠唾了口唾沫，说："曹大拿还让她嫁给小仙勒，这不是糟蹋人嘛！"

许多年以后，我接触到了有关那场大旱的资料。县志在"大事记"里是这样记载的：

(1972年)2—7月中旬，全县大旱。总降雨量仅

33.5毫米，造成河流干涸、水位下降、土地失墒，48.8万亩大田作物受灾。县委、县革委召开紧急会议，确定农业生产的中心任务就是“抗旱保种”。

“抗旱保种”，却提也没提六指。

六

秋天快要结束的时候，怀孕七个月的翠娥早产了一个小丫头，大小就像只耗子。民间讲究七活八不活看来还真是有道理。我妈买了一斤红糖想送过去，被我爸喝住了。我爸说：“你这是作死，这个时候刘四方见谁都恨不得咬一口，你还往门上送。”我妈说：“他顺过劲儿来了，他同意翠娥生孩子。”我爸说：“妇道人家就是见识短，他顺过劲儿来，不会再别回去？”

村里的赤脚医生姓姚，大家都叫她“姚大夫”。翠娥偷偷去找过她，问五个月大的孩子能不能流产。六指死了一个月，翠娥要面对现实了，她不想这一辈子让这个孩子拖累。姚大夫说：“办法肯定有，但要去城里的大医院，我反正不敢动手。”翠娥让姚大夫陪她去，姚大夫说：“咱们不能私自走，我去告诉你爸一声。”刘四方却对姚大夫暴跳如雷，说："那好歹是个性命，你这是杀人害命！"

大家都说，刘四方之所以这样，是断定翠娥会生个男孩子。乡间还有说法，非婚生子一般都生男孩子。还有骂人的话，"再狠不过绝户。""绝户"便是指没有男丁的家庭，丫头养得再多也没用。四方婶一辈子没生儿子，这是刘四方最大的遗憾。所以翠娥如果能生男孩子，也是了了刘四方的心愿。

只是，连我们都能猜出刘翠娥会生丫头，这回刘四方又失算了。

翠娥月子中的滋味，没人能够体会。翠枝说，她姐经常坐在炕上发痴，炕上的孩子哭都听不见。她还拒绝给孩子喂奶，孩子饿得整夜哭。六指的爸送来了三十块钱和一头奶羊，被刘四方骂了回去。我们都看到了"罗锅"仰起的那张黑红小脸，嘴里叨咕说："不要我再牵回去，不要我再牵回去。"说着，用小鞭子抽了一下羊屁股。可到了晚上，曹大拿出面又把羊牵了过去，他让罗锅再添二十，钱变成了嘎嘎新的五张票子。刘四方不再打人，可终日没个好脸色。翠枝对我说："我妈本来就怕他，现在看见他就哆嗦。"我问："他对你姐啥样？"刘翠枝说："还好得了？不打了不骂了，可自从我姐生下孩子他就没瞅过一眼。"我说："也没瞅小孩子？"刘翠枝说："一个丫头片子，有啥好瞅的。"

翠娥满月以后，又去队里干了几天活儿。过去翠娥人缘好，男的女的都爱跟她说笑话。现在翠娥却从不往人前走，队长让她倒粪，她便用锄头砸粪坷垃，只砸一块，砸得没完没了。有人试图跟她说话，她会吓一跳，眼神惊慌地看人。

转眼就到了来年春天。

罕村家家基本就种四种树，毛桃、小杏、榆树、柳树。所以说罕村的春天桃红柳绿一点儿不为过。小学校建在了村外，我们往村外走，路上要用很长时间。翠枝变成了一个话痨，上学的一路紧着跟我说她家的事，那些活计，没完没了。翠娥回家就在炕上躺着，有饭就吃，却从不知道干活儿。那个小丫头面黄肌瘦，每天就知道咧开大嘴哭。过去四方婶还能去队里劳动，自从翠娥出去干活儿了，四方婶就从队里下来了。有一天，翠娥在屋里点火，想把小孩子放到火上烤。多亏四方婶发现得及时，否则房子连同孩子说不定早没了。

一个星期天，我正在睡懒觉，翠枝跑进来一把把我拉了起来，说："快跟我走。"我好歹穿了衣服就跟她跑了出去。我问："去哪儿？"她说："我家死人了。"我问："谁死了？"她说："那个小丫头。"我吓得腿一软，险些栽倒。我说："真死了？"翠枝说："我爸出去埋了，我们过去瞅瞅。"我们朝村西跑，那里是一片小树林。从老远就看见筐子里有花被子一角，旁边戳着一把铁锨，附近却没人。我们跑过去掀开花被子看了看，那个丫头突然睁开了眼。这个七个月大的孩子，总是一动不动地看着陌生人。我明明知道她看谁都这样，可看我的时候，我还是忍不住想掉眼泪。

翠枝拽了我一下，说：“她是活的，就是在发烧。”我小心地摸了下她的额头，烫得我一激灵。翠枝挎起筐子拉着我就跑。我说：“你爸呢？”翠枝说：“不管他。”

那天早上，刘四方下决心要埋了这个小丫头。可小丫头迟迟不咽气，他就先钻进树林里去拉屎。他特意走远些，多蹲了一会儿，觉得自己拉完屎小丫头的手脚也该凉了。早晨上工时，他在队里说：“小丫头大概被獾叼走了。”有人疑惑：“被子呢？筐子呢？”刘四方嘿嘿地笑，说：“獾连被子和筐一起叼走了，大概是只成精的獾。”他哪里知道，此刻我们把筐提到了瘸老太家，瘸老太用湿布把小丫头包了起来，小丫头嘴唇一动，忽然哑着嗓子叫了一声。

到瘸老太家来是我的主意，否则我们能去哪里呢？大人都去队里干活儿，我们又不知道怎么照顾病小孩儿。翠枝怕瘸老太不乐意，我说：“你放心，瘸老太好心眼儿。”我们把筐放到炕上，瘸老太掀开被子一看，就明白了。

小丫头一直没名儿。翠枝让我给她起名，我认真地想了想，说：“七二年大旱，她爹六指被埋了，就叫‘七二’吧。”

瘸老太拍着巴掌说：“叫‘七二’好，好记。”

有些话，父母不愿意当着我们的面说，可他们又忍不住不说，他们说起话来就像打哑谜。我妈说：“这回看曹大拿怎么办。”我爸说：“估计这回他该没脸见人了。”我脱口说：“是红莲偷人的事吧？”我妈举起筷子，作势要打我，可筷子却没有落下。我爸问我：“听谁说的？”我说：“听翠枝说的。”我妈说：“啥事都瞒不了这丫头，外头有个电报车！”

父母脸上隐秘的兴奋让我很激动。他们只知道红莲偷人，却不知道细节。红莲卫校毕业以后在卫生院当护士，是份人人羡慕的工作。红莲跟院长搞在了一起，可问题是，院长有老婆，还有一个五岁的闺女。院长总也不回家，媳妇生疑了。带领娘家兄弟找到了卫生院，把俩人堵在屋里。娘家兄弟跳窗进去，把红莲的衣服拿到了手，红莲是穿着院长的衣服跑走的。这件事轰动了全罕村，没想到曹大拿家能出这样的事，要说伤风败俗，翠娥算什么，这才是头一份！

翠枝是在我家的棚子里跟我说这些的。我们各拿出一条旧的红领巾，对在一起做胸罩，看到有人这样做我们也想试试。翠枝管缝线，我管挖扣眼，锁扣鼻。每天都系纽扣，以为扣眼就是在布上挖一个洞，周围锁上边。挖完了才发现，那个洞大得像牛眼，什么样的纽扣都能漏下去。我们研究了半天，才弄明白扣眼就是剪开一道缝。想把那个洞缝小，结果周围出了好几个死褶子。

罕村人怀着隐秘的兴奋，等着看曹大拿怎么处理自己闺女的伤风败俗。曹大拿那么要脸面的人，还不得把闺女打个半死！大家不是对红莲有意见，实在是大家就想看曹大拿的态度。曹大拿纠集了一群亲友出发了，每人骑一辆自行车。晌午歪了才回来。有人猜他会把红莲绑回来，当着全村人的面抽鞭子。可去了几个人，回来了几个人，连红莲的影子也没看到。翠枝告诉我，曹大拿没去找红莲，也没去找院长，他去高庄子找了院长的老婆，让人家离婚！曹大拿警告说："你不离婚也行，第一院长开除；第二院长坐牢；第三赔红莲2000块钱……"后边还有好几条，曹大拿没说完，女人就吓瘫了。这件事在刘四方家的反应可想而知，四方婶气得用头撞墙，说："他把我闺女祸害成这样，自己的闺女却啥事也没有。刘四方，你还不明白吗？"

过了半辈子，四方婶就硬气了这一回，却被刘四方一个巴掌扇回去了。刘四方说："你养的贱闺女，还敢跟人家红莲比。人家找了个院长，她找了个啥？"四方婶号啕大哭，翠娥缩在屋角，随后从屋里蹿了出去。

傍晚，翠娥的尸体漂到了下游，她的裤子被水冲走了。大辫子绕到了河里的一根木桩上，捞上来时，人整个虚胖了一圈儿。

从那以后，刘翠枝就休学了，她得在家照顾七二。七二爱得病，总是感冒发烧。七二得病了她就抱到瘸老太家，瘸老太用新棉花蘸酒给七二退烧。

瘸老太死的那年，我在高中住校，回家听说翠枝领着七二哭得死去活来。我只是鼻子酸一下，就过去了。瘸老太曾经把好吃的总给我留着，可因为几年不见，感情就淡了。

一晃，就是很多年过去了。

七

刘翠枝一年给我打两次电话，两次都是关于七二的事。刘翠枝家在开发区买了两百亩地，建了一大片厂房，生产各种水泥管材，工人就有几百个。这些年城市建设热火朝天，建材行业也跟着水涨船高。几年的时间，刘翠枝家的企业产值就翻了几番。我们过年时能在罕村见个面，见面也不是多亲热。她倒背着手，穿一件绛紫色的裘皮大衣，顶多说两句话：“啥时来的？啥时走？”

第一次给我打电话，是农历正月十五。我们的小饭店刚要开门营业，我正在擦玻璃。听到电话响，严木林抓起一张餐巾纸包着手机给我拿了过来。他正擦厨房，两手都是油垢。里面喊了声“王云丫”，我就笑了，真是烧成灰也认识啊。我问她啥事，她说：“你们那里南来北往的人多，看有没有合适的，给七二介绍个对象。”

我说：“七二离两次婚了吧？”

刘翠枝说：“哪儿，她离三次了，跟谁也过不长。”

七二离的那三次婚，前两次都是人家不要她，嫌她不会过日子，有一个花俩。小门小户的人家，谁经得起？第三次结婚，七二找了个残疾人。我过年回家，母亲还跟我絮叨，说："七二这个瘸腿的一个月能挣三千几，七二每次回家，都大包小包地买东西。这才几天的时间，怎么又离了？"

七二的三次婚姻中，生了两个女孩儿。离婚都没能带出来。尤其那个瘸腿人，人家就是为了跟七二生个孩子，好有靠。

刘翠枝说："七二这次离婚跟谁也没打招呼，自己背个包就回来了。"前一两年，瘸子的工资本在七二手里，随便花。到了第三年，七二就一分钱也摸不着了。婆婆也不让她带孩子，她在婆家一点儿用处也没有，七二便对男人说："我们离婚吧！"

我有很多年没有见到七二了。印象中她个子很小，很小很小，都不好意思说她一米几。说话却高门大嗓，嘴甜，很得刘四方的喜欢。当年她在瘸老太家生活了五个月，是刘四方自己接回来的。那时的七二人显得很机灵，爱笑，两条小短腿走路就像要飞起来一样。没人告诉她这个人是谁，可见了刘四方，她甜甜地叫了一声"姥爷"，把刘四方感动得热泪盈眶。

改革开放以后，刘四方做了很多年的生意。他驮着大筐卖大葱大蒜，到处追集，回家总要给七二带些好吃的。他家住在大堤底下，七二总是等在门口，出门帮他推上坡，回来像个千斤坠坠在后面。七二没怎么上过学，她学不进去。除了割草喂兔子，就是拾柴火烧火。四方婶逢人就说七二的好，家里有这样一个丫头，有帮手不说，还像开心果一样。

七十五岁那年，刘四方骑车没掌好把，从大堤上连人带车滚了下去。腿骨摔裂了缝，没大碍，但从此不再做买卖。那些葱蒜打个对折，让左邻右舍买走了。

当时正是冬天，厚棉衣服帮了刘四方。即便家里就剩两个人，四方婶也不习惯跟丈夫同桌吃饭。她或是端了碗去一边，或是等刘四方吃完了再吃。为了改掉四方婶的坏毛病，刘四方没少发脾气。可在他面前四方婶张不开嘴，嚼了东西伸长脖子也咽不下去。这些都是笑话，在罕村到处流传。

有一天，四方婶站在菜墩前剁白菜，想中午包饺子。剁着剁着没了动静。四方叔在屋里觉得奇怪，出来在后面捅了她一下，四方婶的身子朝旁边一歪，轰然摔倒了。这样的死法，罕村人从没听说过。村里人都说："哪怕是让刘四方伺候一天也好啊。"四方叔哭成了泪人，说这一辈子对不起四方婶。村里人就有人撇嘴，说："这一辈子，四方婶挨了你多少巴掌啊。"

刘翠枝第二次给我打电话，自己先不好意思了。她说："我是没事不找你。"我说："你找我能有啥事？"刘翠枝小学没毕业，丈夫的学历也差不多，可人家就是有眼光。当年在家门口打水泥管，是夫妻作坊。后来政府号召扩大规模，他们就把作坊搬到了开发区。贷款圈了两百亩地。当时的土地便宜得要命，就像白给一样。转眼十几年过去，土地的价值翻了不知多少倍，企业经营得也有声有色。可我们的小饭店仍是三间房，每个月十几万的流水，吃不撑，饿不死。我经常对严木林说："我们都读了那么多书有啥用啊，早知道一辈子要开小饭店，真是读到三年级就够了！"

刘翠枝嘿嘿地笑。我才发现她笑起来的声音尾音下沉，特别像刘四方。她说："你的小饭店缺人手不？"

我警惕地问："干啥？"

她说："你给七二找点儿事做。"

我说："你拿我寻开心是吧？你那里多少人安排不下？"

刘翠枝说："我管不了她。她在我这里干了几个月，跟谁都处不好关系，家里人都烦她。我实在没辙了才找你，她去别处我也不放心。工资多少你说了算，只要能圈住她，让她白干都行。"

我跟严木林商量，这里他是老板。严木林说："春燕就够缺电了，七二心眼儿还是不全。两个服务员都这样，你说这饭店怎么干下去？"

我说："心眼儿全的人还去大饭店呢，谁在你这个小地方混吃喝。"

我说的是实话，现在招个服务员比登天还难。小饭店的活计又脏又累，工资又低，根本留不住人。

严木林说："反正是你娘家人，我不管。我就负责提个醒。"

我说："就先让七二试试工，也许不等咱辞她，她就炒了我们呢。"

我丈夫严木林属于下海淹死的。当年在机关喝茶聊天看报纸的日子觉得没意思，义无反顾经商干实业。先是在一家集团公司负责外联，后来又跳槽到了一家民营企业。再后来自己跟人合伙创业搞一种果品深加工，赔得差点儿当了裤子。现在他的身份和我一样，是下岗职工。小饭店经营了十几年，主要走低端路线。来吃饭的大多是农民工，还有少数公务人员自掏腰包请客的。用严木林的话说，过去吃饭都不会进这种狗食馆，更不会想到有朝一日自己会经营。

但事实证明，这个选择是对的。二十几张桌子每天都吃流水席，人满为患。

七二四五岁的时候，成了我和刘翠枝的跟屁虫。刘翠枝家养了一头老母猪，出奇地能生小猪，一窝最多生过二十一只。可平时这头老母猪只喂青草，瘦得皮包骨头，肚皮能拖到地上，像一面墙一样。每天放学，我提着尼龙袋子拿着镰刀在门口喊刘翠枝，最先出来的一准儿是七二，她响亮地喊声“姨”，就蹦蹦跳跳往河堤上跑。我和刘翠枝挖野菜，七二就到处采野花，扑蝴蝶。有一次，我们在麦田里采凳儿菜，一转眼，七二不见了。我们又喊又叫地找了半天，七二在电线杆底下睡着了。她小小的身子窝靠在电线杆上，两只脚向前平摊着，嘴角流着涎水。

刘翠枝一把把她薅了起来，说：“死样，我们要是走了，你就在这里喂狼吧！”

七二说：“我不怕狼。”

刘翠枝说：“明天不许再跟着我们！”

七二说：“我管你叫妈还不行吗？”

刘翠枝马上眉开眼笑，说：“光叫我还不行，还要叫她。”

刘翠枝指了指我。

七二规规矩矩站好，先叫刘翠枝“妈”，又转向我叫“妈”。

叫得格外大声。我心里痒得似乎有无数只蚂蚁在爬，此时特别想抱一抱七二，用自己的脸蹭蹭她的脸，就像大羊和小羊一样。可有刘翠枝在旁边，我不好意思。这样的称呼我们每天都喊，可跟被人喊是多么不同啊，就像沉睡的种子突然被春天唤醒，有一种挡不住的想要发芽的欲望。

刘翠枝神秘地说：“以后我们俩就给七二当妈。”

我慌忙说：“这可不行，让人知道笑话死。”

刘翠枝说：“我们也不让人知道，七二只在背后叫我们。

七二，听到了没有？”

七二却在风中跑远了。记忆中，七二只叫过我那一次。管翠枝叫过几次，我就不知道了。

八

七二蹦蹦跳跳跑进门，我都不相信她是个结了几次婚的人。她穿了件大红的连衣裙，领口开得很低。胳膊上搭着围裙套袖，进来先叫了声：“老妈老爸，我来了！”

我和严木林快速对了下眼神，严木林除了吃惊没表示反感。

我问她：“为啥叫老爸老妈？”她说：“比叫姨、姨夫顺嘴，天底下的称呼我就讨厌姨和姨夫。”便龇出一口小白牙。七二一示范，把我们都逗笑了。我问她从哪儿来，她的声音有些童稚，还是个碎嘴子，问一答三。她说：“在刘翠枝家干了几个月，那家人没法伺候，个个事妈。饭菜做不好吃了就扔，衣服没洗干净就扔。总怀疑卫生有死角，每天早晨刘翠枝都会这儿抹一把，那儿抹一把，如果有灰，会把你骂个底朝天。”我吃惊地说：“你怎么叫她刘翠枝？”七二说：“她就叫刘翠枝啊。”我说：“她是长辈，你这样就不尊重了。”七二不以为然，说：“没事，我不当面叫。”严木林在一旁笑了，说："七二还是蛮有心眼儿的。"七二得意地说："那当然，没点心眼儿在她家一天也混不下去。她和她的三个儿子，各个如狼似虎。"我说："她不是有两个儿子吗？"七二说："还有她丈夫啊，刘翠枝也管他叫儿子。"严木林乐不可支，七二再说话就有些像邀宠："刚才老妈说我不尊重她，她也得尊重我啊。一早起来让我刷马桶，我说我今天要去饭店上工了，刷马桶会把手弄臭的。刘翠枝就骂了一早晨，说：'你原本手就臭，永远不会香！'"

七二嘻嘻笑了。把自己的两只小手展出来，凑到了严木林的鼻子底下，说："老爸闻闻，香不香？"

我说："你这个没良心的，当年要不是你老姨，你的小命早没了。"

七二说："你怎么跟我老姨说得一模一样，一个字都不差。"

我说："可惜你那时太小了，什么都不知道。"

七二说："我什么都知道，刘翠枝说了有一百遍了。"

我瞪着眼说："看你再叫刘翠枝！"

七二吐了下舌头。

严木林说："好了好了，干活儿吧。七二来得可真是时候，饭店正缺人手。"

七二说："我就是来给老爸减轻负担的。需要我干什么，老爸吩咐吧！"

七二愿意给严木林打下手。严木林去厨房，她就去厨房。严木林去雅间，她就去雅间。歇着的时候她也愿意挨着严木林坐，剥了橘子一瓣一瓣往严木林嘴里塞，严木林躲都躲不掉。春燕看不下去了，频频给我使眼色。我打哈哈说："七二，你离老爸远点儿，不知道男女有别吗？"七二说："我就是要离老爸近一点儿，谁不服气谁来。"说完，半个屁股又移了一下，压着了严木林的裤子。严木林使劲往外抻裤子，说："你把我的腿都压疼了。"七二说："老爸哪儿疼？我给老爸揉揉。"

严木林跟七二只见过有数的几次面，都是在罕村。知道我们来，七二会特意跑过来看我们。印象最深的是她十五六岁的时候，还有些羞怯，跟我们话很少。我给她买了件新衣服，她跑到另一个屋子换上，穿给我们看。她十八岁那年自己找对象嫁掉了，跟谁也没打招呼。

不管是洗碗、扫地还是收拾桌子、择菜，我发现七二干啥都麻利，比春燕强很多。春燕是东北姑娘，在饭店干三年了，还是像门闩，有人拨拉才动一动，眼里从来看不见活儿。七二真把饭店当成家了，去趟厕所也能领俩人回来。没客人的时候大家在门口剥蒜，有过路的七二也要招呼一声："吃饭吗？咱家的饺子五种馅，要荤有荤，要素有素。海鲜虾肉、牛肉羊肉保管你吃得满嘴流油。"还真有好奇留下来的，说："你们这个服务员可真尽责。"但也有让她骂跑的。那天来了一大桌客人，一个小伙子问："你们这儿都有啥好吃的？"七二说："我们这儿啥都好吃。"小伙子顺杆爬，说："你好吃吗？"七二说："你妈比我好吃，快回家去吃吧。"小伙子骂骂咧咧地一挥手，那群人呼啦啦全走了，严木林想去追，七二嚷："老爸你别下三烂，他们走就让他们走好了！"

严木林说："你说得轻巧，今天中午就这一桌像样的客人。"

七二说："一个一个贼头贼脑，他们哪像样了？"

我说："人家长什么样关你什么事？以后跟顾客说话要有分寸！"

七二跟我嚷："我哪儿没分寸了？我的分寸大着呢！"

我拍了下桌子，七二才闭上了嘴。

可七二也有出彩的时候。有一天，几个半大小子一边吃饭一边挤眉弄眼。吃完一抹嘴，都开溜了，只把一个七八岁的孩子剩下了。那孩子也想跑，被七二一把抓住了，七二问他："有没有钱？"他说："没有。"问他："哪里人？"他说："附近东北隅的。"七二说："你联合国的也不行，既然吃了饭，就得交饭钱。"说完，拉着小子到外面租了辆三轮车，跟他回家取钱。那家人还算开明，饭钱是二百四十，给了二百五，多少有点儿羞臊七二的意思。七二却很得意，说扣下十块租车钱。严木林说："五十都给你，你交两百到柜上。"严木林没提防，七二忽然抱住他的脑袋亲了一口，说：“老爸，你真好。”严木林气得用袖子抹，说：“都是唾沫哈喇子，你咋这么没正经。”

时间长了，七二的毛病就显出来了。她经常掐着腰站在门口，说：“春燕给我倒碗水喝。”“春燕去给我买包卫生巾。”连厨师她都敢支使。可别人都休想使唤她。她对严木林一口一个老爸，严木林若叫她干活儿，经常十喊九不应。小饭店不像大饭店各司其职，各守一摊。小饭店人手少，上饭菜、抄桌子、洗碗一条龙。那份忙乱，有眼力见儿的就得多干活儿。七二是头顺毛驴，越表扬干得越来劲，可若是哪天犯了驴脾气，谁喊她跟谁尥蹶子。她多少还是有些怕我。有一次，严木林喊她，她假装听不见，我说：“七二的耳朵丢了！”七二忙不迭地假装洗手往外跑，说：“七二的耳朵来了！”她和春燕住在饭店的一间梢间里，每天都像耗子一样往外捣鼓吃的，各种瓜子、花生、水果、点心，给这个抓一把，给那个送一块，却不给春燕吃。我喊春燕过来吃瓜子，春燕用三根指头捏，唯恐多捏一粒。七二眼睛横着瞅春燕，嘴里说：“想吃自己买去，到这儿占哪门子便宜。”

我说：“怕人家吃，你别往外拿。”

七二说：“老妈不知道，春燕抠着呢，买羊肉串只买一串，都不够塞牙缝。”

我说：“春燕离家远，家里有儿子需要惦记，她可不得省着花。”

春燕说："可我只离过一次婚，七二都离过三次了。"

七二说："我离三十次也是黄花大闺女，你行吗？"

几个男服务员和厨师乐得前仰后合，严木林实在听不下，去了屋里。我使劲闷着没有笑，看她说得那么一本正经，真不知道她理解哪儿去了。

七二频频跟我告状，说春燕穿吊带，露肩膀，她这是想勾引人呢。我说："你就不想勾引人？"七二一撇嘴，说："我要找也得找老爸那样的正经人，文质彬彬。"一句话又把我逗笑了，我说："文质彬彬的看得上你吗？"七二说："老妈你放心，你老闺女要么不嫁，要嫁这次一定找个称心如意的。"

九

转眼就是一个月，该发工资了。七二比别人有优惠，没有试用期。做企业的人的精明在这个时候体现了，我说的是刘翠枝。一大早，她给我发微信，问我一个月给七二多少钱。我心里一堵，想这若是电话，我可能就带情绪了。她明明说过，工资多少我说了算，只要能把人圈住，让她白干都行。话说得大大方方，关键时刻露出了尾巴。我说："别的员工多少她多少，你放心，一分也不会少她的。"刘翠枝说："我不是这个意思。你别把工资都给她，她有多少花多少。”我说：“那咋办？”她说：“存在你手里，每月给她五百就行。”

饭店管吃住，要说五百零花不算少。我跟严木林说起，严木林很吃惊，说：“七二没有几个钱，她都提前支走了。”我说：“我咋不知道？”严木林说：“她今天借三百，明天借五百，这个月已经借了六次了。”翻开账本，七二果然就剩了四百块钱。我把七二喊过来，问她钱都哪儿去了。七二不满地说：“我老姨管我，你也管我，我自己的钱，自己不能花吗？”我说：“七二，你不是三岁孩子了，你得知道过日子了。”七二说：“老妈放心，我每天都在好好过日子。”我说：“从这个月起，每月给你五百零花钱，不许你再从柜上借钱！”七二大声叫：“还让不让人活啊！”我没理她，把她借钱的那页记录从账本上撕下来，用夹子夹住，挂到了墙上。我对严木林说：“如果七二再借钱，你让她来找我。”

七二开始了没精打采的日子，整天闷着头不说一句话。当然是在我面前的时候。春燕告诉我，背过脸去，七二跟有些顾客打情骂俏，闹得欢着呢。我对春燕说：“你长点儿眼力见儿，手脚麻利点儿，凡事多干点儿，别总让七二欺负你。”春燕说：“她能给老板当闺女，我能吗？”我说：“甭说当闺女，就是当儿子，该干活儿也得干活儿。”有一天，我正在后厨跟人商议一道菜，春燕跑过来喊我，说：“你快去看看，前门打起来了。”饭店里面是个“丁”

字，前门临街，门口已经围了很多看热闹的人。就见七二在人群里跳着脚地骂，外面是一个年老的妇人，旁边有一个七八岁的女孩子，一看就是从乡下来的。我从没见过那么瘦的孩子，骨头都在外支棱着，一张小脸巴掌大，就被一张皮蒙着。我分开众人挤了进去，就见七二横眉立目说："想跟老娘要钱，门儿都没有！当年你们是怎么说的，有我没我都能活！现在活不下去了，想起我了是吧？"我狠狠拧了七二一把，让她闭嘴，又把妇人和孩子让进了雅间。我对七二说："有话好好说，你们这样在门口骂来骂去，还怎么做生意？"七二马上换了一张脸孔，说："老妈，这回你可得向着我，她们欺负我。"我问妇人是怎么回事，妇人拉了孩子一把，说："想她妈，我就带孩子过来看看。要开学了，也顺便让她妈出点儿学费。"七二马上说："老妈你看看，她们分明是来要钱的！"我看着那孩子，鼓鼻梁，眉骨突出，皱着小小的眉头，身子拧成了麻花。不难看，可已经知道难为情了。我问："这是你闺女？"

孩子拉着妇人的手往起拽，那意思是不在这儿说话，我们走。

我把孩子的手握住了，那么细的手臂，握在手里就像麻绳那样柔软，可真让人心疼。七二面朝里坐着，头歪向外面，看也不看孩子。

妇人抹着眼泪说："孩子的爸去年出车祸，腿断了，现在还下不了炕。我们有一分活路，也不会来找她。”

我说：“七二，你把钱给孩子！”

七二气鼓鼓地站起身，领着孩子出去了。我从围裙口袋里抓了一把钞票给妇人，有五六百。我说：“以后有困难就来找七二，她是孩子妈，应该管孩子。”

妇人连头都没抬，一曲腿，慌得我赶紧把她扶住了。

七二总试图解释自己为啥不管孩子。当年婆婆如何，丈夫如何，总之都是对她不好。孩子一岁半，她就被轰了出来，这些年连面都没见。我懒得听。孩子明显营养不良，我问七二：“你看着不心疼？”七二理直气壮地说：“她对我没感情，我心疼她也没用。”我说：“孩子是你身上掉下的肉，你不心疼她，她怎么会对你有感情？”

七二花零钱的毛病逐渐没了。有时候大概觉得嘴实在闲得慌，会偷偷抿一口白酒，或嚼一口茶叶。白酒和茶叶都是客人寄存的，都比店里的东西档次高。严木林不允许她动客人的东西，她表面上听话，严木林转过身去，她会多喝两口。有一次，客人意识到酒少了，说不是怀疑老板和老板娘如何，是怕那些打工的嘴不干净。结果，人家把酒倒了，又去车里取了一瓶。严木林有点儿挂不住脸，给大家开了会，说：“若是再看到谁动客人的东西，就扣当月的一半工资。”七二明显想以身试法，散了会，她就拿客人的茶叶给自己沏了一壶，把严木林气得要死，说：“我们不用她了，你赶紧打发她回家。”

我嘴里说给她时间慢慢改，背地里狠狠骂了她一顿。最难听的话都说了出来。我说：“难怪亲姨都不留你，你这个德行，到哪儿也没人待见！”

把七二说哭了。七二说：“咋没人待见？我姥爷就待见我，我现在只有他一个亲人了。”

严木林每天早晨五点去市场批发蔬菜，八点左右回来，在饭店里安顿好，回家吃早饭。略做休息，我们再一起去饭店做午餐准备，年复一年，天天如此。这天他九点还没回来，我有点儿不放心，打手机问他人在哪儿，他说：“我在饭店呢。你打的过来吧，四方叔来了。”

我到饭店时，大厅里的小餐桌上四菜一汤，严木林与四方叔已经喝上了。服务员都在做餐前准备，饭店难得的安静。四方叔八十开外了，但精神矍铄，还像年轻时一样喜欢嘿嘿地笑，下巴顶在胸脯上，像是脑袋直接插进了胸腔里。嘿嘿时，脸上的肉上下蹿动。七二像百灵鸟一样欢实，眉眼里都是喜气。其实，她前几天才从家里回来，我问她姥爷身体咋样，她说姥爷想她，人都瘦了。七二的伶俐此时体现得充分，她在厨房包饺子，却不时跑出来，递餐巾纸，或给杯子加水，小手不断在围裙上抹来抹去。我问刘四方：“怎么想起进城了？”严木林插话说：“四方叔是来买烧鸡的，‘徐记烧鸡’不知哪里有卖，你听说过吗？”

我说："现在的烧鸡种类多，各种口味的都有。您想买哪一种？"

四方叔喝了一口酒，嘿嘿笑着，说过去西关有个"徐记烧鸡房"，就在独乐寺院墙外，门口朝南，有棵大槐树。有一年，他和曹大拿进城办事曾在那里吃过一次，那种味道，一辈子忘不了。

严木林还在使劲回忆。我说："您说的是多少年前吧，眼下那里是一片家属楼，做生意的都进了附近的农贸市场。"

刘四方说："对，就是多少年前，你大拿叔代表公社到城里来开会，我是陪着他来的。"

严木林说："那么早啊，早没了。"

刘四方说："烧鸡的手艺还在吧？"

我寻思了一下他刚才说的话，说："是您想吃，还是大拿叔想吃？"

刘四方说："你大拿叔想吃，他现在出不来，特意派我进城来淘换。"

我说："大拿叔的儿女都在城里工作，他想吃烧鸡倒不找儿女。"

刘四方让我说得闷闷不乐。他低头夹一粒花生米，那粒花生米像是在捉迷藏，总是东蹿西跳。七二从里间走出来，边走边摘围裙套袖。七二说："老妈，我去买烧鸡。"

我说："你哪有空出去？回去包饺子去！"

刘四方第一次到我们店里来，我也不好意思让他空手回去。我让严木林开车出去买烧鸡，顺便把刘四方送到汽车站。七二管我借钱，我问：“干啥用？”她说：“送给姥爷。”这理由不能驳回，我从钱包里取出五百块钱给她，七二小心地卷好，放到了刘四方的口袋里，还在外面拍了拍。

刘四方嘿嘿地笑，心满意足。

送刘四方出门，刘四方说啥也不肯坐副驾驶，他说眼晕。七二把后面的车门打开，把刘四方扶了上去，又把车门关好。汽车跑走了，我对七二说：“你孝顺，我不反对。可你姥爷不缺钱，你老姨的资产有几千万，随便给些就够他花一年。”

七二尖声说：“你以为刘翠枝会给他钱？”

我没理她。

七二追着我说：“我老姨一分钱都不给他，不信你打电话问！”

我说：“你老姨给不给是你老姨的事，你姥爷是她爹不是你爹。”

七二说：“反正我就姥爷一个亲人。将来我姥爷死了，我也不活了。”

我大喝了一声：“包饺子去！”

十

许久不去罕村，罕村的人和事都显得隔膜。早几年，曹大拿的老婆花彩芳得了脑血栓，曹家买了个日本轮椅，带升降，带折叠，能坐能躺。曹大拿与老婆的关系，跟刘四方家差不多。花彩芳在人前叽叽喳喳，只要瞄着曹大拿的影儿，就像耗子见了猫，溜得无影无踪。与刘四方家不同，曹大拿从来不打老婆，甚至从来不骂。罕村人都说："曹大拿就是有瘆人毛，他往那儿一站，不怒自威。"曹大拿用轮椅推了花彩芳将近一年，花彩芳佝偻着腰身团在椅子里，呆滞的脸孔偶尔流露出享受和满足。他们从村南到村北，从村西到村东，专门去人多的地方。罕村人看见他们就想起刘四方家，都说可惜四方婶死得早，要是能让刘四方专门伺候这么一天，这一辈子也算没白活。

曹大拿家三儿两女。除了小儿子在家务农，其余的早年都被舅舅安排到了城里，眼下都在外过得很好。轮椅就是红莲从日本带来的，她早就不当护士了，用曹大拿的话说，走仕途了。花彩芳瘫痪这一年，家里走马灯似的不断人。今天儿子来，明天女儿来，哪个来也不空手，大包小包往家里提东西。村里的小儿子住得远，反而他来得比别人少，他没东西可提，有点儿自惭形秽。曹大拿推着花彩芳满村转，迈着鸭子步走路的样子，简直是风景。但村里人还是有说法，说他表面上是推花彩芳，其实是在显摆轮椅。只要谁提起轮椅，他总要把钱数提拎出来，仿佛“万把块钱”是一个天文数字。村里也有人坐轮椅，但没人坐日本轮椅。曹大拿还专门爱与人做比较，材质、款型、颜色、舒适度，总之，言语间春风无限，仿佛他家的虱子都是金眼圈。

一年以后，曹大拿也瘫痪了。他比花彩芳重，整个左半边身子都不会动，两只脚抽成了里八字，再不能走官步了。在城里的医院住了一段，略有好转，就让儿子送回来了。打那儿起，儿子闺女都来得逐渐少了。一家俩瘫子，想一想就让人着急啊！村里的小儿子负责给他们俩送饭，开始还送到屋里。曹大拿心情不好，就故意恶心人，把大便抹到墙上，或者故意抹到饭碗里。儿媳妇送饭回来一路走一路吐。屋子实在没法进，小儿子就在窗上开了个口，外面遮块布帘，从那里递进递出。村里人都感叹：“过去的曹大拿是多利落的人啊，眼下吃、拉都在屋里，又没人给收拾，那屋子就跟猪圈一样。”

某一天，刘四方遛弯儿走到了那里，掀开布帘看了看，一股恶臭从里面蹿出来，差点儿把他熏个跟头。曹大拿两口子隔着玻璃看见了刘四方，都紧着招呼他。两个人的头发都很长，像披毛老僧一样。曹大拿的山羊胡子垂到了胸前，两只大眼瘦得剥离了眼眶，眼珠一转，就像要滚落出来。他热切地说：“四方，四方，我咋这么久没看见你，你去哪儿了？”

他从窗洞里把手伸出来，要跟刘四方握手。那只手苍白瘦弱得像鸡爪子，指甲有半寸长，像鹰隼的鼻子一样，掌纹和指缝间藏着数不清的内容。换了别人，会被这只手吓跑，刘四方却在这一刻眼睛湿润了，就像孤单得太久，终于找到了组织。他赶忙把手伸过去，两只手紧紧握到了一起。曹大拿似乎有一股魔力，要把刘四方吸进去。刘四方感慨地说："你过去是啥样人啊，唾口唾沫是钉，脚一跺罕村乱颤。现在却像猪一样关在这屋里……我恨不得放火把这房烧了！"曹大拿从窗口把脸往外探，二目炯炯，就像探照灯，把刘四方的老眼都照花了。曹大拿却一点儿都不悲观，他淡然地说："眼下我这身子不行，日后身子好了，我要翻盖房，买汽车。还要把房前的这条路翻修，拓宽，铺柏油。我姑爷在交通局，他一句话就成。"一席话，说得刘四方心潮激荡。他一直以为曹大拿是废人了，他就是来看废人的。可没想到人家还有远大志向，而这些志向刘四方做梦都不敢想。到底是曹大拿，瘫了都比自己强！刘四方心底的敬佩油然而生，他说："又回来了，过去的曹大拿又回来了！"曹大拿说："给我支烟。"刘四方摸兜，他早戒了。曹大拿说："下次来给我买几斤核桃酥，我想吃它了。"刘四方连忙应了。曹大拿说："等我买了车，我先拉你出去兜风，你说上哪儿好？"刘四方一时想不出，但想起开汽车要考驾照，刘四方小心地问："你这身子能好？"曹大拿说："咋不能，现在已经好得差不多了。

夜里每天都有仙女来给我扎针做按摩。”刘四方问：“哪儿来的仙女？”曹大拿轻描淡写地说：“仙女一直跟着我。花彩芳沾了不少光，她的手脚都好了。”就像受了遥控，花彩芳把两只手高举过顶舞动，左手明显绵软无力。曹大拿说：“将来你瘫痪了也让仙女给你治，仙女的针法好，手软得像棉花。”就像那只棉花手已经抚在了刘四方干燥的皮肤上，他浑身的毛细血管登时欢畅起来。刘四方问：“她会给我治吗？”曹大拿说：“你手里有钱吗？先拿些钱过来，仙女也得送礼。”刘四方翻兜，只翻出些散碎银两。曹大拿都没正眼看，说：“你这点儿钱，拿出去我都嫌寒碜。”

刘四方就是这样与曹大拿重新建立起了联系。刘四方平时也是一个人，守着一座大宅院，每天自己做一口饭吃，或者到代销点去买。买得勤了，代销点的人都奇怪，说：“您一人咋会吃那么多东西？”刘四方说：“哪会是我一个人吃，还有曹大拿家三口呢。”两家打几十年前就交好，这点村里人都知道。可三口人都是谁，就让人费琢磨了。问刘四方，刘四方嘿嘿地笑，并不详细解释。代销点的人感慨说：“您还比曹大拿大两岁，还能替他出来买东西。可怜他们两口子，年轻的时候活得风光体面，如今却猪狗不如。”

刘四方却不爱听这话，瞪起眼睛说：“啥叫猪狗不如，赶明儿曹大拿还能开汽车呢！”

曹大拿住的地方，是长条坑的左边，对岸曾经是六指一家人。现在那个地方建了一个小化工厂，专门往坑里排废水。那废水又黄又绿又红，煞是好看。六指一家如今都化成了泥土，他的罗锅父亲在分田到户不久就去世了。两个哥哥都暴病而亡，他们在罕村活着的时候无声无息，死了仍然无声无息。

从某一天开始，小化工厂的人就频频有人竖耳朵，说："听，又叫了。"曹大拿的声音尖锐得就像从金属管里发出来的，能把树叶震得颤动。叫出的却是："刘四方，我要吃烧鸡！刘四方，快去给我买烧鸡！"

化工厂的人听了都笑。说这个刘四方，是哪辈子造孽了，这么大岁数还让人呼来唤去。

严木林从外面回来，我问他："从哪儿买的烧鸡，买了几个，花了多少钱？"严木林说："原本想买两个，可四方叔坚持买四个。二十六块钱一只，一共花了一百零四块钱。"我说："你也忒好说话，他说买四个就买四个？吃不了都糟蹋了。"说完，我把账本扔给严木林，让严木林记一笔。自从小饭店开张那天起，记账就成了习惯。收入多少，支出多少，盈余多少，每天都明明白白。我问："有没有给他买车票？"严木林说："他没去车站，我把他送刘翠枝家了。"我说："他提出来的？"严木林应了一声。我说："送那儿去好，翠枝咋也不会让他坐公共汽车走。"

正说着话，七二跑出来接电话。屋里信号不好，谁接电话都得往门口跑。七二边跑边“喂喂”，站到了屋外，七二突然吼了句：“你少管我！”

啪，把电话挂了。

七二进来嘴里就不干不净。说：“管天管地还管拉屎放屁，她也管得面忒宽了。”我用一支圆珠笔敲桌子，懒得接她的话。七二说：“气死我了，真是气死我了。”见我不搭腔，七二跺了下脚：“老妈，你倒是说话啊！”我说：“我说什么？”七二说：“你也不问问我为啥生气。”我笑了笑，说：“你生气能有什么好理由。”有几个客人往这边走，我刚要迎出去，人家指指点点又去邻家了。

我的电话响了，是刘翠枝。劈头就问我：“为啥给七二钱？不是说好了不给她吗？”我一头雾水，说：“给什么钱？什么时候给她钱了？”刘翠枝缓了口气，说：“我爸来跟我嘚瑟，说七二给他钱了，整五百。他拿出来一张一张数，给我看。我实在是让他气着了。”我说：“七二跟我借钱说给姥爷，我哪能不借？”刘翠枝说：“不借！下次就是给玉皇大帝也不借！”我笑了笑，说：“玉皇大帝哪里会缺钱花。我也不主张七二把钱给姥爷，她挣得少。可关键是，你怎么不多给四方叔些？”刘翠枝说：“我怎么不给？过去一千两千地给他，可他一分钱也存不住，当我的钱是大风刮来的，他专门去结外人缘。”

我吃惊地说："结外人缘？四方叔不是那样的人啊！"

说完才觉得话说得不合适，可刘翠枝并不计较。她说："要说我爸也是个有主见的人，可只要碰到曹大拿，就能着他的魔，上他的道。我就纳闷儿了，这几十年曹大拿怎么就在我家阴魂不散，他现在都成瘫子了，还能忽悠我爸，你说他怎么那么大本事？"

我说："他忽悠四方叔的……钱？"

我的意思是，曹大拿连腿都没有，要钱也没用。可刘翠枝说："她每次回家都能发现钱不对数，原来他是给曹大拿送去了，理由居然是曹大拿那里有仙女。"

我笑得不行："看来真是老糊涂了。有仙女能去曹大拿家？臭也臭死了。"

我问："四方叔现在在哪儿。"刘翠枝说："旁边坐着，还嘿嘿乐呢。你说咋办啊，人到这个年纪，油盐不进。我就只能切断供应，不让他手里有钱。刚才还在说，你买的四只烧鸡不是徐记的，但闻起来味道不错。我训了他，让人家买那么多鸡，您以为您是狐狸啊？"

我说："你回罕村吗？"

刘翠枝说："我不回！来给曹大拿买烧鸡，他脑子没病吧？"

十一

还没到下班时间，七二就要走。她说她陪姥爷回罕村。姥爷年纪大了，上下公共汽车不方便。七二急急忙忙换衣服，跑过来又说："老妈给我一晚上的假，我在罕村住一宿，明天就回来。"

不等我说话，就像风车似的跑远了。

闲下来，我对严木林说："刘四方还多亏有这么个孩子。人到老年，儿女都不一定指望得上，曹大拿就是例子。"

严木林说："七二有的时候很灵性，就是读书少，缺根筋。"

我说："她要不缺根筋就不会接二连三离婚了。女人出一家进一家哪儿那么容易，看她就像住一趟姥姥家。"

严木林说："如果她的亲生父母都活着，她的人生会是什么样？"

我说："无论什么样，都不会比现在更差。她爸是有名的巧手，她妈是有名的美人。有爹妈照应，最起码不会像现在这样少教养。再说，那根筋也许不会缺。"

严木林叹了一口气，说："那个年代啊，私奔都无处可去。七二的爹妈真是可怜。"

想了想，我说："七二现在就不可怜？"

有个旅行团从这里过，哗啦都拥进了饭店。我一次一次去门口望，七二始终没踪影。饭店不是一个萝卜一个坑，是一个萝卜几个坑。突然几个坑同时空出来，大家都乱了阵脚。我越等火气越大，电话拨了无数次，却无人接听。最后一次居然是“您拨打的电话暂时无法接通”。我对严木林说：“七二肯定在搞鬼，她不想回来又不想接电话，就在手机上做手脚。”严木林忙得大汗淋漓，没空听我的唠叨。他负责炖菜，端着砂锅里出外进，侧着身子，免得被火扑着。实在气得不行，我抽空拨通了刘翠枝的手机。我说：“七二昨天走了到现在都不回来……你知道是咋回事吗？”我的口气可能不大对，刘翠枝马上说：“还没回来？她说今天上午回来呀。你再等一等，等一等。”我看着墙上的石英钟，马上就到十一点了。刘翠枝可能也在看钟表，往回找补说：“你那里正忙吧？要不……我过去干点儿啥？”我说：“快拉倒，我哪敢用你。”刘翠枝说：“我跟我们当家的说了，哪天好好请请你和严木林，你们收下七二，可是大恩人。我们那位看到她就脑仁儿疼。”

我口气软了下来，说：“七二挺可爱的，有眼力见儿，干活儿也麻利。”

刘翠枝说：“我知道你拣好听的说，不撩人儿的地方也多着呢。”

准备晚餐前，七二仍没回来。我到她住的地方转了转，是木板搭成的地铺，再住两三个人也没问题。七二和春燕的物品分列两边，但两边都像猪窝一样，衣服被子都胡乱团在一起。我对春燕说：“这屋里就你们俩，咋不收拾整齐些？”春燕说：“我收拾整齐了七二也给弄乱，她就是这个毛病，见不得我比她强。”我问：“七二昨天走的时候有没有对你说啥？”春燕说：“啥也没说。就见她着急忙慌的样，像是死催的。”我瞪了她一眼，从屋里出来了。严木林正在清洗猪大肠，我对他说：“七二再不回来，真要乱套了。”严木林说：“她还真对刘四方有感情……不会有啥事吧？”

我不以为然说：“她能有啥事。”

我蹲在那里看他干活儿，一股臭烘烘的气味直冲鼻孔。红烧大肠是店里的招牌菜，很让顾客喜欢。猪大肠让谁打理，严木林都不放心，谁打理都不是他想要的味道。看看左右没人，我小声说：“刘四方应该算七二的仇人吧？”

严木林看了我一眼，说：“你这话是什么意思？”

我总有这种感觉，刘四方应该算七二的仇人。这种感觉不是现在才有，而是从十七八岁的时候就有。那个时候喜欢听评书，看戏曲，每每听到或看到快意恩仇的故事我都会想起七二。七二在仇人的身旁长大，有朝一日知道了真相，她不会有所作为吗？

若写成剧本，一定波澜壮阔。

我问过刘翠枝，七二有没有打听过生身父母的事。刘翠枝说七二打小儿就以为自己是姥姥、姥爷生的。长大一些，又以为自己是老姨生的。关于父母，她从来没问过，仿佛没有父母是天经地义的事。七八岁的时候，有一次在长条坑旁碰到了“罗锅”，“罗锅”让她喊“爷爷”，七二跑远了嚷：“罗锅子罗，罗锅子罗，罗锅子上山打美国……”这件事她回家告诉了刘四方，刘四方拉着七二提着一把镰刀找上门，扬言要削掉“罗锅”的脑袋，“罗锅”吓得躲在屋里不敢出来。

许多年前我的那种感觉无从交流，此刻又像云雾一样弥漫了。七二不傻，心中怎么可能没有父母。如果不是刘四方从中作梗，七二会是一个幸福的小姑娘，像童话中的公主一样。不会从小颠沛流离，还险些被活埋；也不会高烧烧断一根筋，更不会长得如此瘦小干枯和左三右四离婚。而这一切的前提就是，她的父母是一对恩爱夫妻。

是刘四方活活拆散了他们。然后，要了他们的命。

“不是这样吗？”我问。严木林不答话。我接着说：“等七二回来，我要问问关于她父母的事，她到底知道些什么。”严木林起身去倒脏水，说了一句：“管那闲事干啥。”

罕村有半条街几乎等同于军事禁区。那里是一截长胡同，左边一溜七间房是曹家大院，外面是红漆铁门。过去从这里可以绕过长条坑，去对面的小化工厂，在那里上班的人们也习惯从这里抄近路走。可自从出了凶杀案，那里就成了阴森恐怖之地，除了曹大拿的小儿子偶尔去送饭，长长的胡同里再不见任何人的身影。

七二的手机号码终于出现在了我的手机上，说话的却是个男人。

“这个人管你叫什么？”

“老妈。”

“你在什么地方？”

“天乐园饭店。”

“麻烦您回一下罕村，这里有人遇害了。”

七二的手机被摔得四分五裂，所以我打的电话永远是“您拨打的电话暂时无法接通”。这是一个年轻的警察告诉我的。他找到了手机卡，装到了自己的手机上。他又让我看两件遗物的照片，一个粉色的坤包，一个白色的手机套，一看就知道是七二的。我的眼泪夺眶而出，怎么可能相信死的是七二，怎么可能相信七二就这么死在了曹大拿的家里！

最先发现命案的是曹大拿的小儿子。他照例来给父母送饭，进了大门，就觉得有些瘆得慌。这种感觉过去从来没有过。他试探着边往里走边东张西望，从洞开的窗口突然飞出个东西落在他脚下，他低头一看，是一只厚底的松糕鞋。他惊慌地跑到窗口前，探头往里看，就见两个瘫子正在拼命抻扯一个小姑娘。那把生锈的刀也派上了用场，曹大拿在空中挥舞，像砍瓜切菜一样。小儿子丢了饭盆跑进屋去把刀夺了下来，发现小姑娘遍体鳞伤，已经死了。

我把自己关在屋里，一个下午都不敢出门。刘翠枝比我来得晚，抱着我痛哭失声。她摇晃着我说：“早知道七二的命运是这样，当年真不如不救她。哪怕被她姥爷活埋，也比让两个瘫子谋害强！”

刘翠枝说这话时，红莲就在我们身边。我们已经有很多年没见到她了，她眼下是一个乡镇的党委书记，看上去优雅温良。单眼皮抻扯着，脸上的镇定和从容像极了曹大拿。她面无表情地看了我们一眼，走了。

警察说：“两个瘫子杀了一个活蹦乱跳的小姑娘，这事真不可思议。”

“他凭什么杀人？”这是我和刘翠枝共同关心的。

警察说：“是啊，我们也想弄明白，他跟小姑娘何仇何恨，非要取了人家性命？”

“闲的，我看他就是闲的。”警察点燃一支烟，像是在自言自语。

十二

没有比这更潦草的命案，出现得突兀，结束得仓促。

没有审讯，没有审判。凶手不重要，动机不重要。没人能把凶手奈何。曹大拿不出屋，警察戴着防毒面具进去走了一圈儿，就出来了。他们说了些什么，无人知道。罕村到处悄无声息。不管多深的夜，刘曹两家也不见灯光。两个瘫子偶尔会弄出响动，刘四方家却连响动也没有，罕村人总担心他是不是还活着。

村里人告诉我，刘翠枝打了刘四方一耳光。不知是真是假。

几年以后，那条胡同的左右人家都搬走了，曹大拿家的七间房被夷为平地，长条坑填平了，整个区域成了化工厂的一部分。罕村人都淡忘了这场命案，我们才敢提及当年，大致拼出了事情的原委。

翠枝说，那一晚她与七二通了电话。七二兴兴头头说："姥爷要送三只鸡，我坚持送两只。老爸买的鸡，凭啥都送给别人吃呢。"七二说这话时，刘翠枝还有点儿泛酸。她把七二从小拉扯大，七二却不肯叫她一声老妈。姥爷说："那个房子里有三个人，还有一个仙女呢。"七二哈哈大笑，说："我也是仙女，我也要吃鸡。"刘四方那么拧的人，被七二说服了。家里也只有七二能够说服他。七二提出陪他去送鸡，一老一少出门了。那时大概是下午四点多，有人看到他们走进了曹家大门。大门在里面的门挂着锁，一拧就开。七二冒冒失失进屋，被熏了出来。七二在电话里说："老姨，你没见过那么臭的屋子，比厕所都臭。里面的人怎么活啊！"

与往昔不同。刘四方把两只鸡放到了炕上，而不是从窗洞里塞进来。曹大拿和花彩芳都光着上身，委身在破棉絮里。花彩芳的两个乳房像两根长条面，垂到了肚脐以下。曹大拿让刘四方坐，刘四方看了看炕沿，没坐。

炕头有一把切菜刀，已经很锈了。是曹大拿的小儿子放在那儿的，他说如果来贼，你们就用这把菜刀拼命。

花彩芳还与小儿子开了句玩笑："谁偷我们俩瘫子啊，不好吃也不好嚼。"

这一夜，七二跟姥爷睡在一铺炕上。临睡前，她还给姥爷洗了几件衣服，平平展展地晾到了院子里。七二一宿睡得不安稳，她总在想曹大拿住的屋子，哪里像人住的地方。七二印象中的曹大拿就像天王老子一样。几个小孩子玩儿时挡了他的道，他喝一声"别动！"那孩子就真一动不动，直到曹大拿走远，那孩子才敢活动一下腰身。曹大拿几乎没有与七二说过话，七二总是远远看着他，迈着四方步朝自己家里来，姥爷刘四方脸上堆满笑容站在门口等。曹大拿甚至看不到七二这个人，即使七二就在他的眼皮子底下，他也看不见。他看不见七二，七二眼睛里却全是他。

转天一大早，七二跟姥爷每人吃了碗鸡丝面，就背着包出来了。姥爷以为她回城了，把她送到了门口。七二却拐了一个弯，去了曹大拿的家。不知为什么，她有些放不下那两个人。那两个活得像屎壳郎的人，激发了七二所有的同情心。

她把坤包放到了外面的窗台上，先打开了前门后门，又打开了前窗后窗，门帘子掀到了门楣上，七二说："你们俩出去晒太阳吧，我来打扫卫生。"

七二试图把曹大拿扶到外面去，曹大拿挣巴了两下，险些把七二甩个跟头。花彩芳咬牙切齿地说："我们死都不会出去！"

他们确实已经习惯了待在屋里，连外面的风进来都觉得不习惯。

曹大拿说："你是谁？你到我家来干啥？"

七二说："我昨天还来送鸡呢。"

曹大拿想了想，说："你是七二，你爸是六指，你妈是翠娥。"

七二听不懂他在说什么，动手开始干活儿。七二说："你们跟我姥爷相好，我要帮你们。你们是我姥爷的朋友，就是我的朋友。我给你们把这屋子打扫干净，然后我再去城里上工。"

曹大拿看着七二迈着两条灵动的腿出出进进。院子里有晾衣服的铅丝，七二把炕上的棉絮和褥子都抻出去晾晒，干这些时，七二跟随着手机里的音乐唱着歌。曹大拿疑惑地问："哪儿在唱？"七二把手机拿出来给曹大拿，花彩芳伸长脖子看着曹大拿用手掰，他们都想弄清楚里面唱歌的小人儿藏在哪儿。院子里有压水井，七二熟练地压出了一大盆水，给他们洗了手脸。七二用笤帚打扫房间时，曹大拿指着手机说：“你别让它唱了，我听着烦。”七二把音乐关上了。曹大拿却像孩子一样不愿意把手机给七二，他把手机坐在了屁股底下。

七二没有看到曹大拿的眼神越来越阴郁，那些雾状的记忆顷刻间把他包裹了。他曾经是罕村的人物，推着花彩芳满大街走时，他还在迈四方步。后来他把腿丢在了医院。他一直以为是医院没收了他的腿，那是他关于腿的最后记忆。他坐轮椅被人推出来，上了女儿的车。从苏庄子村前过，一根大烟囱通天彻地。曹大拿忽然喊了声“停！”司机不明就里，一脚踩了刹车。

红莲从前边扭过头来问：“咋了？”

曹大拿说：“送我进去。”

红莲问：“干啥？”

曹大拿说：“去火化场，把我烧了吧！”

红莲听明白了，对司机说：“开车。”

最初的几个月，偶尔能看见有人来，大儿子、二儿子、大女儿、二女儿，后来便难得见到人了。曹大拿住炕头，花彩芳住炕脚，曹大拿需要挠背的时候，花彩芳会从炕脚蹭过来。他们一天难得说一句话。他们打年轻的时候就是这么过来的。花彩芳的碎嘴子，只要碰到曹大拿的电门就没电。某一天，曹大拿发现屋里有个蜘蛛。蜘蛛从屋顶上垂直而下，眨眼就没了踪影。曹大拿喊了声："仙女！"花彩芳问："仙女在哪儿？"曹大拿朝屋顶上指，那里刚好落了一只苍蝇。花彩芳蹭了过来，说："那不是仙女，是苍蝇。"曹大拿用那只好手打她个满脸花。这一辈子，这是曹大拿第一次动手打她，花彩芳马上长了记性，改口说："那是仙女，不是苍蝇。"

从此仙女就成了曹大拿每天的盼望。苍蝇是，蚊子是，蟑螂是，虱虫也是。曹大拿快乐而炫耀地说："仙女来给我扎针了，来给我按摩了，来给我送好吃喝了。仙女的小手可真白，摸在身上痒痒的。"曹大拿怕痒似的扭着身子笑，也像花枝乱颤。花彩芳坐在炕脚，瞪着一双混浊的眼睛朝这边看，曹大拿光着的脊梁黢黑干瘪，却被仙女的小白手捏成了一朵花。那朵花儿开在了花彩芳的心里。花彩芳恶狠狠地看着那些长着翅膀的小飞人，心里涌动着无比恶毒的情绪。她不敢骂曹大拿，即使在心里骂也不敢。她敢骂小仙女，那些烂这烂那的玩意儿一个也不肯落在她身上。曹大拿幸灾乐祸地笑，轻巧地说："今天晚上我让它们给你去按摩，就服务你一个人。"就像期盼已久的爱情终于回来了，花彩芳感动地哭了，亲人哪……

警方在炕席底下搜出两万多块钱。刘翠枝说是她的，警察说："你神经受刺激了，这些钱在人家的家里，怎么可能是你的？"六翠枝气得叫，说："这钱都是我爸送来的，不信你问红莲。”红莲只摇摇头，连话都懒得说。村里人说：“红莲上班很忙，有半年没回家了，这次回来真是迫不得已。”刘翠枝说：“我家的钱都有记号，都在左下角有个竖道，是用圆珠笔画的。”警察仔细一看，果然很多都有。

刘翠枝说：“我知道我爸总给曹大拿去送钱。就是因为生气，我才做了记号。”

七二干到一半，有点儿想打退堂鼓。她发现，无论自己怎样努力，也休想把这屋子收拾干净。她有点儿后悔自己给自己找了麻烦。七二抹窗台上的灰尘时，是穿鞋上炕的。曹大拿说：“你咋不脱鞋？”七二说：“我的鞋底比你家的炕都干净。”有风形成对流，屋里的气味淡了些，可屋里一些长着翅膀的生物争先恐后往外飞。曹大拿发现了，赶紧说：“快把后窗关上！”七二无动于衷，一个瘫子说话，不足以让七二响应。她把抹布叠了许多层，最后一面用完时七二跳下了炕。七二轻巧地往下一跳，离曹大拿大约有一米的距离。悲剧就是在这个时候发生的。七二两条灵巧的腿还没落地，曹大拿从屁股底下摸出了手机，朝七二的头部砸去。从触点和手机摔散架的情形分析，曹大拿使出了壮年男人的力气。

曹大拿现在都还活着。

图书在版编目（CIP）数据

贤人庄 / 尹学芸著 . -- 石家庄 ：河北教育出版社，2022. 10

（年轮典存丛书 / 邱华栋，杨晓升主编）

ISBN 978-7-5545-7183-5

I. ①贤… II. ①尹… III. ①中篇小说 - 小说集 - 中国 - 当代 IV. ① I247.5

中国版本图书馆 CIP 数据核字（2022）第 156163 号

年轮典存丛书

书　　名　贤人庄

XIANRENZHUANG

作　　者　尹学芸

出 版 人　董素山

总 策 划　金丽红　黎　波

责任编辑　程亚星

特约编辑　张　维　韦文菡

出　　版　河北出版传媒集团

河北教育出版社　http://www.hbep.com

（石家庄市联盟路 705 号，050061）

印　　制　天津盛辉印刷有限公司

开　　本　787 mm × 1092 mm　1/32

印　　张　9. 25

字　　数　177 千字

版　　次　2022 年 10 月第 1 版

印　　次　2022 年 10 月第 1 次印刷

书　　号　ISBN 978-7-5545-7183-5

定　　价　48.00 元